朴京範 作品集

虛時의 사랑

박경범(朴京範)

장편소설 『천년여황』, 『은하천사의 7일간 사랑』, 『잃어버린 세대』, 『베오울프』, 『마지막공주』, 『꽃잎처럼 떨어지다』, 『꿈꾸는 여인의 영혼여정』, 『환웅천왕의 나라』, 『신미대사와 훈민정음 창제』, 『탄생 그리고 위기의 한글』, 『이문열의 삶과 작품세계』

수필집 『생애를 넘는 경험에서 지혜를 구하다』

시집 『채팅실 로미오와 줄리엣』

〈차례〉

사라진 민족 … 32
虛時의 사랑 … 33
외계인X … 45
神의 소리 … 46
짧은 사랑 긴 이별 영원한 合一 … 94
사랑과 容恕 … 152
세상과 나 … 185
적자생존 … 205
사랑의 正體 … 218
왜 작은 일에만 분개하는가 … 245
겨울 手記 … 270
인생의 벽 … 282

사라진 민족

2066년. 유라시아 극동 한반도에 이제 대한민국은 없다. 이곳 사람들은 유연한 발음으로 저네 나라를 에스케이(사우스코리아)라고 한다. 에스케이라고 해도 자기 나라를 지칭함은 다들 알 수 있고 외국인들도 알아듣는데 굳이 달리 부를 필요가 없다.

인천공항이라고 불렸던 아이씨에어포트에 중국에서 온 노인 단체관광객이 입국절차를 밟았다. 삼십명 가량의 그들은 부부 혹은 삼삼오오 친구들끼리 담소하며 걸어 들어 왔다.

그들 중 한 노파가 두드러졌다. 출입국사무소에서 보인 신분증에 따르면 노파의 이름은 허배산(許配珊) 지역은 강소성(江蘇省) 나이는 2066년에서 출생년도 1990을 빼면 76세였다. 모자를 더한 은회색 양장이 젊은 여성처럼 정갈해 보이고 얼굴은 잘생긴 남자를 방불하는 준려(俊麗)한 윤곽이었다. 간혹 오는 길에 알게 된 여행동료와 간단한 말은 주고받아도 이내 돌아서서 시종 진지한 표정으로 꼿꼿이 혼자 걷는 것이었다.

그들을 안내하는 여행사 직원이 일행 모두를 버스에 오르도록 했다. 허배산 노파도 자리에 앉았다. 버스정원보다 인원이 적어서 뒤쪽 자리로 가서 혼자 창가에 앉을 수 있었다. 배산은 바깥의 길 풍경을 바라보았다. 이번 길이 초행은 아닌 듯 담담하면서도 감회가 어린 듯했다.

버스가 출발하면서 여행가이드의 설명이 있었다. 오늘은 일단 서울을 둘러보고 저녁에 숙소에 들어가는 일정이었다.

『이곳은 지리적으로는 우리와 가깝지만 영국 미국 인도 필리핀 그리고 아프리카 일부국가들과 함께 영어문화권으로 분류되어 있습니다. 에스케이는 영어문화권의 핵심국가로서 영미(英美)와 함께 팝송문화를 주도하며 우리나라와 일본이 따라오지 못하는 세계적인 대중문화위상을 가지고 있습니다. 우리나라는 스스로는 에스케이라고 부르지만 중국에서는 아직도 한국이라고 오래전의 이름을 부르는 경우가 많은데 이에 대해 에스케이의 외교부에서는 불만을 표시하고 호칭을 바꿔주기를 원합니다. 그래서 우리도 공식적으로는 에스케이로 부르기로 했지만 오랫동안의 버릇 때문에 좀처럼 바뀌지 않는 것입니다.』

이곳은 배산으로서도 젊을 때부터 관심을 두고 관련활동을 해온 이웃나라이지만 이제는 너무나도 다른 곳이다. 지금의 중국 젊은이들은 영미권의 팝송을 들으며 가수의 국적을 살피는 경우 말고는 바로 옆의 이 나라에 거의 관심을 두지 않는다. 그래서 젊은 안내원도 상당히 생소한 나라를 소개하듯 하는 것이었다.

수년전까지도 국가정보국(國家情報局)의 공무원이었던 배산은 업무로 가끔 방문하면서 이 나라의 풍물이 급격히 변화하는 것을 보아 왔지만 그 때마다 며칠 만에 귀국해야 했기에 이 나라의 현장조사는 그리 깊이 한 적이 없었

사라진 민족

다. 사실 이웃나라의 사정을 걱정하는 것보다는 정보국요원으로서 자기나라의 당면과제가 중요했기에 그다지 관심을 두지 않았다고 할 수 있었다. 이제 은퇴자로서 소일거리를 찾다가 한동안 잊고 있었던 이 에스케이나라의 방문을 계획하게 되었다.

그녀가 이 생각을 한 계기는 오래 전 2008년 이 나라의 사람과 인터넷 통신망에서 대화한 기억이 근래 새삼스레 떠올랐던 때문이었다.

대학초년의 겨울방학에 배산은 인터넷 국제대화방을 사용하다가 한국의 한 중년남자에 대화를 걸었었다. 한창 세상을 향한 호기심이 강할 즈음에 바다건너 이웃나라의 사람은 어떤 생각을 하고 살아가는지 궁금했고 마침 문인으로 보이는 그의 글에 끌리게 되었다.

『당신의 시(詩)는 한자가 있어서 대강의 뜻을 알아볼 수 있었어요.』

배산의 말에 그 남자는 놀라운 듯 감탄사를 보내며 반가워했다.

『사실 한국의 다른 문인들은 국가정책상 거의 지금 한자를 사용하지 않죠.』 그는 자기의 경우가 특별하다는 것을 고백했다.

『왜 그런가요. 한국은 이천년 넘게 한문을 사용했던 나라가 아닌가요.

문인들이 표현의 자유를 주장하며 항의하지는 않나요.』

『날 때부터 묶여 자란 개는 자기가 자유롭지 못한 것을 알지 못하죠. 한국은 문인등단 때부터 한글만 사용하도록 훈련시키니까 그렇게 자란 문인들은 불편할 것이 없어요.』

『한글은 한국만의 문자이니까 한국을 나타내기 위해서 정부가 그렇게 강제하는 것인가 보네요.」

「이웃과 다름이 나라의 독립을 보장하지는 않죠. 중국에도 한자를 쓰지 않는 소수민족들이 있잖아요. 민족의 독립은 인류최상의 문명을 함께하는 것에 달려있지 민족문화의 개성이 아닌데 이것을 사람들한테 이해(理解)시키기가 어려워요. 한글은 조선시대에 학문을 배우지 않는 하류층을 위한 글자였지요. 지식층은 보조적으로 사용했을 뿐 주된 지식교환수단은 한자였지요. 중국에서 송나라가 망하고 몽고족이 발흥하여 중국을 지배했듯이 한국에서 근세조선이 망하고 일제를 거쳐 계층이 뒤집어지니까 한자를 사용 않던 족속이 한국을 지배하고 있는 것이지요. 중국원나라시절 몽고문자가 궁중의 문자였듯이 이제 한국에서는 한글이 공식문자이지요.」

「한국은 단일민족국가 아닌가요.」

「중국에도 한(漢)나라의 백성이었던 한족과 그 이후 합류한 여러 소수민족이 있듯이 한국도 신라와 고려에서 한자문화를 이어온 정통의 한반도민족과 근세조선 들어 합류한 여진족 토착왜구 등의 소수민족이 함께 살고 있는 곳이죠.」

「한국은 중국의 한 성(省)만한데 왜 대한(大韓)이라고 허세를 부리나는 친구들이 많던데요.」

「중화문명의 법통을 지키기 위해서지요. 춘추전국시대 이후에는 천자(天子)의 나라만이 한 글자의 국명을 쓸 수 있었지요. 그러나 청(淸)의 쇠약이후 설립된 대한제국(大韓帝國)은 한 글자 이름의 국명(國名)으로서 이를 계

7 사라진 민족

승한 대한민국은 정통 천자의 나라의 맥을 잇지요.」

그는 배산에게 같은 중화문화권의 후예로서 동질감을 느낀다고 말했다. 한국은 지금 야만족의 지배를 받고 있는데 중국도 과거에 그런 경험이 있고 지금도 서양세력과 서양사상의 영향으로 전통문화의 훼손이 있는 것은 마찬가지이니 이제 한중(韓中)의 문화민족은 협력하여 서로의 문화적 정체성을 보존해야 한다는 주장을 했다.

이후에 배산이 국가정보국 요원으로 근무하면서 한국의 문화사회를 조사할 때 한국의 한 대표적인 작가도 한국전통문화의 몰락을 아쉬워하여 이를 황제를 자처하는 자를 주인공으로 하여 나타낸 작품이 있음을 보았다. 지금에 나이 먹은 그녀로서는 제목도 생각이 안 났지만 단지 그 때 한국사회는 하나의 광인을 풍자하는 작품으로 간주했을 뿐 사회적 영향력은 미미했다고 조사보고서를 쓴 기억은 있다.

여하튼 그의 흔적을 찾고자 배산은 이곳 에스케이에 온 것이었다. 당시 기억으로 그와는 삼십년의 나이차이가 있어서 지금 그를 만나리라고는 기대할 수 없지만 그가 완전한 소시민도 아니고 다소 공적(公的)인 활동을 하는 인물이었다고 하니 그의 자취가 혹 이 나라에 남아있으리라는 기대가 있었다.

그의 신상에 관한 것은 그 때 사용하던 식별자(識別字:아이디)가 은하천사(銀河天使)라는 것뿐이었다. 이름은 들은 것 같았지만 이후 오십년 가까이 공무원 생활에 매진해오며 잊어버렸고 주소도 정확한 나이도 기억나지 않았다. 다만 그의 아이디 은하천사가 이미 게임에서 사용되는 이름이라서 특별히 기억에 남았던 것이었다. 그 때 중국에도 당신의 아이디와 같은 이름의 게임이 있다고 하니 그는 답하기를 자기의 은하천사 별명은 소설제목으로서 더 먼저 만들어졌다고 했다.

석 달 전 에스케이를 방문하기로 마음먹은 배산은 자신이 근무했던 국가정보국을 방문했다. 그곳에는 중국의 백도(百度)를 비롯한 통신망에 접속한 어떤 아이디라도 추적조사할 방대한 통신자료가 축적되어 있었다. 물론 일반인의 접촉은 불가능하고 배산은 국가정보국에 봉직한 자로서 은퇴 후에도 국가기밀에 보안의무를 가진 특수신분이었기에 가능했다. 이미 변할 대로 변한 에스케이나라에 관해서 중국 내에서도 근방의 너무도 이질적인 이 나라를 어떻게 취급할까 논의가 한창이었다. 이미 연(緣)이 끊어진 나라이니 미련을 버리고 미국과 유럽세력에 완전히 넘겨 그들로부터 반대급부를 취하며 차라리 건너편의 일본하고 친교를 강화하는 것이 낫다는 현실파가 있었고 우리 중국이 과거의 몽고족 거란족 여진족 티벳족 위구르족 등을 병합할 수 있었던 것은 그들의 문화가 우리와 유사해서가 아니었던 것이니만큼 에스케이나라도 국제전략의 요충지로서 소수민족병합의 전략을 시도함이 어떻겠냐는 진보파가 있었다.

이런 중에 에스케이나라에서 활동했던 과거 문화인사의 행적을 조사하겠다는 배산의 제안은 국가정보국 책임자까지도 지원을 허가하게 했다. 그리하여 2008년 은하천사 아이디로 중국의 인터넷에 접속했던 자의 한국 내

활동 위치추적 자료를 뽑아주었다. 인터넷에 유선접속한 지점을 수집(蒐集)하기도 했지만 해당아이디에 연동(連動)했던 휴대전화의 이동경로를 추적하여 더욱 풍부한 정보가 얻어졌다고 한다.

그는 서울에서 한 시간 쯤 떨어진 곳에 자기의 집이 있었고 서울을 종종 오갔지만 방문 장소가 일정하지는 않았다. 일정하고 안정된 직장을 가지지는 않은 것이었다.

그런데 서울 외에 그가 자주 오간 곳이 있었다. 근교이긴 하나 거주지에서는 두 시간 넘게 떨어진 곳이었다.

그의 집은 아파트였다니 지금 그의 흔적이 있기 만무하다. 그가 자주 방문했던 그곳을 탐사하는 것이 의미 있을 것 같았다. 지도상에는 특별한 표시가 있지 않고 단지 한 시골마을에서 대로변의 지역으로 표시될 뿐이었지만 당시로부터 지금까지 독립된 건물이었으니 무언가 단서가 남아있을 듯했다.

생각 중에 버스는 서울에 들어왔다. 그 전에도 간간이 이 나라의 정황을 설명하던 안내자는 이제 서울에 관한 안내를 시작했다.

『서울은 본래 한성(漢城)이라고 하여 우리나라와는 별도로 존재하는 중화문화의 융성지역이었지만 21세기초 만주족출신의 시장이 명칭을 쇼우얼(首尔)로 바꿔서 우리나라 동북의 하얼빈(哈尔滨) 치치하얼(齊齊哈尔) 등의 변방 도시와 비슷한 이름이 되었습니다.』

그렇게 서울은 역사적으로 중화문화의 지역을 벗어나 만주족의 땅으로 변했다. 그러나 변방유목민의 문화가 도시를 다스리는 문화가 될 수는 없었다. 결국 중화문화를 몰아낸 자리는 서양문화가 점유하여 거리의 간판이 모두 알파벳으로 바뀐 지도 수십년이 된다고 한다. 단체 저녁식사 후 배산은 독방을 신청하여 저녁의 외출을 하지 않고 들어와 앉았다.

관광단은 지정된 호텔로 들어왔다. 단체 저녁식사 후 배산은 독방을 신청하여 저녁의 외출을 하지 않고 들어와 앉았다. 호텔방 컴퓨터를 접속하여 지도를 불러내 아이디 은하천사의 서울 주소된 방문지의 좌표정보를 입력해 보았다.

북위 37。27 동경 127。4도…

해당지역의 영상을 보니 소나무와 잡초가 무성한 중에 폐허가 된 단층 혹은 복층의 세 건물이 있을 뿐이었다.

다음날 아침 관광단이 다시 안내원을 따라 관광지로 출발을 하는데 배산은 숙소에 남아있겠다고 청했다. 혼자 남은 배산은 이곳에 유학생자격으로 온 정보국 견습요원과 약속시간에 호텔 앞에서 만나기로 되어 있었다. 배산은 호텔의 앞문으로 나왔다. 기다리던 사양(仕樣)의 차가 택시승차장으로 들어왔다. 배산은 확인하고 승차했다.

「어디로 모실까요.」

안경쓴 평범한 대학생처럼 보이는 견습요원은 대선배인 배산에게 정중히 물었다. 국가정보국에서 에스케이사정에 밝은 조선족출신 견습요원을 연결시켜주었으니 믿을만한 것이었다.

「이 좌표로 데려다 줘요.」

배산은 위도와 경도가 적힌 쪽지를 건넸다.

색다른 행선지표시에 갸우뚱하던 운전자는 차내 도로장치(導路裝置)를 살펴보다가 좌표추적메뉴를 찾아내 설정하고는 출발했다. 차는 이내 고속도로에 진입했다.

좌표로 지정된 곳은 고속도로출구에서 가까운 곳이어서 찾아가기는 쉬웠다. 고속도로를 나와서 그 지점 쪽으로 조금 더 가보니 대로 옆에 움푹 분지로 파인 마을이 있었다.

『저 곳일까요?』 운전자가 물었다.

『몰라요. 정해진 좌표지점으로만 데려다주세요.』

차가 샛길로 내려가 보니 이내 좌표를 지나왔던 것이었다.

『저쪽 오르막길 위로군요.』 운전자는 왼쪽으로 돌아보았다. 올라가서 목표점의 좌표에 정확히 차를 세우니 주위에는 소나무 아래 잡초가 우거진 중에 건물들이 있었다.

배산이 이곳을 둘러보는 듯하자 어디선가 나타난 관리인으로 보이는 육십대쯤의 남자가 다가왔다.

『땅 좀 보시러 왔습니까?』

정갈한 옷차림의 노파가 폐허의 집터를 둘러보고 있으니 관리인은 그렇게 간주하는 것이었다.

『이곳이 무엇을 했던 곳인지 알고 싶어서요.』

배산은 한국말을 할 줄 알았던 억양이 부자연스러워 관리인은 의외의 표정을 지었다. 복부인이라면 언변이 좋은 것이 일반적인데 이런 어눌한 노파와 어떻게 거래상담을 할 것인가.

그러자 옆에서 보고 있었던 운전자가 나섰다.

『이분은 중국에서 온 분입니다. 자세한 상담은 저를 통해 전달해주십시오.』

『그런가요. 하지만 난 이 땅에서 전에 뭐했는지는 모르겠고… 땅 사려는 사람이 있으면 연락하라는 지시만 받아두고 있네요.』

『일단 이곳을 살펴볼 생각이신 것 같습니다.』

운전자는 오면서 배산과 간간히 나눈 몇 마디로 그녀의 일을 짐작했다.

『그러면 알겠소.』

관리인은 명함을 건네고 집터에서 내려가 사라졌다.

집터좌표의 정확한 중앙지점에서 올려다보니 주위에 세 건물이 있었다. 왼쪽은 기다란 이층 건물이 있고 오른쪽 아래에도 이층 건물이 있었다. 맞은편 높은 곳에는 단층건물이 있는데 높은 곳에 있어서 오히려 이곳의 주건물 같았다. 하지만 쇠락의 정도는 가장 두드러져서 앞이 훤히 뚫려 있었다. 아마도 유리로 벽이 있었는데 다 깨어진 듯했다. 조금 올라가보니 그 건물 앞은 지당(池塘)이 있었던 듯 땅이 움푹 꺼져 있었다.

과연 깨진 유리창의 흔적을 지나 그대로 건물마루에 들어갈 수 있었다. 타원형의 큰 탁자가 있고 의자들이 둘러있었지만 근래 아무도 앉아보지 않은 듯 먼지와 나뭇잎이 마루바닥과 탁자 의자 곳곳에 균일하게 쌓여 있었다.

『이곳이 어떤 곳이었는지 아시나요.』 배산이 묻자

13 사라진 민족

『글쎄요. 저도 좌표만 따라왔지 어떤 곳인지는 모르는데요.』

『책이 상당히 많이 있는 것을 보니 지식인이나 작가의 서재인 것 같고 여기 딸린 집터도 넓은 것을 보면 과거에 유력한 인사의 집이었던 것 같은데 왜 이지경이 되어 있는지 이상하네요.』

운전자는 낸들 알겠느냐는 표정을 하다가는 서재를 더 둘러보고 나서 약간 짐작이 되는 듯 고개를 끄덕였다.

『이곳의 주인은 글을 쓴다는 사람이었던 것 같아요. 다만 21세기 중반 되어서 그러한 직업은 에스케이에서 사라졌기 때문에 더 이상 여기 쌓여있는 책이라는 물건은 용도가 없어요. 수거해봤자 처리비도 안 빠지니 모두들 관심을 두지 않고 있죠.』

『그래도 쓸모가 있을 건데…』

배산은 벽과 바다에 있는 책들을 하나하나 살펴보았다. 알고 있는 저자의 저서들도 있었다. 국가정보국에서는 한국의 여러 정보들 중에 특히 한국의 소설을 중점적으로 관리했다. 한나라의 백성을 바꾸려면 그 나라의 소설을 바꿔야 한다는 본국출신 사상가 양계초(梁啓超)의 말대로 한국 즉 에스케이 나라의 소설은 한국을 어떻게 다루는가에 있어서 중요한 정보였다.

이 나라에서 글쓰기가 단절된 과정을 배산이 짐작할 수 없는 것은 아니었다.

21세기 초부터 이 나라는 문화의 국가적 특화가 되어 있어서 팝송과 영화만을 생산하고 문학은 생산하지 않게 되었다.

공용어가 영어인 만큼 간혹 나타나는 문학지망생들은 영어로 작품을 쓰려고 했지만 아무리 학교에서 영어를 많이 배워도 문학작품은 생각처럼 영어로 잘 써지지가 않았다. 일상어는 여전히 한국어로 하고 있으니 영어는 어디까지나 학습의 대상이지 한국인이 의미의 전달 그 이상의 목적으로 미문(美文)을 창조할 재료는 되지 못했다. 철저한 영어교육으로 국민다수가 영어작문은 가능해졌지만 일부러 즐겨 읽을 만한 영어문장의 작성은 불가능한 것이었다. 소수의 특권층 자녀들이 미국생활 등으로 원어민 수준의 영어를 구사한 다 해도 그들 중에 문학인의 운명을 가진 자가 포함되기는 어려웠다. 문학인은 널리 씨를 뿌려 자란 이삭 중에 나타나면 거두는 것이지 싹이 나서부터 비료를 덮어쓴다고 길러지는 것이 아니기 때문이었다.

이미 한자가 사라진 한국어 어휘의 뜻은 모호해져서 한국어 문장을 책임감있게 정확히 구사하는 자는 없어졌다. 글을 짓고 기록하는 부류 자체가 소멸에 이르게 되었다. 민중간의 대화가 되었든 유명한 공인(公人)의 대중(對衆)연설이 되었든 청자(聽者)는 대강의 정황적 의미파악으로 화자(話者)와 교의(交意)했다. 모든 중요한 발표문에는 영어문장이 정확한 뜻을 나타내기 위하여 덧붙여졌다.

아무리 봉건국가의 상류층은 민중이 지식을 공유하기를 원치 않는다지만 이차대전 후 백년이 되도록 과연 한국은 이 방향이 저네의 이익을 가져오기에 이러한 외길을 가야만 했을까. 그것은 전쟁 후 일본이 미국과 약속한 패전국으로서의 의무인 한자폐지를 성실히 이행하지 않으니 역시 패전국 대일

본제국의 일부인 한국이라도 대신에 승전국의 요구를 성실히 들어주어야 하는 것이었다. 승전국인 미국 등 서양세력의 입장에서는 韓中日의 한자권(漢字圈)에서 韓日의 동반분리가 어렵다면 한국만이라도 한자권에서 이탈하여 일중日中의 중간에서 격리수조(隔離水槽)와 같이 되어주어야 하는 것이었다.

이것이 배산이 아는 이 나라의 문화변천에 관한 지식이었다. 지금은 이 나라 사람 아무도 책을 중시하지 않는다. 각 사람의 가정에는 영상플레이어와 녹음녹화 장치가 있을 뿐이고 책은 어쩌다 이른바 실용서 몇 권 정도가 보통이었다.

그래서 이렇게 책더미의 폐허가 있어도 아무도 관심두지 않는다. 현재 이 땅을 관리하는 자는 오직 지가(地價)의 변동과 주변 상권의 개발정도에만 관심이 있다.

배산은 손에 집히는 책마다 주워들어 표지를 살피고 어떤 책인지 펼쳐보았다. 소설 등의 문학서가 많이 있었다.

『아얏。』

지나다보니 철제흉상이 쓰러져 놓여있었다. 가까이 허리를 굽혀 먼지를 닦고 얼굴을 확인하니 바로 에스케이의 마지막 작가였다는 이문열(李文烈)의 모습임을 알 수 있었다. 한국의 소설에 관해서 정보조사에 참여했던 배산도 사진으로 많이 본 얼굴이었다.

『이문열의 서재로구나。』

어쩐지 이곳에 쌓여있는 책들 중에 이문열의 저서가 많이 보이더라니.

『다른 책은 말고 이문열의 책만을 찾아보자.』

배산은 이문열의 책을 종별(種別)로 스무 권 가량 모아보았다.

『알려진 책들이 대부분이구나.』

중국과 공통된 중화문화의 미련을 그린 〈황제를 위하여〉도 여기서 확인되었다.

지금은 이미 에스케이나라에 문인이 없지만 전에는 이곳에도 다수의 문인이 있었다. 이문열은 그 중 마지막 문인이었다. 물론 그의 이후에도 문인의 턱걸이 수준에 도달했음직한 자들이 조금 있기는 했지만 그들은 당시에도 미미한 존재들이었으니 마지막 문인 이문열 이후 역사에 남을 만한 문인은 없었다.

그런데 이미 중국의 정보요원들에게도 알려진 이문열의 책들 중에 배산이 여태껏 들어보지 못한 제목의 책을 발견했다.

〈우리가 행복해지기까지〉

알려지지 않은 이문열의 책이었다.

『이런 책 한국… 아니 에스케이나라의 서점에서 새 걸로 구입할 수 있을까요.』

『서점이라니요. 옛날에 있었던 그걸 얘기하시는군요. 교복문고(教福文庫)라고 부르는 판매점 같은 것들은 있는데 영상음반과 악세사리를 판매하지요.』

『그래도 이런 건 역사적으로 가치가 있는데 왜 취급을 안할까요.』
『이런 거 지금 여기 에스케이 사람들은 발음은 읽어도 내용은 몰라요.
너무 어렵거든요. 소용없어요.』
『어쨌든 같이 와주시느라 수고했어요. 여기 더 찾아봐야 더 이상 별게 없을 테니까 이젠 돌아가죠.』

배산은 책을 집어들고 호텔로 돌아왔다.
관광단은 아직 안 돌아왔다. 방에서 배산은 〈우리가 행복해지기까지〉라는 책을 펼쳐보았다.
1980년대에 이문열은 자기 민족의 앞날에 관하여 상당히 고뇌했음을 알 수 있었다. 게다가 배산이 이제까지 파악하고 있는 아이디 은하천사의 주장과 매우 공통되고 있는 것이었다. 그가 자주 이문열의 집을 방문했던 것이니 둘이서 어떤 공감이 있었는지 매우 궁금했다.
소설의 서두는 「장려했느니, 우리 그 낙일」이라는 소제목이 달리고 화자(話者)로서의 이문열의 주장이 그대로 실려 있었다.

우리의 영광스러운 과거를 치욕 속에 묻으려 하는 못된 세력이 점점 커지고 있다. 그 못된 세력은 우리 중에 섞여 살고 생김도 차림도 비슷하나 피는 우리와 조금씩 달리하는 되(胡)트기, 양(洋)트기, 한자(韓子::왜트기)들을 이른다. 이네들은 어쩌다 제 핏줄에 튀긴 이족(異族)의 피가 무슨 사라도 부리는지 좋을 때는 우리 중의 하나로 가만히 있다가도 정작 긴요한 대목에 오면 갑자기 한겨레 아닌 딴 겨레가 되고 만다.

이 대목은 2008년 배산과 교류한 그의 주장과 매우 유사한 것이었다. 소설은 자칫 실제의 혼혈인을 지칭하는 것으로 오해되어 인종차별에 민감한 현대사회에서 그대로 이슈로 펼치기에는 곤란한 면이 있지만 그의 주장은 혈통을 넘어 윤회와 인연의 연결을 말했던 것이었다.

『여진족과 토착왜구는 신라와 고려로 이어온 한반도국가의 주변지역에 거주하다가 조선 세종 때에 나라가 융성하자 많이 귀화하였지요. 하지만 한문을 주로 사용하는 이 나라의 문화에 익숙하지 못하여 하층민이 될 수밖에 없었죠. 그러다 이십세기 들어 한국 땅이 외세의 영향을 받으면서 정통민족이 주권을 잃자 과거 비주류였던 이네들의 세력이 자라났지요.』 그의 주장이었다.

『중국도 송(宋)원(元)명(明)청(淸)으로 바뀌면서 한족 몽고족 한족 만주족으로 나라를 다스리는 민족이 변화해왔었죠.』 배산은 그와의 교류가 진행되어 그를 더 이해하게 된 뒤에는 동조해주었다. 역사적으로 중화문명을 공유한 한국이 정체성을 회복하여 함께 발전하는 것이 동지의식도 있었다.

『그렇죠. 비록 한족이 문화민족이었지만 통치계층의 좋지 않은 업보가 쌓임으로 인해 몰락하고 나라 안과 주변에서 이제까지 무지한 하층계급으로 있었던 소수민족이 발흥하여 권력을 얻곤 했지요. 업보순환의 원리로 보면 자연스러운 일이죠.」

「그러면 지금 한국도 중국역사와 같이 국가 내 민족세력 간의 권력교대를 하고 있다고 보면 되겠네요.」

「그런데 여진족과 토착왜구 후예세력들은 대한민국을 각기 저네들의 연고지역에 가깝게 대륙에 붙이느냐 혹은 해양에 붙이느냐로 싸우는 것이죠. 만약 상대편 쪽이 원하는 대로 이 나라가 가까워지면 자기 쪽은 세력이 위축될 것이니 이들 간에는 어떠한 타협도 불가능해요. 백년전 한국이 전쟁터가 되었던 청일전쟁의 양상이 재현된 것이지요.」

그 때 그의 주장에 이문열 소설의 권위를 빌리면 한결 설득력이 있었을 것인데 당시 그는 이문열과 교류했음에도 불구하고 그 소설을 알지 못했던 것같았다. 소설에서의 되(胡)트기 왜(倭)트기 양(洋)트기가 각각 그가 말하는 여진족 토착왜구 서양세력을 풍자한 것이라고 평론을 발표하면 자신의 주장이 일개 소외된 논객의 기의(奇議)가 아니었음을 입증할 수 있었고 사회적 반향을 일으켜 한국민족의 쇠락도 막을 수 있었지 않았을까. 그는 혼자 외롭게 주장하다 이윽고 묻혀갔을 것이었다.

이문열의 소설은 그 다음 「25년 전쟁사」라는 단원으로 이어지고 있었다. 그 요지는 다음과 같았다.

마지막 황제의 분사(憤死)후 한국민족 지도세력은 광복군이 되어 남로군은 이어도 북로군은 장백산으로 분산 주둔한다.

북로군은 만주에서 일본군을 혼란에 빠트리고 전투하여 큰 타격을 주었는데 청산리 싸움이라 불렸다.

남로군은 거북선 두 척을 포함한 소규모 해군력으로 이순신장군의 전술대로 일본해군을 유인하여 궤멸하고 승리한다.

일본이 중국과 전쟁하자 북로군과 남로군은 본토에 진공하여 지리산과 청천강에서 일본군을 격파해 서울을 제외한 모든 지역을 되찾았다. 일본군이 서울의 민간인을 인질로 삼으니 포위만하고 대치하던 중 일본이 연합군에 항복하자 나라를 되찾았다.

이렇게 한국이 자력으로 독립한 것임을 주장한 소설은 세 번째로 「장군과 박사」라는 장(章)으로 넘어가고 있었다.

소설에서는 현실사회 한국의 정황을 어떤 뜬소문으로 돌리고는 일본이 패망한 다음 한국이 남북으로 분단된 게 아니라 일본이 동서로 나뉘었는데 서쪽은 소련을 등에 업은 장군 동쪽은 미국을 업은 박사가 있었다는 것이었다. 소설 속 일본의 정세는 현실한국의 풍자였다. 소설에서는 한국 즉 우리가 행복하게 된 이유를 설명하기를

만약 우리 임금님께서 자신을 베어가며 새로운 충성의 구심점을 마련해주시지 않았더라면 우리는 갑작스런 권위의 부재로 큰 혼란에 빠져들었을 것이다. 흐지부지 사라져버린 옛 권위에 대한 실망은 전통 속에서 어떤 원칙과

방향을 찾으려는 우리의 노력을 가로막았을 것이고 맹목적일 만큼 어떤 새로운 것에서 그것들을 찾게 만들었을 것이다.

했는데 소설에서 일어났을까 염려했던 그것은 바로 한국의 현실에서 일어났던 것이었다.

나라의 중심권위가 사라지면 변방세력이 힘을 얻을 것이다. 변방세력인 여진족과 토착왜구는 기회삼아 더욱 전통의 권위를 없애고자 마침 태평양전쟁 승전국으로서 영향력을 행사하는 미국을 비롯한 여러 서양세력의 힘을 빌린 것이다.

조선멸망으로 전통적 지도층이 몰락하고 세월의 흐름에 따른 업보순환도 있기에 여진족과 토착왜구의 후예는 한국사회의 영향력 있는 계층에 다수 포진해 있었다. 그리하여 여진족세력이 집권하든 토착왜구세력이 집권하든 정부정책은 이 나라의 영어문화권화를 추진했고 기업들은 명칭을 영문약자로 바꾸기 경쟁을 벌였던 것이다.

소설에서 일본의 관서지방을 장악한 금촌(金村)이란 자는 불세출의 영웅이며 애국자며 장군이며 이념가라 자처하며 집권했다고 한다. 그의 반제유격활동부터가 생판 거짓말이고 그의 사회주의 사상 역시 소련군의 정훈 교육 수준을 넘지 못한다. 그리고 인민의 열렬한 환호도 소련군이 끌어낸 군중을 과장했다고 한다. 바로 현실한국의 북측 김일성을 비유한 것이었다.

관동지방에 나타난 목자(木子)는 일왕가의 혈통으로 애국자이며 구국의 화신으로 자처했다고 한다. 그러나 목자박사가 망명정부에 개입한 건 사실이나 재미교포들의 성금을 유용했다가 해임됐다고 한다. 무슨 작은 일만 있으면 미국무성에 항의 요구 경고 충고 등의 서한을 보냈다고 한다. 바로 현실 한국의 남측 이승만을 비유한 것이었다.

이것은 현실에서 한반도의 해방 후 남북의 두 건국지도자가 실상 남북의 백성이 잘못알고 있는 만큼 그렇게 위대한 인물들이 아니며 왜트기세력대표와 되트기세력대표가 각각에 해당하는 서양세력을 업어 집권했을 뿐이란 것이었다. 토착왜구세력과 여진족세력은 한반도를 저네들이 우세한 지역대로 반으로 자르면 그 지역에서는 전통의 민족세력보다 우위를 점할 가능성이 있어 분단을 찬성했던 것이다. 물론 각 세력이 분명히 나뉜 것은 아니기에 이후 남쪽에서는 여진족세력이 다시 일어났다.

소설에서는 한반도에도 장군과 박사가 왔다는 중복된 서술을 하며 그들의 이름을 밝혀서 일본의 금촌과 목자도 상상이 아니라 실존인물을 풍자했음을 분명히 했다. 다만 한반도에는 그들이 왔다가 쫓겨 간 것이었다.

평양의 소련군사절단의 장군은 김일성이란 우리식 성명에 모양도 우리와 비슷했다고 하나 염통에 작은 용이 없어 우리 겨레는 아니라는 정설이다. 남쪽의 박사는 이승만이란 우리 식 이름을 쓰고 모습도 우리와 다르지 않았지만 말이나 행동은 미국식이고 눈알 푸른 아내 등 우리와 다르다. 장군은 되트기 박사는 왜트기와 양트기를 졸개로 얻어 평양과 서울에서 난리를 시작했다. 처음엔 사람들이 새로운 신파 배우쯤으로 알고 감탄하니 장군과 박사에게는 신나는 세월이었다. 그들이 우리역사를 뒤집고 선동하는 것을 재담쯤으로 알았다. 이윽고 우스갯소리가 아님을 알자 장군과 박사는 추방되었다.

그때 우리가 겨레의 뜨거운 정과 슬기로 그 두 사람을 거절하지 않았다면 일본처럼 체제를 달리하는 두 나라로 분단되었을 것이지만 우리는 역사의 고비를 훌륭히 넘겼다.

이렇게 이문열은 우리민족의 편이 아닌 장군과 박사를 거부하여 행복하게 된 가상의 우리역사를 소설로 발표하여 실제로 장군과 박사를 집권하게 만든 한국의 불행을 극복하자고 주장했던 것이었다. 해방 후 현실의 한국민족은 장군과 박사가 분할집권 하도록 허용하였으며 그렇게 북쪽 오랑캐편향세력과 남쪽 왜구편향세력이 득세하자 정통적 한국민족의 주권은 약화되어갔다.

배산은 오래전 자신의 과거를 회상했다.

2007년 가을 배산은 상주(常州)의 국립공업기술학교에 입학했다. 이 학교는 대학이라기보다 기술학교이면서 무기 우주개발 등 국가적인 기밀기술 개발을 지원하는 학교였다. 그만큼 입학생들에게 강한 애국심과 공산당을 향한 충성을 요구하는 곳이었다.

배산이 입학했을 때 지역 공산당으로부터 지시가 있었다. 입학생오리엔테

이선이 끝나고 여학생만을 따로 불러서 모았는데 모든 여학생은 아니었다. 외모가 지나치게 수수한 학생, 장애인 티가 나는 학생, 사회생활을 하다 입학하여 나이가 너무 많은 학생 등은 제외하고서였다.

『입학을 축하하오. 우리의 국가를 부강하게 하고자 그대와 같은 여성동지들에게 권할 사업이 있소.』

강당에 삼백명 가량의 여학생들만을 앉히고 강소성공산당서기(江蘇省共産黨書記)가 단상에 정렬한 간부들의 엄숙한 배례를 받으며 나타났다.

당서기는 분위기가 너무 경직하다 여겨졌는지 웃음을 짓고 나서

『입학생 대표 올라와 보시오.』

했다. 당서기는 입학생 중 여성수석합격자가 교직원의 지적을 받고 단상에 올라와 손을 내밀어 악수했다.

『그대들은 국가를 위하여 선발된 엘리트로서 이제부터 국가를 위하여 통신망공작을 시작하면 좋겠는데 할 수 있겠나요.』

『아무것도 모르는 저희로서는 당의 기대에 따르려면 우선 배워야 한다고 생각되어집니다.』

『배워서 기여할 일은 천천히 하면 되는 것이고…… 그대들은 비록 아직 지식과 경험이 축적되어 있지 않지만 인간 그자체로서는 최상의 가치를 가지고 있소. 그대들의 현재 가진 재산을 국가를 위하여 사용할 길이 있소.』

이 정도에서는 학생들도 당서기가 무슨 이야기를 하는지 대강 짐작할만했다. 개중에는 무슨 기쁨조같은 역할을 시키는 것이 아닌가 당혹해하는 학생

들도 있었다. 그런 걱정을 하는 학생더러 다른 학생은 걱정마라 수군대기도 했다.

『얘. 우리가 무슨 미모로 선발된 것도 아닌데 너무 앞서 생각하지마.』

『왜 그래도 그런 거 하기 어려운 동학(同學)애들은 많이 빠졌잖아.』

『걔들 일부 빠지고 남은 우리들이래야 뭐 평범한 수준이지.』

다시 당서기의 발언이 이어지자 학생들은 조용해졌다.

『한국 등 우리의 공략대상인 이웃나라들에는 많은 남자들이 정신적 위안을 받으려고 인터넷 채팅을 통해 여자를 만나고 싶어 합니다. 그런데 한국에는 여자와 교제하다 잘못되어 고소를 받으면 큰 처벌을 받는 경우가 많아 요즘 한국남성들 특히 나이가 중년이상 되는 남성들은 외국의 여자를 선호합니다. 인터넷에서 영어와 한문을 사용하여 한국남성을 사귀시오. 한국의 정보를 많이 가진 지식인 같으면 더욱 잘 사귀어 두시오. 그리하여 당신들과 같은 청순한 여대생이 그 남자를 좋아하는 듯 보여주면 그 남자는 감동하여 당신들에게 마음을 의탁할 것이오. 그러면 당신들은 그들에게 점진적인 요구를 하여 우리의 국익에 맞게 그들이 행동하도록 유도하여주시오.』

인터넷 채팅은 특별한 지시가 아니라도 다들 하고 있는 것이니 그리 부담을 주는 요구가 아니었다. 여학생들은 끄덕이고 오리엔테이션의 날을 마쳤다.

국제망정보수집(國際網情報蒐集)의 활동은 특활과목으로 배당되었다. 여학생은 인터넷 일선에서 세계의 지식인남성들을 찾아 대화하고 남학생은 정보를 분석하거나 후방지원을 해주면서 역할을 해나갔다.

국제망정보수집의 총책은 학생의 수준에서 행하는 것이 아니지만 각 대상국가의 분회는 학생들의 수준에서 총합하고 있었다. 배산은 한국분회에서 활동했다.

해가 바뀌어 첫 겨울방학 때에 정보수집 발표회가 있었다. 배산을 포함해서 열 명 가량의 학생이 교내의 학생서클룸에 모였다.

여학생들은 국제망을 통해 한국의 남성지식인과 교신하여 관련정보를 수집한 결과를 발표했다. 한사람과 깊이 교신하지 않고 여러 사람과 피상적인 대화만 나눈 여학생들이 많았고 한사람과 깊이 대화했다고 자부할 수 있는 여학생은 배산 포함하여 세 명이었다.

『난 한국의 기업인과 대화해봤어요.』

채효단(蔡曉丹)이라는 친구가 먼저 발표했다.

『나는 한국의 자본주의가 어떻게 되어가고 있나 질문해봤어요. 그러니 상대의 답은 이런 것이었어요.』

효단은 접선한 한국인과의 대화를 발표했다. 한국의 자본주의가 불평등을 심화시키고 있으며 그렇다고 능력별로 공정하게 사람을 대우하는 것도 아니고 금수저집안의 상속자만 살아가기 형편이라고 불평하는 것이었다.

다음은 진려민(陈丽敏)이라는 친구의 차례였다.

『난 한국의 정치인과 대화했어.』

려민은 접선한 한국인과의 대화를 발표했다. 한국의 민주주의가 말이 민주주의이지 사실은 기득권층이 저들 뜻대로 나라를 주무르고 있으며 정치입문도 정치인 집안의 아들며느리나 가능한 것이라는 불평이었다. 배산도 자기가 접선한 한국인 소설가와의 대화를 발표했다.

이 사람들의 한국내 사회적 위치 그리고 이들의 발언이 중요한 의미를 가질 것인가 등이 의문시 되었다.

분석을 맡은 남학생 곽건위(郭健偉)가 나섰다.

『둘은 아니야. 기업인은 소규모 영세업자일 뿐이야. 정치인은 인터넷을 애써 찾으면 겨우 정당인으로 검색되는 정치지망생 아니 정치낭인에 불과한 사람이야. 하기야 정말로 잘해나가는 기업인이나 정치인이 우리 같은 외국학생하고 인터넷채팅이나 할리가 없지.』

효단과 려민이 상대한 한국인은 사업과 정치에 희망만 있다뿐이지 백수나 다름없는 사람들이었다.

하지만 배산의 접선자에 관해서는 곽건위를 비롯한 분석담당 학생들이 주목했다. 크게 이름난 자가 아님은 마찬가지지만 그래도 소설가로서 이름을 팔기 때문에 영향력을 기대할 수 있고 생각도 중국에 우호적이었다.

『상당한 잠재성이 있어. 이 사람을 우리나라 편으로 잘 포섭하여 유명인사로 만들면 우리 국익에 보탬이 될 거야.』

한국분회의 학생들은 의견의 일치를 보았다.

배산과 한국인 작가의 인터넷 대화는 거듭되고 봄이 되어 배산은 그와 상주에서 만날 약속을 했다. 그러자 배산의 통화를 모니터링하고 있는 당에서는 그 사실을 알고 통지했다.

『섣불리 만나지 말라. 그러다 너의 마음이 진심으로 그에게 함몰되는 날에는 너는 그쪽나라의 편을 들게 될 수가 있다.』

사랑하는 남녀가 서로 다른 나라에 있을 때 여인이 남자의 나라의 편을 드는 사태는 동서(東西)의 옛 이야기에 있으니 고구려와 낙랑에서의 호동왕자와 낙랑공주의 이야기가 그것이요 잉글랜드와 아일랜드에서의 트리스탄과 이졸데의 이야기가 그것이었다.

『이미 약속은 했는데 어쩌지요? 오지 말라고 할까요?』

『그와의 접선은 유효하다고 판단되었으니 교류를 발전시키기 위해서 입국은 하게하라. 그가 중국에 들어온다면 지침을 내려줄 것이다.』

약속한 날 그가 상주에 와있다고 전화가 왔다. 그동안 그는 중국지역을 여행하기로 했다. 그것이 다음다음날 오후 남경에서 전화가 왔다. 그러나 배산은 전화가 늦어서 이미 다른 일을 보러 떠났다며 다음에 만나자고 했다. 그는 좋아하는 여인이 있는 곳 가까이 왔고 현지의 공중전화로 목소리를 들었다는 것으로 만족하고 큰 불만을 표하지 않고 돌아갔다.

이후로도 공산당 청년위원회에서는 배산의 그와의 만남 스케줄을 관리하고 섣불리 진행되면 만류하곤 했다. 이런 중에 배산은 학교를 졸업했다. 배산의 홈페이지에는 다른 남성친구들이 대화하는 것이 댓글로 달려있었다. 어떤 이는 상당히 친한 듯 보였다. 이것을 본 한국의 그는 댓글로 포기의 사를 밝혔다. 그러자 배산의 동료들이 나섰다.

「배산은 졸업 후 국가적으로 중요한 일을 하고 있어요.」

「좀 기다려 봐야 될 거예요.」

이렇게 하여 그는 다시 배산과의 만남을 기다렸다. 배산도 너무 오래 그를 기다리게 한 것 같았다. 이제는 국가정보원의 직원이니 한국 실태조사를 위해 출장을 가기는 어렵지 않았다.

「한국의 작가를 만나러 한국에 가볼까요.」

계획을 세워 제출하자 상사(上司)는

「한국인과 공작중인 요원은 한국에 출국하지 말 것.」

하고 결재를 거절했다. 물론 신참 정보요원이 휴가를 내서 개인적으로 허락없이 출국한다는 것도 안 될 말이었다. (나중에 한국에 출장 온 것도 훗날 중견간부가 된 이후였다.)

배산은 출국을 제한받으니 다시 그에게 상주에 오라고 하는 수밖에 없었다. 배산은 정보국요원이니 기관단지 내에 거주하고 주소는 비밀이었다.

「상주에 와서 나를 찾아요.」

배산은 그에게 통보했다. 단지 며칠 왔다가는 것이 아니라 그를 이곳 상주에 정착시켜야 한다. 그가 이곳에 자리를 잡으면 자기가 그 주소에 찾아갈 생각이었다. 인터넷대화방으로 부동산업자를 그에게 연결해서 그가 상주에 오면 방을 알아봐 주겠다고도 전했다.

배산은 이러한 요구가 무리임을 짐작했다.

『먼저 그 사람과 만나서 약속하고 이곳에 정착하게 하면 되지 않을까요?』

다시 상사에게 건의 했는데

『그 사람이 한국에 생활기반이 남아있는 상태에서는 당신이 그 사람을 따라 한국으로 나갈 위험이 있어.』

당의 방침이라며 여전히 허가를 내주지 않았다.

배산은 입장이 난처하여 그와 통신상의 직접대화를 하지 않았다. 타인을 통해 의사전달도 했다.

『당신이 진정 허배산양을 사랑한다면 먼저 중국에 가서 자리를 잡으세요. 당신의 여동생이 몇 달에 한 번씩 나타나 며칠 왔다 사라지는 외국인과 결혼하겠다면 당신은 허락하겠나요.』

이에 대해 그도 답했다.

『내가 중국에 가서 머물러 있으려면 중국은 이민을 받아주지 않으니 비자연장을 편법으로 하는 방법이 있는데 돈이 많이 드니 나는 불가능해요. 그외에 중국에서 살기 위한 방법은 있지요. 아줌마나 누구든 조건에 상관없이 결혼하여 중국에 정착할 수는 있는데 그러면 배산과는 어찌한단 말인가요. 배산을 먼저 만나 상의하는 길 밖에는 없어요.』

그의 형편으로 중국에 상당기간 머무르는 비용을 마련하려면 한국에 있는 자기의 작은 부동산까지 처분해야 가능한 것이지 평소의 비용으로는 불가능한 것이었다. 결국 한국의 생활기반을 청산하고 몸을 중국에 오라는 것인데 사실상 거절한 것이었다. 그는 끝내 자기의 조국에 미련이 있었던 것이었다.

수개월마다 중국에 왔다가곤 했던 그는 이윽고 발길을 끊었다. 배산도 스스로 연락을 하지는 않았다. 이렇게 둘 사이는 멀어졌다.

그런 중에 한국의 민족정신은 교체되어 가고 있었다. 그 변화의 주도세력은 이것을 세대차이로 포장하니 한국인들은 저네들 내부의 정치적 갈등이나 세대갈등으로 정도로만 여기고 지나갔다.

그가 다시 이문열과 교류한 흔적이 이동경로 기록에 남아있지만 늙어가는 서로의 나이와 함께 어떤 지사적 의지보다는 시대의 변화를 체념할 뿐이었을 것이다.

점차 몰락해가는 한국의 문학에 따라 그는 이문열과 함께 순장되었을 것이었다. 마지막까지 문인으로서의 위상을 가졌던 이문열이 문학의 퇴조와 함께 잊어지는 중에 그 아래 흔적도 없이 묻힘은 당연했다.

그의 주장이 이문열의 작품을 업어 발표되었더라면 한국사회에 더 심각히 받아들여졌을 것이었으나 시대가 기회를 맞춰주지 않았다.

그가 힘을 빌렸어야 할 큰 힘이 또한 있었다. 그가 그리도 한국인에게 이해시키고 싶었던 것은 이미 제도권 학문에서 언급된 바 있었다.

일찍이 게르만의 사상가 헤겔은 민족정신은 보편적 원리를 간직하고 있는 한에 있어서 세계사적이라고 하였으니 몰락하는 민족은 정신이 인류보편의 최고개념을 파악하지 못한 민족이고 최고개념을 파악한 민족만이 세계사의 지배적인 민족으로 남는 것이다. 에스케이는 케이팝과 응용기술에 여전히 세계의 상위권이다. 그러나 이곳의 민족에는 지성이 간직하는 인류보편의 최고개념이 없다. 세계사에 있을 나라는 아니고 다만 변방 소수민족의 특색 있는 지역은 될 것이다. 배산은 국가정보국에 에스케이나라의 병합을 정식으로 건의하기로 했다. (2020。11。作 〈계간 서울문학 2021 가을호〉)

虛時의 사랑

산장(山莊)의 아침해도 중천(中天)으로 떠오르고 있다. 거실 깊이 들어오던 햇살도 이제 창문께 조금밖에는 비치지 않는다.

소설가 차혜정(車惠靜)은 오늘도, 가족과 떨어져 이 곳 먼 교외에 자리잡은 자신의 집필실을 겸한 산장에서 아침을 맞았다. 조금은 늦은 기상시간 이후의 여유를 갖기 위해 그녀는 거실 한가운데의 탁자 앞에 앉았다. 탁자 위에는 찻잔과 받침접시가 있고 그 모습은 그대로 상하 대칭으로 매끄러운 탁자 면에 반사되어 보였다. 그녀는 가만히 찻잔을 들었다. 방금 타놓은 커피를 한 모금 마시다 탁자 위에 놓고는、그녀는 고개를 돌려 창문 밖을 바라보았다. 유리면에 반사된 빛이 그녀의 안면을 올려 비추니 좁고 고른 현수선(懸垂線)과 같은 아래턱의 윤곽과 그 위에 도톰히 두드러진 입술의 윗그림자가 코끝을 정점으로 강조되어 보였다. 어깨까지 흘러내린 그녀의 머리칼이 거실 창으로 들어오는 바람결에 너울거리며 한 올 한 올 순간순간 희뿌연 광택이 나타났다 사라졌다.

그녀의 양 눈썹은 흡사 벽공(碧空)을 나는 바닷새의 두 날개처럼 아래쪽을 머금는 모양으로 살짝 휘어 좌우로 퍼져 있었고、바로 그 아래는 역시 선대칭 유선형의 배치로 양 눈이 자리 잡아 있었다. 그 가운데로 내리 뻗은 콧날은 정확하게 양 눈과 눈썹의 중심선을 통과하며 곧게 솟아 있었다.

그녀의 모습은 상당히 미인이라 해도 좋을 듯싶었다. 요즘은 사람의 얼굴 모습도 영상처리를 해서 뜻하는 대로 바꾸어 볼 수 있다는데, 웬만한 사람의 모습을 놓고 본다면 이렇게 저렇게 하면 더 나은 모습이 될 것이라고 금방 생각날 것이다. 하지만 그녀의 모습은 아무리 첨단기술을 이용한다 해도 더 나은 그림을 만들 뾰족한 수법(數法)이 떠오를 여지가 없었었다.

바로 이 때문에 그녀를 미인이라 인정 않을 수 없을 것이다. 아니 어떤 기준으로 본다면 그녀의 화상(畵像)도 조금 고칠 곳이 있다. 눈과 입가의 잔주름을 지우고 양 볼을 보다 팽팽하게 당기면 각각의 텔레비 방송에서 비싼 값을 주고 내보내는 여느 간판 얼굴들에 비해 빠질 것이 없었었다.

그러나 동시에 잃는 것이 있다. 그녀 앞에 마주 앉아 자기의 지나온 이야기를 조금은 감상적(感傷的)으로 털어놓고, 그 중에 어떤 것은 인간으로서 공통의 관심사이기에 그에 대한 그녀의 생각을 진지하게 묻고 싶은 충동... 그러한 마음을 불러 끌어당기는 힘은 변형된 화상에는 있지 않을 것이다.

그녀는 아침잠을 깨우기 위해 방금 샤워를 마치고 나온 상태였다. 얇은 자색(紫色) 블라우스와 흰 홀치마만을 걸치고 초여름의 서늘한 아침 산바람을 아직도 젖은 기가 있는 몸으로 받아들이고 있었다.

그녀에게는 남편과 아이들이 있지만 그들은 서울 건너편 저 쪽에 따로 살고 있다. 주말마다 가족을 만나러 가는 일 외에는 줄곧 이곳에만 머물렀다. 가족에게는 글을 쓰기 위해 조용한 곳이 필요하다고 말했지만 그보다는 이렇게 자유롭고 편안한 몸가짐으로 자기의 삶을 지내고 싶은 마음이 더 컸다. 이제 아이들도 굳이 어머니가 옆에서 보주어야 할 때가 지났고 남편도 사회에서 쌓아올린 지위로 말미암아 공사다망한 일과로 인하여 될 수 있으면 가정이 부담이 되지 않는 것이 나은 형편이다. 분업화된 사회에서는 부분적인 역할은 그 일을 하는 사람을 따로 두는 것이 효율적이다. 이제 주부로서의 역할 중 아직 남은 일부는 돈을 받고 집에 들르는 사람이 대신하면 된다. 부가가치가 떨어지는 일로 굳이 집에 상주할 필요는 없다. 주부가 아닌 어머니로서의 최소한의 역할은 주말마다 가족을 만나러 감으로써 보충하면 된다.

다시 그녀는 고개를 안쪽으로 돌려 나머지의 커피를 마셨다. 반쯤 마시고는 다시 탁자 위에 찻잔을 놓으려 할 때쯤이었다.

거실 한 구석에 있는 전화벨이 울렸다.

그녀는 자리를 일어나 전화기 옆에 다가갔다. 무선 수화기를 빼들고 다시 그대로 먼저 앉았던 자리로 돌아왔다. 가만히 앉아서 차분하게 자기의 목소리를 보내려 하는 것은 그녀의 자연스런 습관이었다.

수화기에서는 한 청년의 조심스런 목소리가 들렸다.

『차혜정씨 댁입니까?』

『예, 전데요. 어디십니까?』

어떤 전화인가 이 순간 짐작되고 기대되는 것이 있다. 모 문예지인데 선생님의 작품을 게재하고자하니 석 달간의 기한을 두어 중편 소설 하나를 청탁한다고 한다면 기본일 테고, 모 출판사인데 선생님이 지금 장편소설을 집필한다는 소문을 듣고 연락을 하니 미리 계약을 맺고 싶은데 선인세 이천만원 정도면 만족하겠냐는 것이라면 한 건을 건진 것이라 하겠다.

『저, 그냥 선생님의 독자인데요.』

조금 맥빠지는 것이었다. 이제 막 일어나 작업을 시작하려 하는데 앞으로 전화에서 나올 얘기는 그다지 자기에게 보탬되는 것은 아닐 것임이 거의 확실하다. 물론 독자는 고객이고 독자 없는 작가는 있을 수 없겠으나, 전화까지 하는 열성 독자 하나보다는 그냥 책 한 권 사 훑어보고 집안의 책꽂이에 꽂아 넣는 독자 열 명이 나은 것이다.

『그런데요.』

「그런데 용건이 무어냐」는 뜻이 억양에 배어 있었지만, 그러면서도 그녀 특유의 차분한 어조는 잃지 않도록 배려한 소리였다.

잠시 동안 전화 안에서는 말이 없었었다. 그녀는 어서 말하고 끝내라 하고 싶었으나 답답함을 참고 그대로 있었었다.

다시 전화 속의 청년은 말을 이었다.

『방금 전까지도 동경(憧憬)의 대상이었던 분을 직접 목소리를 듣게 되니 꿈만 같습니다.』

그리고는 이윽고 자기의 소개를 했다.

『저는 이번에 새로 책을 낸 작가인데 당신께 드리고 싶습니다.』
『그야 좋지요. 감사해요.』
『어디 나가시는 곳은 없습니까?』
전화 속의 청년은 그녀를 직접 만나고 싶어 하는 것 같았다. 그러나 그녀는 어디 나가는 곳도 없을뿐더러 생면부지의 그를 위해 시간을 내어 만날 이유도 없다.
『그냥 우편으로 보내주세요.』
『예. 그렇게 하겠습니다.』
『하지만 곧 봐드리지는 못할 거예요.』
『괜찮습니다. 받아 보관해 주시는 것만으로도 기쁩니다.』
통화는 곧 끝이 났다. 그녀는 수화기를 제자리에 놓고 다시 탁자 앞에 앉아 남은 커피를 다 마시고, 한 동안 더그 자리에 앉아 거실 유리창 밖의 풍경을 바라보았다.
앞에는 수풀이 아담하게 우거져 있고 그 너머 아래로는 멀리 도심의 시가지가 보이는 것이 꽤 좋은 전망이다. 그런데 요즘 들어 저 앞의 산장 진입로 부근에 공사장이 생겨 경관을 망치고 있다. 지금 시뻘겋게 땅 파헤치고 우중충한 가건물 올려놓은 모양도 그렇지만 공사가 끝나 어떤 건물이 들어선들 먼저의 수풀보다는 못할 것이 뻔했다. 꼭 그런 건물을 자꾸 지어가야만 우리가 제대로 살아갈 수 있는 것일까. 우리가 갈수록 더 잘 살게 된다고들 하는데 자꾸 저런 원하지 않는 건물이 늘어나야만 하는 것이 어떻게 잘 산다고 할 수가 있을까.

그러다 그녀는 쓴웃음을 지었다. 그것은 순전히 자기의 관점에서 본 것이기 때문이었다. 그녀가 세든 이 아파트도 밖에서 보면 역시 있는 것보다 더 나아 보일 것이 아닌가.

이 날은 더 이상 그녀의 마음을 혼란시키는 전화는 오지 않았다.

이틀 후 차혜정은 한 소포를 받았다. 안에는 붉은 색 표지의 책 한 권과 메모쪽지가 들어 있었다.

그녀는 책을 집어 서재의 책꽂이 안쪽에 있는 책 무더기에 쌓아놓으려고 일어났다. 그러다 문득 바닥에 앉아 책을 펴 보았다.

책의 앞에는 줄거리가 소개되어 있었다. 그것은 초월적인 생명력으로 사랑을 실현하는 한 여인의 이야기였다. 그 여인은 일생 동안에 수많은 남자를 거치면서도 전혀 쇠락하지 않는 미모를 가지고 있었다.

그녀는 호기심이 동했다. 스스로도 자신의 아름다움이 서서히 사위어가는 듯한 느낌에 하루하루를 아쉬움과 안타까움으로 보내고 있는 그녀로서는 현실을 넘은 이상(理想)의 이야기에 한 번쯤 빠져들어 보고 싶었다.

그녀는 오후의 나른한 시간을 이용해서 이 책을 이틀에 걸쳐 다 읽었다.

그 다음 날 다시 그 목소리의 주인공으로부터 전화가 왔다.

『먼저 번의 소포는 잘 받으셨습니까?』

『받았어요. 재미있더군요.』

『감사합니다. 저는 당신의 아름다움도 그 이야기의 주인공처럼 오래 지속되었으면 하는 마음으로 그 글을 보냈습니다.』

『별 말씀을 다 하시네요. 그럴 것까지는 없는데요.』

『전화로 듣는 목소리도 참으로 맑고 고우십니다.』

언제까지나 있어주지 못한다는 현실이 원망스럽습니다.』

한 번의 인사치레로 끝날 듯한 전화 속의 목소리는 점차 깊이 있는 소리를 내려는 것 같았다.

『새삼스레 그런 생각은 왜 하세요? 사람이란 다 그런 거 아녜요? 언젠가는 누구나 자기의 자리를 물러날 수밖에는 없지 않은가요?』

『글쎄요? 사람은 언젠가는 물러간다… 어떤 식상한 권력자의 생물학적 소멸 같은 것은 기다려지는 것일 수도 있겠지요. 하지만 당신의 경우에는 「이윽고 소멸」이라는 것은 정말 애통합니다. 최근 당신의 책을 보았습니다. 이제까지 많이도 책의 서문을 써오곤 하며 살아왔으니 아마 앞으로는 얼마 더 기회가 없으리라는 말씀. 그 말을 읽고 가슴이 저려오는 것을 느꼈습니다. 결국 당신의 갖추고 지닌 그 모든 것도 그리 멀지 않은 날에 해체되어야 한다니… 너무도 매정한 것이 이 자연의 현실입니다.』

목소리의 거침없는 진행에 그녀는 당혹하면서도, 문득 그를 위로해 주어야 한다는 의무감을 느꼈다.

『그렇게만 생각하지 말아요. 사람은 살아가면서 생각의 폭이 넓어지고 인격이 성숙하게 돼요. 그 도가 다다라서 더 이상 이승에 머물 의미가 없을 때 육체를 떠나는 것이라고 볼 수 있지 않겠어요?』

『저도 영혼불멸을 믿습니다. 당신은 언젠가 다시 이 세상에 돌아오겠지요. 그러나 이번의 당신과는 같지 않을 것입니다. 남아있는 사람들은 현재 빚어져 있는 그릇에 담긴 그대로의 당신의 영혼을 원합니다.』

『그렇게도 내게 친분을 가지고 있나요? 그런 염려와 아쉬움까지 해줄 정도로 나와 친하다고 생각되세요?』

차혜정은 대화의 급진전이 일견 불안하여 제동을 걸고 말았다. 이상 말을 늘이지는 않았다.

『아닙니다. 저는 물론 당신과 그다지 친하지 못합니다. 앞으로도 상황이 크게 반전될 가능성은 적어 보입니다.』

『그러나 글에서라도 당신과 친하고자 합니다.』

『물론이겠지요. 서로의 세대차이도 있으니까요.』

청년은 전화를 끊었다. 그로부터의 전화는 그 이후 오지 않았다. 차혜정은 얼마간 전화 속의 청년을 잊은 채로 보냈다.

그와의 대화를 하고 난 뒤에도 그에 대한 관심은 일어나지 않았다. 단지 자기의 지나온 인생에 대한 새로운 관심만이 더 해질 뿐이었다.

그녀는 이전보다 더 거실의 탁자 앞에 우두커니 앉아 차를 마시거나 창밖을 내다보는 시간이 많아졌다. 그럴 때면 예전에는 잊고 있었던 지난 일들이 희비사(喜悲事)가 뒤섞여 무작위로 떠오르곤 했다.

그러다 다시 어느 날, 차혜정은 저녁이 가까운 시간에 우편물을 받았다. 거기에는 흰 종이에 인쇄된 한 단편소설 분량의 원고가 있었다. 대강 훑어보니 그 안에는 그녀가 전화 속의 청년과 근사한 연배가 되어 애정행각을 하는 이야기가 묘사되어 있었다.

저녁식사를 한 후 차혜정은 이 원고를 들고서 일찍 침대로 올라갔다. 그리고 다시 한번 그 내용을 읽어 갔다.

식사 후의 나른함 속에서 글자를 접하니 졸음이 밀려왔다. 두어 페이지쯤을 다시 읽었을 때 그녀는 잠들었다.

꿈속에서 그녀는 희뿌연 안개 중에 서 있는 한 청년을 만났다. 체격이 당당하고 이목구비의 선이 굵어 강한 인상을 주었으나 눈매는 순하고 선하게만 보였다. 그 청년은 자기가 누구라고 말하지는 않았지만 그녀는 그대로 전화 속의 그 청년이라고 느껴졌다.

청년은 그녀에게로 다가왔다. 그 청년으로부터는 마음으로부터 울리는 소리가 있었다.

「혜정! 그대는 나의 이상형입니다. 나의 사랑을 받아 주십시오.」

그녀는 그 말에 아무런 대답을 않고 있었다. 수줍은 듯 몸을 흔드는 것 같기는 했으나 그런다는 생각 뿐 실제 몸이 흔들리는 감각은 없었다.

그녀는 자기도 모르게 그와 가까워지고 있었다.

그녀는 자신의 손을 보았다. 손은 젊은 처녀의 느낌으로 다가왔다. 자신의 얼굴도 젊은 처녀의 그것임이 의식되었다. 꿈속에서 그녀는 앞의 거울을 보고 있는 것도 아니고 하나의 객체로서 떠올라 관조하는 것도 아닌 바로 그 당사자임에도 자신의 얼굴모습과 분위기는 생생히 뇌리에 들어앉아 있는 것이었다.

그녀는 어느새 청년의 품에 안겨 있었다. 그녀를 감싸고 있는 청년의 가슴팍의 압력이 그녀의 어깨뿐만 아니라 머리끝에서 발끝까지 강하게 느껴졌다. 더욱 깊이 빠져들며 그 청년의 위치와 그녀 자신의 위치감은 점점 가까워졌다. 이윽고 둘의 위치가 동일하게 느껴질 즈음 그녀는 눈을 떴다.

잠을 깨니 주위는 어두웠고 야광시계는 한밤중을 가리키고 있었다. 그녀는 다시 눈을 붙였다. 이번에는 꿈 하나 없이 나머지의 밤을 지냈다. 날이 밝아 깨어났을 때에는 아무런 꿈의 산란한 기억이 없이 상쾌했다. 아침 식사와 커피를 마친 후 점심이 가까워질 때에야 그녀는 간밤의 꿈의 기억을 되살릴 수 있었다.

오후가 되어 차혜정은 시내의 한 동료작가의 출판기념 모임에 나갔다. 거기서 그녀는 잘 아는 사이인 김수정(金壽正)씨를 만났다.

『요즘 젊은 작가들 영 진지한 글을 쓰는 사람들이 없어. 저마다 주목을 받아 튀려고만 하니 안 튀는 것이 오히려 두드러져 보일 정도야.』

김수정씨의 말이었다.

『일전에 한 청년작가를 알게 되었는데요. 그가 한 작품을 보내왔어요. 그런데 그 내용이 보아줄만 하던데요.』

차혜정은 자기가 어떤 신기한 사실을 먼저 알고 있는 듯이 말했다.

『이름이 뭐라고 하는데요?』

『김진호(金眞濠)라고 하던데요.』

『처음 들었는데… 어디 통해 등단했소?』

『그건 잘 모르겠고. 그냥 소설〈영원한 처녀〉의 작자라는데요.』

『그 소설도 처음 들었는데.』

작가 김수정씨는 고개를 갸웃거리기만 했다.

돌아 오면서 차혜정은 요즘 거래하는 동서출판사에 들러 사무실에 비치된 근래의 출판물에 관한 명부를 찾아 보았다.

그러나 거기에도 그 작가와 작품은 없었다.

이상하게 여긴 그녀는 그 책에 적혀 있던 번호를 기억해내 전화를 걸었다.

그러나 전화기 속에서는

『지금 거신 전화번호는 없는 국번이오니……』

의 소리만이 나올 뿐이었다.

『그런 사람 문단에 있었던 적도 없소이다.』

그녀와 잘 아는 최주간도 말했다.

어느 곳 어디에 물어 보아도 김진호라는 작가를 아는 사람은 없었다.

차혜정은 허황(虛荒)한 마음에 서늘한 저녁바람을 맞으며 자기의 산장으로 돌아왔다.

산장의 입구를 들어설 때쯤 그녀는 문득 멈춰 섰다. 뒤편 하늘에서부터 예전에 들어보지 못한 은은한 화음이 울려오고 있었다. 그녀는 고개를 돌렸다.

그러나 검붉은 노을만이 저 아래 내리막길을 짙게 물들이고 있을 뿐이었다.

(1996. 7. 作 〈계간 서울문학 2019년 겨울호〉)

외계인 X

[二] 새로운 생명체의 발견

銀河帝國 정보원 X는 생명체 조사의 임무를 부여받고 태양계로 잠입했다.

생명체 조사가 끝난 뒤 그는 우선 본국에 그 결과를 보고했다.

『X 나와라 오버.』

『여기는 X, 최근 혜성과의 大충돌이 일어난 행성에는 생명체 아직 미발견. 그러나 그 옆의 자그마한 행성에 엄청나게 많은 생명체 번식사실 확인.』

『생명체의 대강의 형태는?』

『활동을 위한 두 쌍의 길다란 돌기와 각 쌍의 돌기 사이에 있는 입출력단자 부위로써 이루어진 시스템임. 중앙의 몸체부분은 열을 필요로 하기 때문에 껍질로 덮여있음. 여기서 가장 번성하는 생명체는 껍질을 자기 맘대로 입었다 벗었다 할 수 있기 때문에 더운 곳이나 추운 곳이나 고루 분포함. 최근에는 더울 때에도 몸체에 두꺼운 껍질을 덮어야 한다는 개체들과 그렇게 하지 않으려는 개체들간에 싸움이 일어나고 있음.』

『더우면 당연히 덮지 말아야 생명의 보존에 좋지 않나? 이상하군.』

『그 이유 본관도 모르겠음. 더욱 더 이해 안 되는 것은 그 생물들은 두 곳의 입출력단자 부위 중 한 곳은 항상 껍질로 막아두고 있음. 이 때문에 입출력 작용이 제때 원활히 이루어지지 않는 경우가 허다함.』

『거 아무리 하등하다 해도 너무 불합리한 생명체로군.』

[二] 思考와 生殖의 中樞

정보원 X는 다시 곰곰 생각했다.

『그 옛날 은하가 이루어질 무렵의 위대한 스승 *@子님도 말씀하시길 "하찮은 미물에게서도 배울 것이 있다"고 하셨는데 이들이 자신들의 외부 접속장치를 막아놓고 다니는 것은 필시 무슨 숨겨진 곡절이 있을 터。。。한번 그 이유나 알아보자。』

X는 이 행성에 가장 번성하는 생물체에 대해서 다시 연구하였다。

그 결과 그는 놀라운 사실을 발견할 수 있었다。

바로 이 생물들이 막아놓고 다니는 접속장치 부분은 이 생물의 陰陽個體間에 강력한 吸引 작용을 일으키는 源泉이며 이 생물의 번식에도 큰 역할을 한다는 사실을。

그리하여 이 생명체들은 그 부분을 神聖視 하여 소중히 보호하고 함부로 내놓고 다니지 않는다는 것이다。

그는 새로운 발견에 기뻐했다。

『은하계 변두리의 이 조그만 행성에 자기 몸의 소중한 부분을 신성시하여 이토록 아끼는 기특한 생물이 살고 있었다니.... 이 사실을 본국에 알리자. 大발견으로서 크게 칭찬 받을 것이다.』

보고서를 작성하려다 그는 이 생물체의 껍데기로 씌우지 않는 다른 접속장치 부분에 대해서도 의문이 갔다.

『보고를 하려면 완벽하게 해야지.』

그는 다른 접속장치의 역할에 대해서 알아보았다.

그는 곧 그것의 역할을 알 수 있었다.

그 부분은 이 생물체의 동작을 제어하며 사고를 관장하는, 생명본위의 가장 중요하고 신성한 역할을 한다는 것이었다.

그러나 그 부분은 항상 껍질의 밖에 있으며 그 때문에 외부로부터도 그다지 보호되지를 않고 있다는 것이었다.

『이 생물체는 역시 하등동물이다. 생명을 이루는데 있어서 어느 부분이 가장 중요하단 말인가? 이들은 가장 중요한 부분을 하찮게 보고 부차적인 것을 소중히 하는 모순 투성이의 생물이다.』

X는 한탄할 수밖에 없었다.

[三] 前後接續部의 互換性

정보원 X는 실망하였으나 그래도 이 소행성의 생물체에 대한 연구를 포기할 수는 없었다.

그는 연구를 계속하기 위해 용어들을 정의해했다. 陰陽의 성격을 가진 개체를 각각 陰個體와 陽個體로 나누어 이름짓고 두 외부 접속장치 부위를 구분하여 외부에 노출되어 있는 곳은 前接續部, 껍질로 싸여 있는 곳은 後接續部로 이름했다.

전접속부는 사고를 관장하기에 이 부분의 구조가 비슷하게 되어있는 개체끼리는 친구라는 이름 하에 서로 빈번한 정보교류를 하며 잘 어울려 다니는 것이 관찰되었다. 주로 같은 陽個體 혹은 陰個體 사이에서 이루어지는 일이고 陽個體와 陰個體 사이는 정보의 호환이 이루어지는 경우가 드물었다.

그러나 후접속부의 경우에 있어서는 陰個體와 陽個體 사이에서의 호환이 이루어지고 있었다.

陽個體와 陰個體는 자신들의 선택에 의해 한 쌍을 이루어 후접속부의 에너지 교류를 일상적으로 행하며 살아가고 자손을 번식하고 있었다.

이들이 어떻게 자기의 짝을 선택하는가에 관한 것은 정보원 X도 흥미 있는 일이었다.

『당연히 여러 대상 개체들의 후접속부들의 상태를 두루 알아본 뒤 호환성 시험을 거쳐 최적의 것을 지닌 개체를 선택하겠지.』

그러나 실상을 알고 난 뒤 X는 또 한번 실망할 수밖에 없었다. 陽個體와 陰個體의 짝의 선택은 주로 전접속부를 따라 결정하고 후접속부는 아예 호환성시험을 거치지 않기도 한다는 것이었다.

때문에 이미 짝지어진 쌍 중 太半 以上이 호환성의 결여로 부조화를 빚으며 마지못해 살아간다는 것이었다.

『정말 한심한 하등동물이다. 후접속부에 의한 에너지교환을 위한 짝의 선택이라면 많은 대상 개체들로부터 두루 후접속부에 대한 정보를 얻어 잘 맞는 짝을 골라야 할 것이 아닌가? 그런데도 불필요한 엉뚱한 정보만으로 짝을 결정하여 모순 투성이의 삶을 살고 있다니.』

[四] 전후접속부의 교류의 자유와 相互從屬性

정보원X는 이 소행성에 관한 정보를 효과적으로 얻어내기 위해서 작은 크기의 나라이면서도 이 소행성 전체의 온갖 문제가 집약되어 있는 한국이란 곳에서 조사를 계속했다.

이 나라는 최근에 상당기간 戰士들에 의한 독재정치가 계속되는 동안 전접속부에 의한 정보교환과 데이타 작성 등에 대한 통제가 심하였다.

그리하여 전사 정부는 자유로운 전접속부의 정보교환과 데이타 작성배포를 위해서 전사계층에 대항하는, 지식인 예술가 등이라고 하는, 그래도 이 등생물 중엔 기중 고도의 정보처리능력을 지닌 시스템개체들을 강제로 성능을 발휘 못하게 투옥, 감금 등을 해 왔다는 것이었다.

그러나 전접속부의 정보 교류의 자유를 갈망하는 다수 개체의 힘에 의해 전사지배자는 물러나고 요 근래에 들어와서는 문민정부라고 하여, 非전사

출신의 통치자가 들어서서 전접속부의 정보 교류의 자유가 상당 수준 이르렀다는 것이었다.

그런데 최근에는 후접속부의 에너지교류의 자유를 부르짖는 지식인이 투옥되고 이를 몸소 실현하려는 예술인들이 탄압 받는 사실이 확인되었다. X는 또 한번 고개를 갸우뚱했다.

『우리 은하제국의 고등생물의 시스템의 형태는 사고를 관장하는 최고의 중추기관이 다른 모든 부위를 지배하는 구조이므로 다른 부위는 저절로 이에 따르도록 되어 있다.

그런데 이 하등생물은 최고의 중추기관이어야 할 전접속부가 제한 없는 정보 교류가 가능하게 되었다고 하는데 후접속부의 상황은 이에 따르지 않고 있다.

결국 후접속부가 이들에게는 전접속부보다도 시스템 구조상의 상위 컴포넌트라는 말인가? 이런 불합리하고 불안정한 구조의 개체이니 어찌 이 우주의 오묘한 조화를 터득하고 적응할 것인가.』

[五] 처녀와 非처녀

X의 의문은 더해만 갔다.
도대체 이 생물은 후접속부를 어떻게 생각하기에 사고의 중추기관보다도 더 중요시하고 상위의 개념으로 여기고 있는가.

이 생물의 陽個體들은 陰個體를 크게 둘로 나누어 구분하고 있었고 음개체가 그 중 어느 쪽에 속하는가에 대해서 유달리 민감하였다.

그 구분의 기준은 그들의 후접속부의 상태에 따른 것이었다. 두 가지 중 하나는 처녀라고 불리우며 그 여부에 대한 陽個體들의 집착은 매우 컸다. 또한 매우 신성시되기도 하여 이들이 섬기는 신을 시중드는 역할은 처녀라야만 할 수 있었다.

X는 이 생물의 사회에서 이렇게 크게 두 부류에 대한 가치평가의 차이가 생겨나는 원인이 궁금해졌다.

그리하여 이들 두 부류의 후접속부의 상태에 어떠한 차이가 있는가를 조사해 보기로 했다.

우선 비처녀라 부르는 집단을 조사했다. 특수원격탐사장치로 후접속부에 관한 모든 정보를 입수하여 이 중 본래의 육체구성성분 이외에 어떠한 것이 있는가를 알아보았다.

여기서 육체구성성분 이외에 약간의 배설물 성분도 있었지만 주목할 만한 것을 발견할 수 있었다.

전접속부와 동등한 자격으로 교류한 흔적도 있었고 또한 새로운 생명을 창조하기 위한 인고(忍苦)의 흔적도 엿보였다.

하나의 숭고한 생명체로서의 경외심을 느끼게 하는 자료를 얻어낼 수 있었다.

X는 오랜만에 감탄했다.

『과연 이들이 이 부분을 그토록 아끼는 이유가 있긴 있구나!』

그리고 나서 그는 더욱 궁금해졌다.

『아아, 이들이 저급하고 부정(不淨)하게만 생각하는 비처녀의 후접속부도 이렇듯 신비롭고 숭고하여 경외심을 자아내게 하는데 이들이 신성시하는 처녀의 경우는 과연 어떠할까?』

X는 곧 다른 표본집단으로부터의 정보를 수집(蒐集)하여 시간 가는 줄 모르고 정보를 분석하는 일에 몰두했다.

반나절 가까이 데이터 분석을 해 보았던 그는 마침내 결론을 얻자 이미 가졌던 이 하등생물에 대한 연민과 측은함을 넘어 모멸감과 분노를 느낄 수밖에 없었다.

그가 그리도 두근거리는 벅찬 기대감을 가지고 조사하였던 처녀의 후접속부로부터는 아무리 찾아보아도 배설물성분 — 똥오줌 — 밖에는 발견할 수 없었던 것이다.

[六] 퇴보의 원리

이 하등한 생물의 세상에도 그러나 좋은 시절이 있었다. 이 생물의 역사는

黃金時代(Golden Age), 白銀時代(Silver Age),

青銅時代(Bronze Age)、 黑鐵時代(Iron Age)의 순으로 퇴보를 거듭했음을 X는 이 생물의 생성역사를 조사해본 결과 알게 되었다.

『우리 은하제국의 인류는 진화라고 하여、 대를 거듭하여 후대로 갈수록 더욱 좋은 품성의 사람들이 나와 서로 도우며 훌륭한 나라를 건설하였기에 지금의 영화가 있게 된 것이다。 그런데 어찌해서 이 생물의 세계는 퇴보만을 거듭하고 있는가?』

X는 이 생명체가 대를 거듭할수록 어떤 변화가 있는가를 조사했다。 조사해 본 결과 이 생물의 陽個體와 陰個體는 서로 고루 짝을 맺는 것은 아니고 陰個體중 상당수는 번식을 위한 생산을 포기하는 것을 알았다。 그리고 한정된 陰個體는 陽個體사이에서의 승자와 결합하여 번식을 하는 것이었다。

『승자라니? 우리 은하제국에서는 두 남자가 한 여자를 좋아하면 곧 더 훌륭한 품성을 갖춘 남자에게 여자를 양보하는 것이 어길 수 없는 철칙인데。。。』

그러나 이 행성의 생명체의 경우에는 그렇지 않았다。 이들의 陽個體들 중에 서로 경합이 생기면 반드시 자기만을 생각하는 사악한 개체가 陰個體를 차지하는 것이었다。 그리고 자연히 그러한 類의 자손이 더 많은 번식을 하는 것이었다。

이러니 갈수록 더 사악한 무리의 수효가 늘어나서 애초의 평화롭고 순결한 생활을 하던 시대에서 지금의 어지럽고 더럽혀진 사회로 갈수록 퇴보해 왔던 것이다.

『그렇다 하더라도 너무 퇴보속도가 빠르다. 사악한 무리의 자손 증식 속도도 한계가 있을 텐데。。。』

이 정도의 조사 가지고는 그 이유를 알 수 없다고 생각한 X는 더 자세한 조사를 계속했다.

다시 중요한 사실을 알게 되자 그는 또 한번 이 하등생물의 불합리성에 혀를 찰 수밖에 없었다.

이 생물의 陽個體 안에는 수억 개의 또 다른 小陽個體들이 서식하고 있었다. 이들은 역시 陰個體 안의 小陰個體와 결합하여 하나의 大個體로 성장하는 것이었다.

그런데 수억 개의 소양개체 중 소음개체와 결합하는 것은 그들 중 투표 등의 방법으로 뽑힌 가장 훌륭한 인격과 품성의 개체가 아니라, 그저 소음개체를 향해 동족이 밟혀죽든 말든 무지막지하게 쳐들어간, 그 중에서도 가장 사악하고 이기적인 개체였던 것이다.

[七] 음양평등헌신자의 멸시

이 별의 생명체가 이토록 타락한 하등동물의 생활을 하게 된 데에는 은하제국 사람의 남자에 해당하는 陽個體들의 책임이 컸다. 그들은 폭력으로 陰個體를 억압하고 자신들의 노예로 삼아 왔다. 때문에 서로 헐뜯고 싸우는 역사만 계속 되어 왔고 생명을 존중하는 사랑에 바탕을 둔 역사는 절멸할 수밖에 없었다.

그러나 최근에 와서는 이러한 兩性 개체간의 벽을 허물려는 조짐이 오기 시작했다.

이제까지 피억압자로만 있던 陰個體들 중에서 점차 억압자인 陽個體들과 동등하게 모든 권리를 행사하려는 개체들이 속속 나타나곤 한다는 것이었다.

이들은 대체로 兩性개체들로부터 공히 존경과 신망을 받는 경우가 많았다.

X는 생각했다.

『우리 은하제국의 남자들과 여자들 사이에서는 물론 이러한 문제는 없었다. 하지만 옛적에 부유한 자들과 가난한 자들의 차별이 문제가 되어 혁명이 일어난 적은 있었다. 그런데 그 당시에 가난한 자들이 부유한 자들의 대열에 끼이고 싶어하는 것은 당연한 것이어서 가난한 자들 스스로의 차별 타파 운동은 큰 호소력을 갖지 못했다. 그래서 부유한 자이면서도 일부러 가난한 자들의 대열에 합류하는 이들이 사회적으로 존경을 받고 그들의 뜻이 널리 받아들여져서, 그들의 힘에 의해 드디어 빈부자간의 평등이 이루어졌던 것이다.』

X는 이 하등생물 중에서도 그런 헌신적 마음을 지닌 개체가 혹시 있나 살펴보았다.

그는 곧 발견할 수 있었다. 이들 중에 陽個體로서의 특권을 포기하고 陰個體에 다를 바 없는 생활을 원하는 헌신적인 집단이 있음을 알아내었다.

그러나 조사해 본 결과 그들은 오히려 兩性의 개체들로부터 동시에 멸시와 냉대만을 받고 있음이 확인되었다.

『아아 이 퇴보를 면할 수 없는 하등생물의 속성이여. 이들은 억눌린 자의 편에 서서 그들의 힘을 북돋워주려는 가상(嘉尙)한 자들의 뜻마저도 전혀 수용하지 못하는구나.』

[八] 거시적 퇴보

X는 이 행성의 번성생물 인간이 자신들과 구별지어 짐승이라고 부르는 여타 생명체들도 접하게 되었다.

그는 또 한번 큰 의문을 가지게 되었다.

『이 행성의 짐승의 왕이라 부르는 생명체는 어찌된 일인지 자기의 먹이가 되어야 할 낮은 신분의 생명체들보다 고개를 더 아래로 내려뜨리고 당당하게 나서지도 못하면서 숨어 다니고 있다. 웬일까?』

이 소행성의 인간의 퇴보역사 앞에는 더욱 큰 규모의 퇴보과정이 있었던 것이었다.

인간역사의 퇴보가 미시적인 퇴보라면 이 앞의 큰 퇴보는 거시적인 퇴보라고 보아야 할까?

X는 인간이 속한 부류(部類)를 조사해보았다.

그들은 이 행성의 以前부터의 생물이나 은하제국의 생물들과는 달리, 이상하게도 자손을 번식할 때 포장재를 쓰지 않고 곧바로 準 완제품으로 출하하는 것이었다.

그 이유를 조사해 보니 다음과 같았다.

옛날 이 생물아류의 조상은 하도 비겁한 행동을 하면서 살다 보니 항상 도망다니기에 바빴다.

이럴 때 알을 가지고 다닐 수는 없기에 그 조상생물은 새끼를 자기 몸 속에 넣고 다녔다. 그리고 어느 정도 키워진 다음에 내보내면 새끼는 곧 어미의 몸으로부터 高養分의 즙을 빨아먹고는 빨리 자라나서 같이 도망다니며 살았던 것이다.

그러한 그들의 생태는 지금까지 그대로 이어져 내려오고 있는 것이었다.

『우리 은하제국 생물의 역사는 줄곧 그 세계를 지배해 온 가장 훌륭한 생물의 종류로부터 더욱 뛰어난 새로운 種이 나오며 거듭 발전해와, 그 代를 이어온 것이 오늘날과 같이 고도의 지적수준을 갖춘 은하인류인데, 이 행성의 인간은 과연 어떤 과정을 통해 생성되었는가?』

조사 결과 이 즙빠는생물류의 번성시대 이전에는 그들 보다 훨씬 크고 아름다운 생물류가 이 행성을 지배했음이 드러났다.

더군다나 이들 중의 왕이라 할 T라는 생물은, 먹이를 얻을 때에는 어디에서나 눈에 띄일 만큼 높이 일어서서 고개를 쳐들고, 당당하게 자기의 먹이가 되어 줄 것을 요구했던 것이다.

그를 만나는 생물들은 모두들 그의 위엄에 순종하여 순순히 그의 먹이가 되곤 했다.

이것은 현재의 은하제국에 서식하는 생물의 세계에서도 볼 수 있는 조화로운 생태계의 모습이었다.

즙빠는생물의 조상은 행성이 이들의 지배하에 있을 때 처음으로, 정당하게 먹이를 구하는 이제까지의 생태계 전통을 깨고 몰래 그들의 먹이나 알을 훔쳐먹는 비겁한 행동을 하면서 살아왔던 것이다.

어느 시대 이후 알지 못할 이유로 이 거대한 아름다운 생물의 類는 자취를 감추고, 비겁자의 무리들이 번성하여 각각의 형태로 발전하기 시작했다.

이윽고 이들 중에서도 전시대의 T생물에 해당하는 지배 생물이 생겨났다.

그러나 이 생물도 역시 조상의 버릇을 그대로 따라, 먹이를 얻을 때 당당하게 앞으로 나서서 구하지를 못하고, 몸을 납작 엎드려 뒤로부터 접근하여 본개체의 허락 없이 몰래 먹이를 삼는 것이었다.

인간은 애초에 즙빠는생물의 왕의 비겁함에 反하여, 그 옛날 고개를 쳐들고 직립하여 당당히 먹이를 찾던 T의 시대로 돌아가자고 하여 왕을 타도한 생물이었던 것이다.

그러나 혁명초기의 영화는 잠시였고, 이 역시 아무리 직립의 기치를 들고 일어났어도 즙빠는생물 본연의 비겁함은 벗어날 수가 없었었다.

아무튼 거시적인 관점에서도 이 소행성의 생물은 가장 최상의 품격을 지니 는 생물은 이윽고 절멸하고 저급한 생물의 후손이 살아남아 대를 이어가는 과정을 반복하기에 갈수록 퇴보를 가져 올 수밖에 없음이 판명되었다.

[九] 피지배자의 행위

X는 이 행성의 인간과 같은 類에 속하는 모든 즙빠는생물에 對해 조사하였다. 왜냐하면 이들이 바로 이 행성 생태계의 거시적 퇴보의 주역이기 때문이었다.

이들은 모두 양음 개체의 생식활동의 양상이 비슷하였다. 陰個體가 똑바로 엎드려 있으면 陽個體는 그 위에 포개지는 형태로 올라가 전후 왕복운동을 반복하는 형태였다.

X는 가장 신성해야 할, 후세를 이어가는 생명창조의 의식(儀式)행위가 그다지 아름답지 못한 것을 보고 눈살이 찌푸려졌다.

『우리 은하제국에서는 생명창조의 행위가 사람의 모든 행위 중 가장 아름다운 것으로서、 은하올림픽 경기에서는 피겨섹스(Figure Sex)라 하여 2인1조의 각 省 대표팀이 저마다 갈고 닦은 기량을 뽐내며 아름다운 연기를 관중에게 보여줘、 우승 팀은 최고의 영예를 얻곤 하는데...』

어쨌든 이 행성의 즙빠는생물은 그러한 형태의 행위로 자손을 번식시켜 나갔고 많은 종류가 집단생활을 하고 있었다. 人間種도 마찬가지 였다. 집단에는 보스가 있게 마련인데 보스에게 복종하는 등을 바닥에 고 배를 노출시킴으로써 복종을 표시하였다. 단 인간종의 경우에는 높이 쳐들고 있는 머리를 숙임으로써 이 행위를 대신하는 것 같았다.

X는 이 행성의 인간의 사회에서만 유독 性차별에 대한 논란이 심한 것에 다시 관심이 갔다.

그러나 최근에 들어서는 陰個體이면서도 陽個體의 지배에 굴복하지 않고 완전한 음양평등을 추구하는 개체가 늘어난다고하여、X는 그 중 최근에 가장 이름을 날리는 陰權運動家인 Y를 추적해 보았다. 그녀는 (은하제국 어로는 영어의 「she」에 해당하는 여성형 대명사. 사람을 가리키는 말이 아님.) 항상 陰權伸張을 위한 투쟁을 부르짖으며 선동하고 陽個體 일반의 저열(低劣)한 취향에 대한 혐오감을 수필、논설문 등의 형태로 각종 매체를 통해 발표하고 있었다.

하지만 정작 그녀도 한 陽個體와 함께 생활하고 있었다. 그녀는 이에 對해 자기의 陽便은 세상에 둘도 없는 민주적인 陽便이라 문제되지 않는다고 하는 것이었다.

X는 Y의 생활을 원격탐사장치로 추적해 보았다.

과연 그녀의 말대로 그녀의 陽便은 생활의 모든 면에서 완전히 동등한 입장에서 陰便네를 대해주었으며、거기에다가 은하제국의 웬만한 남자 뺨칠 정도의 극진한 애정도 가지고 있는 것 같았다.

『참으로 모범적인 쌍이다. 이 행성의 모든 쌍들이 이와 같으면 여기도 은하제국 못지 않은 발전을 할 가능성이 있을 텐데.』

이윽고 밤이 되었다. Y와 Y의 陽便은 껍데기를 일시 제거시키고 가까이 다가가는 것이었다.

『이 행성의 인간은 생명창조 행위를 대체로 비밀리에 한다지. 그러면 엎드려 있는 陰便의 身上에 兩便이 登하겠지···.』

X는 이 쌍을 이 행성의 가장 모범적인 쌍으로 본국에 보고하여 많은 포상을 내릴 방법까지도 강구하며 대견스레 지켜보고 있었다.

그런데 이게 웬일인가. Y는 바닥에 등을 대고 누워 배를 노출시킨 채 굴종의 자세를 취하고 있지 않은가.

이 한 쌍으로부터 그나마 이 하등생물의 희망의 여지를 찾아보려던 X는 이날 또 크게 실망하고 말았다.

그녀도 결국은 굴종과 예속으로 살아가는 한 陰個體에 지나지 않음이 확인된 것이다.

[十] 交叉接合

이 행성의 인간의 전후접속부위는 兩性의 개체간에 강력한 흡인작용을 하고 있었다. 따라서 이 접속부위들끼리의 접합은 이 생물의 생존 그 자체의 의미가 될 정도로 매우 중요한 행위였다.

가장 첫 단계는 양성의 전접속부끼리의 접합이고 그 다음은 후접속부끼리의 접합이었다. 그리고 양성의 전후접속부간의 교차접합이 있었다. 전접속부끼리의 접합은, 흡수기관끼리의 접합이므로 물리적인 자력(磁力)만이 강할 뿐 이렇다 할 물질의 교류는 없었다.

후접속부끼리의 접합은 생식의 원리에 따라 소개체가 이동하는 당연한 현상으로서 별다른 특기사항은 없었다.

X가 가장 흥미를 가지고 관찰한 것은 서로 진실하게 아끼는 사이에서나 이루어질 수 있는 전후접속부 상호간의 교차접합이었다. 흡수를 주로 하는 전접속부와 배출을 주로 하는 후접속부사이의 접합은 유기물 순환의 좋은 본보기를 기대하게 했다.

교차접합 중의 兩個體의 전접속부는 자양분 섭취시의 경우와 같이 활발하게 움직이고 있었다.

그러나 원격탐사장치의 자료분석으로는 이렇다 할 유기물의 교류가 없는 것으로 판명되었다.

『참으로 비효율적이고 하등한 생물이다. 이러한 교차접합시에 한 개체의 후접속부에서 배출되는 유기물을 이와 접합된 상대개체의 전접속부에서 흡입하여 재차 자양분섭취를 하고, 이를 다시 그의 후접속부로 배출한 뒤 다시 먼저의 개체의 전접속부에서 흡입하는 과정을 순환하여 되풀이하면, 접합행위시에 최대한의 많은 자양분을 흡수하여 그들의 에너지원으로 쓸 수가 있을

터인데。。。"

[十二] 영원에의 希求

이 행성의 인간이 장소 이동을 할 때 이용하는 車라는 기구는 끊임없이 이 행성의 물질을 분해하는, 파괴행위를 수반해야만 움직일 수가 있었다. X는 이 행성의 생물의 하등성의 근본 원인은 이 행성에 통용되는 물리 법칙의 열악성에 근거하고 있음을 알아내었다.

은하제국내의 차들은 일단 한번 동력을 가하면 차는 달리기 시작하여, 달리는 동안에 생기는 열에너지는 고스란히 모아져 다시 차를 움직이는 운동에너지로 변한다. 이러한 과정을 되풀이하므로 일단 차를 움직인 후에는 더 이상의 물질 분해 행위가 요구되지 않고 필요할 때마다 기어의 再 연결만 하면 언제라도 그대로 움직이는 것이다.

은하계의 중심에 안정되게 위치한 은하제국과는 달리 은하계 가장자리의 팽창하는 소용돌이에 휩싸여 있는 태양계의 이 행성에서는 이런 효과적인 물질 및 에너지의 순환이 불가능하고 모든 사물의 상태는 엔트로피증가의 혼돈 지향으로만 나아가는 것이었다.

때문에 앞서 얘기한 교차접합의 영원한 희열도 이 생물은 가질 수 없는 것이었다.

은하제국에서는 서로 극진히 사랑하는 남녀가 그 사랑의 희열을 영원히 느끼고 싶을 경우, 교차접합의 상태로 돌입하여 영원한 氣순환의 형태로 자신들 사랑의 화려한 결말을 맺는다.

그러나 이 행성의 생물은 본래부터 이러한 영원한 순환관계가 불가능하므로, 개중에는 이 숙명적인 불안정의 물리법칙으로부터 벗어나기 위해 동반죽음을 택하는 경우도 있다는 사실은 X로 하여금 매우 비장한 감동에 사로잡히게 하였다.

새삼 이 불행한 우주의 국외자(局外者)들에 對한 연민이 하염없이 우러나는 것이었다.

[十二] 귀환

이제 그도 본국으로 다시 돌아갈 때가 되었다. X는 그 동안 모았던 귀중한 자료들을 정리했다. 조만간 다시 이들 자료를 토대로 더욱 자세한 보고서를 만들기 위해서.

이들의 비참한 양상은 곧 그의 은하제국이라고 해서 회피할 수 있는 성격의 것이 아니었다. 다만 그 때가 무한히 영에 가까우므로 혼돈지향의 퇴보과정이 눈에 보이지는 않지만 이 역시 엄연한 사실인 것이다.

은하소용돌이의 중심부는 팽창속도가 영에 가까우므로 혼돈지향의 퇴보과정이 눈에 보이지는 않지만 이 역시 엄연한 사실인 것이다. 점차 소용돌이 밖으로 밀려나는 행성집단은 밖으로 갈수록 기하급수적으로 퇴보의 속도가 증가하여 가장자리에 밀려 왔을 때에는 이 태양계처럼 눈에 보이는 급격한 퇴보로 치닫는 것이었다.

그리하여 이윽고。。。 마침내 저 우주의 영원 속으로 먼지로 분해되어 사라지는 것이었다.

(1994。8。 作 1995。1 하이텔문학상 당선작)

神의 소리
(舊題 天地神鳴)

내가 사는 이 29세기. 모두들 옛날보다 살기 좋게 되었다고들 말하며 수천 년 쌓아올린 인간문명의 찬란한 성과를 즐기고 있다.

사람들은 옛 사람들의 힘겨웠던 삶의 이야기를 듣고는 그들을 동정한다. 그리고 이 시대에 살게 됨을 천만 다행으로 여기며 한숨 돌리곤 한다.

그러나 지금도 지나간 옛 시대에 미련을 두는 이들이 있다.

나는 옛 상상가들을 부러워한다. 조금 전 시대 보다는 많이 전 시대의 사람들을 더욱. 그리고 그보다 더 오래 전 사람들은 더욱 더…. 나는 옛 상상가들의 그 무한한 사고활동의 무대를 아쉬워하며 이 시대를 살고 있다. 지구의 모양도 상상에 의지하던 그 때 상상가들은 신화를 집필했다. 많은 상상의 인물들과 그들이 노니는 하늘의 모습을 그려내고는 마치 자기가 가서 보고 들고 온 것처럼 그들과 그곳의 이야기를 사람들에게 들려주었다. 사람들은 가보지 못한 세계에 대한 한량없는 동경의 정서로 충만할 수 있었다.

그러나 지구 위 성층권(成層圈)의 실체가 밝혀지고 나서는 그 숱한 이야기는 모두 거짓임이 드러나고 말았다.

그 뒤로는 아무도 그런 이야기를 쓰지 않았다.

그 다음 상상의 범위는 도약하여 인간의 손길이 따라잡을 수 없는 곳으로 훌쩍 넘어갔다. 그들은 삼차원 공간 내의 이동으로는 다다를 수 없는 머나먼 곳의 이야기를 그렸다.

이렇게 해서 얼마 동안 공상과학 소설가들의 시대가 계속되었다.

그러나 결국 그 때도 오고 말았다. 아공간(亞空間)1) 이동방식이라는, 삼차원 공간을 초월한 장거리 이동 방식이 개발되자 사람들은 공간의 한계를 벗어나 자유로이 우주의 이 곳 저곳을 넘나들게 되었다.

먼 우주에는 상상을 초월하는 모습의 우주인들이 살고 있을 것이라고 했던 공상과학소설도 거짓임이 드러났다. 모든 항성계(恒星系)는 엇비슷했다. 태양과 비슷한 크기의 별에는 세 번째쯤의 행성에 지구와 같은 생명체가 번성했다. 더욱 크면서 많은 행성을 거느린 별에는 다섯 혹은 여섯 번째의 행성에 생물이 번성했다. 목성과 같이 큰 행성은 모두 생물이 번성하는 행성의 다음 번째에 있었는데 그런 곳의 푸석푸석한 환경에서는 생물이 자라나지 못했다. 항성계는 모두가 우리 태양계의 예전, 현재 혹은 훗날의 모습을 보이고 있을 뿐이었다.

모든 상상력의 공간은 현실에 의해 점령당했다. 이제는 무한히 광대한 우주의 실체만이 우리 앞에 놓여 있을 뿐이다.

---

1) 삼차원 공간을 이차원 공간으로 비유했을 때, 종이를 접어 서로 만나는 점 사이를 이동하는 것과 같은 방식.

우리의 지구는 그 많은 지구들 중 인류역사가 앞선 곳이었다. 우리는 다른 앞선 지구들과 함께 우주개척의 협정을 맺었었다. 그리고 태양이 적색거성(赤色巨星)2)이 된 후의 대비책도 논의했다.

하지만 이들 선진지구(先進地球)들은 이 광대한 우주에서 손꼽아 있을 뿐이다. 우주의 대부분을 차지하는 후진지구(後進地球)들은 이제 우리 지구인의 무한한 우주개척의 대상이 되었다.

『자식아, 뭘 그리 골똘히 생각하고 있니?』

갑자기 내 어깨를 툭 치며 잡아 흔드는 움직임에 놀라 나는 고개를 들었다.

대학시절의 친구 여화가 약속시간을 조금 늦게, 내가 앉아있는 차실(茶室)의 후미진 구석자리까지 찾아 들어와 왔다. 나는 혼자만의 생각에 잠긴 나머지 그가 들어와 내 앞으로 다가오는 것도 모르고 있었다.

졸업 후 십 년이 지나도록 일정한 직업 없이 생활이 궁했던 나는 요즘 그의 사업이 잘 되어나간다는 소문을 듣고는 혹 얼만큼의 일감이라도 얻을까 해서 그의 바쁜 일정에도 불구하고 만날 약속을 얻어냈던 것이다.

여화(與華)라는 이름은 꼭 여자 같지만 그는 남자다. 그도 현대의 많은

─────
2) 태양과 같은 항성이 그 수명의 말년에 거대한 붉이 별이 되어 지구와 같은 근거리의 행성을 집어삼키게 되어 더 이상 생명이 살수 없게 되는 상태.

다른 남자들처럼 식민지 개척사업을 하고 있다. 그는 자기 소유의 식민지 안의 미개인들 사이에서 상당히 높은 권위를 가진 존재로서 군림한다고 한다.

그는 또한 자존심이 매우 강하다. 그는 타협을 모른다. 그는 자기가 다스리는 곳 주변의 다른 어떤 사업가들과도 일체의 공동 합작경영의 협정을 맺지 않는다.

그는 자기 자신의 존재가 이 세계에 온 우주에서 최고라고 생각한다. 그는 어느 종교도 믿지 않는다. 그는 어려서부터 철저한 무신론자였다. 기독교 신자인 나는 그와는 그렇게 마음이 맞는 사이는 아니었지만 중고교에서도 같은 학교를 다녔다는 인연 때문에 그저 안면이 가까운 사이로 지내 오고 있다.

종교의 위기는 이미 과거에 인류가 우주의 실상을 알아내기 시작한 때에도 있었다. 그러나 하늘에 하느님이 없음을 확인했음에도 불구하고 종교의 가치는 수그러들지 않았다. 인간의 정신세계는 그 뒤로도 계속 베일에 가려 있었으며 그 문제의 해답은 종교로부터 구하는 것이 가장 효과적이었기 때문이었다. 눈에 보이는 우주가 어떻게 보이든 간에 인간의 생감이 지금과 같이 있는 한, 신의 존엄성은 영원히 유지되리라는 것이 나의 생각이다.

내 앞자리에 마주 앉으면서 그는 미리 꺼낼 말을 준비했듯이 말했다.

『너도 임마 좀 시대에 맞춰서 살아라. 지금이 어느 때라고 자기 혼자의 생각을 남들에게 얘기하는 걸로 돈을 벌려고 하냐. 다들 자기 잘난 맛에 사는 세상이야. 자기가 꿈꾸는 낙원은 실체로 만들어 보면 그만이야. 네가 그렇게 다른 사람들에게서 인정받는 사람이 되고 싶다면 너도 남들처럼 식민지 개척에 나서란 말야. 그러면 너같이 순진하고 어리숙한 애도 그들로부터 는 추앙 받는 자가 될 거야.』

나는 계속 그의 말을 듣기만 하고 말이 없었다.

『왜, 너는 그들 미개인들에게서 받는 존경은 의미가 없단 말이니? 우리 지구인의 사회에서 인정받고 싶니? 봐라. 먼저 세대 우리 지구 최고의 작가라고 했던 글란 막스도 지금 기껏 하는 일이 사업가들을 쫓아다니며 식민 개척의 뒷 얘기들을 조사해서 홍보용 자서전이나 써 주는 정도야. 더 이상 비견없는 일에다 미련을 두지 말아.』

어쨌든 나는 그와 진로에 관한 논쟁을 계속할 입장은 아니었다. 나는 단지 그에게서 일자리를 얻는 것이 목적이었고 그 또한 나의 생활을 뒤쫓아가며 간섭할 이유는 없었다.

우리는 곧 화제의 본론으로 들어갔다.

지구로부터 삼만 광년 정도 떨어진 곳의 또 다른 지구행성에 위치한 그의 사업장(事業場)인 이수라(易洙羅)라는 지방에 문제가 있다고 한다. 도무지 그의 의도대로 그 곳의 인간들이 살아가는 것 같지가 않다고 한다. 토지가 비옥하고 풍부한 천연자원이 있다고 알려지고 난 뒤 그 행성에는 그의 식민지 외에도 여러 군데에 지구인 혹은 다른 선진지구 행성인에 의한 식민지가 건설되어 다스려지고 있었다. 그런데 그가 다스리는 곳의 인간들이 여태껏 보살펴 주고 다른 쪽의 지배와 침략으로부터 막아준 은혜를 잊고 하나 둘 주변의 다른 지배문화에 현혹되고는 한다는 것이다. 이대로 그냥 놔두다가는 그가 힘들여 쌓아올린 기업(基業)이 흔들릴 위기에 이르렀다는 것이다.

그는 나에게 자기 사업의 형편에 대해 설명하다가, 분을 못 이겼는지 숨을 후후 내쉬며 옆으로 고개를 돌리고는 중얼거렸다.

『괘씸한 것들. 그건 마치 벌거벗겨진 채 버려져 발버둥치는 핏덩이 어린 고아를 주워다 살려내서 온갖 정성을 들여 곱게 잘 길렀더니, 자라서 몸이 풍실(豊實)해지고 유방이 솟아나오니까 제 앞에 추파를 던지는 뭇 사내놈들 앞에서 함부로 다리를 벌려 제끼는 거나 다를 게 없어. 은혜도 모르는 후레자식 놈들 같으니라고. 지네들이 목이 말라 죽어갈 때 공중시찰을 해서 물이 있는 곳을 알려 준 게 누군데. 지네들이 굶주릴 때 짐승을 잡아 기르는 법을 가르쳐 준 게 누군데. 어디 그 뿐이야? 예전에 지네들이 다른 족속으로부터 도망 나올 때 도중에 아무리 찾아도 먹을 것이 없으니까 아예 우리가 가져갔던 그 많은 우주 가공식품들을 송두리째 내려다 보낸 적도 있었는데 말야.』

계속해서 그는 그들을 손봐주어야 하겠다고 흥분했다.

『내... 예전에도 그 곳 부근에서, 할만큼 말을 안 들어서 도저히 구제 불능한 도시에다가 핵폭탄 투하를 했는데도 통 말을 일도 있었는데... 아직도 그놈들이 정신을 못 차렸어. 아예 사그리 없애 버리고 다시 새로 시작할까?』

『하지만 너무 아깝지 않아? 이제까지 거기다 투자한 게 얼만데. 그 정도 가지고 멸망시킨다는 것은...』

나는 이윽고 입을 열었다. 사실 그도 은연중에 내가 말리기를 바랐을 것이다. 나 또한 번에 그의 사업이 계속되어야 무슨 일거리라도 얻을 것이니까.

『맞아. 먼저 번에 그곳에서 사업하던 사람은 일이 뜻대로 되지를 않았으니 종인(種人) 하나와 그 가족만을 남기고 아예 한꺼번에 물로 쓸어버렸으니데, 그 뒤로 복구비가 엄청나게 들어서 좀 더 신중하지 못했던 것을 후회하더라. 성질 같아서는 그냥 확 뭉개버리고 싶지만 그래도 살자고 하는 중생들인데 막 그럴 수는 없고... 어떻게 할까...』

그는 잠시 팔꿈치를 의자어깨에 걸치고 손끝에 턱을 괴고 있다가, 다시 자세를 올리고 손을 탁자 위에 가볍게 쳤다.

『선별 제거를 할까.』

『선별 제거라니.』

『먼저 선별조(選別組) 애들을 보내서 저들 중에서 자기네의 잘못을 뉘우치는 자들을 찾아서 그들의 이마에 바코드(bar code)를 찍어 둔단 말야. 그리고 다음에는 처단조(處斷組) 애들을 풀어서, 코드 인식이 안 되는 것들은 남녀 노소를 가리지 않고 없애버리게 한단 말야. 사업장의 면모를 일신하면서 복구 경비를 절약하는 한 방법이지. 어떻게 생각되니.』

탁자 위에는 커피잔이 솟아 나왔다. 나는 손을 내밀어 그것을 만지작거렸다.

『그래도 좀 무리가 있을 것 같은데. 되도록 미리 충분히 달래 보고 나중에 결정해도 늦지 않을 것 같은데.』

내 말에 그는 살짝 고개를 내리고 씩 웃고는, 「츳」하고 가볍게 입맛을 다셨다. 그리고 자기 앞에 있는 차를 마신 다음, 머리를 들어 나를 보고는 집게손가락의 끝으로 내 목을 가리켰다.

『바로 그거야. 내가 그놈들한테 먼저 한차례 경고를 주려고 하거든. 거기서 그곳 인간의 대표에게 내 말을 전해줄 일이 있는 데 너도 가 볼래? 혼자 갔다와. 난 지금 내년도 사업 계획을 짜고 새 식민지 대상지를 물색하느라고 바쁘니까 말야.』

나는 만지작거렸던 커피 잔을 들고 대답했다. 『알았어. 해 볼게. 그런데 어떻게 하는 건데? 필요한 기술이라도 있어야 하는 건 아닌지 모르겠네. 난 글쓰는 것 외엔 뾰족한 기술이 없는데 거기서 내 기술이 필요할까?』

『거긴 아주 원시사회도 아니고 우리 지구로 보면 한 기원전 오 백 년 정도야. 그러니 그놈들도 글은 볼 줄 알아. 내가 누군데? 내가 처음에 개들을 다른 식민지로부터 접수할 때, 개네들이 지켜야 할 법을 만들면서 그 내용을 글씨로 써 주면서 일일이 가르쳐 줬지.』

『어떻게 써 줬는데? 개네들한테는 디지탈 저장원반은 물론, 소용없을 테고...... 설사 종이(紙)라도 개네들이 그냥 보관하기는 힘들텐데.』

『맞아 그 미개인들이야 그런 거 만들어 줘 봤자 보관도 못하지.』그래서 그냥 넓적한 돌멩이 열 개에다가 레이저빔으로 투사(投射)해서 잘 새겨서 줬지.』

『그래서, 잘 지킨대?』

『놈들이 그렇게 해줬는데도 잘 안 지키고 있으니까 지금 이러는 거 아냐?』

그는 잠시 언짢은 표정을 짓다 다시 정색을 하고 내게 말했다.

『그자들이 글을 안다고 해도 그 중에서 몇 안 되고, 써본들 지극히 일상적인 언어밖에는 안 통하니까 네 글은 거기선 안 통해. 그러니 네 기술은 거기에선 소용이 없어.』

『그러면...』

나는 혹 그로부터 아무런 소득을 얻지 못할까 염려되었다. 하지만 그는 곧 다시 내게 물었다.

『너 운전 면허증 있지?』

『그런데...』

『됐어. 내 사업현장에는 내가 만든 헬기들이 있는데 운전면허증만 있으면 조종할 수 있어. 거기 가서 팀장이 하라는 대로 조종을 하면서 그자들 미개인들에게 경고를 주는 일을 같이 하면 돼.』

『어떻게 생긴 건데 자동차 운전면허증만 있으면 조종할 수 있다는 거지?』

『지금 그런 거 설명할 시간이 없어. 자 난 내 일보러 빨리 회사로 들어

가야 해. 너도 지금 떠날 수 있니?』

나는 지금 혼자 사니까 누구에게 연락하고 갈 필요도 없었다.

『갈 수는 있는데. 어떻게 하는 건지 먼저 알아야 할 것 아닐까?』

『가면 다 알게 된다니깐. 자、 가자!』

그는 어서 일어나 가자는 뜻으로 내 어깨를 툭 쳤다.

내가 외계 지구행성의 여행을 간 경험은 고교 때 수학여행을 단체로 간 것과 대학 초년 때 몇 친구들과 함께 맨 몸으로 배낭여행을 갔다 온 것이 있었다. 하지만 그다지 큰 의미는 없었다. 수학여행은 그저 선내에 탄 채로 외계 행성의 상공을 며칠간 돌아 보는 것뿐이었고 지구연방국가에서 엄격히 통제한 안전구역선 내의 무인지대나 돌아보곤 했었다. 가끔 관광회사에서 단체관광상품으로서 외계 후진 인류와의 만남의 기회를 마련하는 경우가 있었는데 그것은 비용이 너무 많이 들어 내 형편으로는 불가능했다. 값이 싼 무인지대 시찰관광은 물론 흥미가 없었다. 어쨌든 나는 외계 여행을 충분히 해보지는 못했다. 사실 아무리 현대라고 해도 우주여행을 충분히 해보는 사람은 여화처럼 잘 나가는 사업자들뿐일 것이다. 하지만 나는 그다지 아쉬워하지는 않는다. 나는 그럴 시간이 있다면 옛 사람들의 글이나 더 읽고 싶을 뿐이다.

『아참、 이건 일에 대한 선금이다. 받아둬라.』

그는 일어나서 걸음을 옮기려다 잠깐 멈칫하더니、 안주머니의 지갑에서 수표 한 장을 꺼내 건네주었다. 그는 서로의 식별판(識別板)끼리의 계좌이

동충전(計座移動充電)만으로 거래하는 것은 인간적인 맛이 안 난다고 해서, 이렇게 전하폐(電荷幣)를 직접 건네주는 것을 즐겨하는 편이다. 우리가 다가가자 문이 열렸다. 우린 앞문으로 들어가 나란히 앉았다. 곧 문이 닫히고 차는 출발했다.

『이 차가 좀 오래돼서 문이 제 때에 안 열리곤 해. 조만간 바꿀까 하는데....』

나는 속이 뒤틀렸다. 나는 아직도 겨우 휴대용 스위치에 의한 조작방식의 구형 차를 타고 다니는데, 차주(車主) 열감지(熱感知) 시스템에 의해 작동되는 이 좋은 차를 불평하고 있다니.

『네가 너무 마음이 차서(冷) 그런 건 아냐?』

나는 모처럼 그에게 웃으며 농담을 했다. 그는 곧 응수했다.

『무슨 소리? 내가 설사 얼음같이 차가운 이성(理性)을 지녔다 해도 내 몸은 항상 불같은 의욕으로 충만해 있는데 나 때문에 작동이 잘 안될 리가 있겠어? 냉증 있는 여자라면 몰라도.』

그의 회사에 도착했다. 그가 손을 앞으로 들어 보이자 차는 멎고 문이 열렸다.

여화는 현관의 경비원에게 나를 안내해 줄 것을 지시하고는 자기의 집무실로 올라갔다.

경비원은 지하실의 현장담당자를 불렀다. 짙은 청색 유니폼차림의 안내원이 올라왔다. 흰 얼굴에 눈이 크고 입술에는 진한 화장을 하고 있었다. 나는 아공간 이동 통로가 있다는 지하실의 넓은 방으로 안내되었다.

그 방은 얼른 보기에는 여느 지하 작업실과 다름없이 보였다. 바닥에 측정장비와 소형 자동차 등 탐험용품들이 몇 대 놓여 있고 벽면의 다층선반에는 여러 사람들의 소지품인 듯한 가방 수십 개가 개척지 지구행성의 여러 모습들이 보여지고 있는데 마침 작업자들은 자리를 비우고 있었다.

『여기서 그곳의 형편은 모니터링 하나요?』 나는 안내원을 돌아보고 물었다.

『여긴 가고 오는 사람들 체크만 할뿐이에요. 사령실은 저 윗층에 있어요. 당신은 사장님이 특별히 부탁했으니까 그냥 가시면 되요.』 안내원은 답했다. 자기일 아닌 것에 신경 쓰지 마라는 투 같았다.

방 한쪽에는 또 다른 문이 있었다. 그것은 지하의 방문으로는 어울리지 않게 마치 고딕양식의 건축물에 있는 것처럼 화려했다. 안내원은 먼저 들어가 나의 손을 잡아 끌었다.

『자, 들어와요.』

안에는 어두운 터널이 길게 뻗어 있었다. 나는 앞장서서 인도하는 안내원의 좌우교대로 일렁이는 엉덩이의 실루엣을 따라 걸어 들어갔다. 밑에 보이는 것은 출처를 알 수 없는 희미한 빛에만 의지하고 있는 좁은 통로 바닥뿐이었다.

얼마간 걷고 나니 아공간 이동을 위한 구멍3)인 星間門4)에 다다랐다. 어둠 속이라 그 문의 생김새는 잘 보이지 않고 그저 네모진 철제(鐵製) 개폐(開閉) 장치로만 보였다.

『이제 여기부터는 혼자 들어가셔야 해요.』

옆으로 비켜선 안내원의 지시에 따라 나는 조심스럽게 그 문을 열고 들어갔다. 깜깜하고 아무 것도 보이지 않는 그 안에 들어가자마자 나는 움찔하고 정신을 잃었었다.

다시 정신이 드니 나는 그의 식민지가 있는 먼 곳 지구행성으로 이미 星間 이동이 되어 있었다.

그곳 지구행성의 환경은 과연 우리의 지구와 같다고 해도 무방했다. 다만 내가 도착한 곳은 건조기후 지역이었다.

기지(基地)는 벌판에 낮은 담장을 두르고 그 가운데 팔 층짜리 큼직하고 네모진 건물이 우뚝 솟은 곳이었다. 나는 그 건물의 지하실 星間門을 통해 이 행성에 도착하여 계단을 올라 밖으로 나왔던 것이었다.

마당에는 출동을 위한 일인용 헬기 넉 대가 미리 대기해 있었다. 세 명의 대원이 이미 출발을 준비하고 있었다.

헬기는 착륙을 위한 다리가 길었고 동체에는 큰 바퀴도 달려 있었다. 그

──────────

3) wormhole. 접혀진 공간끼리의 접점(接點)에 해당하는, 공간 사이의 지름길 통로로. 3차원 공간을 2차원 평면에 비유하면 이해될 수 있다.
4) 별과 별 사이를 이동하는 문, stargate.

것들은 이 곳에서 시시 때때로 요긴하게 활용하기에 적합하게 만든 지공(地空) 겸용의 것으로서, 말하자면 헬기와 자동차를 합친 것이었다. 헬기 각각의 옆면에는 이 헬기에 붙여진 이름이 쓰여 있었다. 여화는 이 헬기들을 케룹5)이라는 애칭으로 불렀다. 케룹의 편대는 케루빔이라는 복수형으로 불렀다.

케룹이라... 예전에 얼핏 그가 그 답지 않게 모차르트의 「피가로의 결혼」 중의 케루비노의 아리아 「사랑의 아픔...」인가를 좋아한다는 말을 들은 적은 있었는데, 그가 자신의 애기(愛機)들 마저도 케루빔이라는 명칭을 부여한다는 것은 뜻밖이었다.

『우리가 불러낸 자가 지금 저기 남쪽 강가에 있으니 그 곳으로 가서 그의 앞에 나타나 우리의 메시지를 전합시다.』

그 중에 팀장인 듯한 자가 내게 말했다. 나는 꼭 필요한 인원도 아니면서 그냥 곁다리 붙어 일하는 입장이었다. 나는 나보다 연하로 보이는 그의 지시에 따라 출동을 위한 채비를 차리고 헬기 즉 케룹 중의 하나에 올랐다. 조종간은 상승과 하강을 조종하는 손잡이가 있을 뿐 자동차의 운전대와 거의 같아서 나는 그가 시키는 대로 곧장 조종할 수 있었다.

우리는 네 대의 헬기에 한 사람씩 나눠 타고 남쪽으로 날았다. 구름 한 점 없이 맑고 잔잔했던 하늘엔 우리의 헬기들이 날아가면서 큰 파문이 일어

---

5) cherub(단수), cherubim(복수), 천사의 하나

났다.

헬기들은 나아가면서 강한 바람을 일으켜, 인접한 공간에 들어차 있는 모든 공기를 뒤흔들었다. 우리가 진행하는 방향의 아래쪽은 일찍이 없던 공기압의 신축(伸縮)에 의한 황망(慌忙)한 진동으로 가득 찼다. 저공 비행을 하면서 내놓는 배기 가스와 땅에서 회올려 솟아오르는 흙먼지가 뒤엉켜, 멀리서 보면 우리가 마치 커다란 구름 덩어리를 몰고 가는 것처럼 보일 것 같았다.

날이 조금씩 어두워지고 가득한 먼지 때문에 시야가 좋지 않자 우리는 서로의 위치를 잘 알아보도록 헬기의 사방에 있는 빨간 경고등을 켰다. 나는 다른 세 케륩의 번쩍번쩍하는 불빛을 보며 그들과 적당한 거리를 유지하며 따라갔다.

목적지에 가까워오자 편대장이 조종하는 선두의 케륩은 전조등을 환하게 비쳤다. 드문드문 나무가 서 있는 강가의 황색 모래벌이 선명히 보였다. 거기서 산언덕으로 가는 기슭에는 기다란 붉은 천의 옷을 입고 수염이 긴 자가 조그만 제단을 쌓아 놓고 서 있었다.

조용하고 어스름한 강가에 격심한 동요를 일으키며 네 대의 헬기는 착륙 직전의 저공비행을 했다. 헬기 안의 실내에는 노란 금빛 조명의 실내등을 켜서 저가 우리를 쉽게 알아보게끔 했다.

우리는 그 곳에 나와 있는 거주민의 지도자를 만나기로 되어 있었다. 그는 그들 중의 왕은 아니나 우리가 그들에게 전달할 메시지를 먼저 알려주기 위해서 택한 자리라고 했다.

넷이서 편대를 지어 날아가는 우리 각각의 모습은 서로 잘 보였다. 헬기의 앞 유리창에는 조종하는 우리의 모습이 정면으로 드러났다. 좌우에도 큰 유리창이 있기에 밖에서 보면 양쪽면도 정면 못지않게 실내등에 의해 환히 빛나 보였다. 기내에는 우리가 이외에 곳을 비행하고 생활하면서 필요한 텐트와 낚싯대 등 각종 장비들이 그대로 있었는데, 그것들이 헬기가 흔들리는 대로 따라 흔들려서 옆에서 창문 안의 모습은 무척 혼란스러웠다. 뒤섞이는 물건들에 대한 事前 지식이 전혀 없는 자가 본다면 어떤 짐승들이 엉켜 있는 것으로 알 것만 같았다.

『착륙 준비!』

편대장은 지시했다. 날개의 회전이 눈에 띄게 느려졌다. 열 십자 모양으로 둘씩 곧게 서로 마주하고 있는 헬기의 회전날개는 더욱 요란하게 소리를 냈다. 저속으로 돌아가니까 더 소리가 큰 것인지 지면에 가까워 오니까 더 소리가 큰 것인지는 알 수 없었었다.

넉 대의 헬기는 서서히 지상에 접근해 내려갔다. 가까워질수록 강하게 내리치는 바람으로 강가 바닥은 더욱 파헤쳐지고 모래흙은 황색의 소용돌이를 만들어냈다.

마침내 케룹이라 불리는 이 헬기들은 강가의 황토에 완전히 내려앉았다. 착륙을 위한 네 다리는 이 외따른 곳에서 요구되는 빈번한 이동을 위해, 지구의 헬기처럼 스키의 날과 같은 낮은 형태로 되어 있지를 않고, 달착륙선의 그것과 같이 높고 곧은 지지대의 형태였다. 땅에 닿는 부분은 원형으로 조금 넓게 퍼져 있었었다. 헬기의 발이라고도 할 그 부분은 노란 합금으로 되어 있는데 때마침 석양빛을 받아 강한 구리 빛을 반사했다. 각각의 케룹의 양 측면에는 지상으로부터 물품을 받아 올리기 위한 갈쿠리가 달려 있었다.

헬기가 착륙하자 날개는 관성에 의한 공회전의 상태로 들어갔다. 네 회전 날개가 서로 붙어 일제히 한 방향으로 세차게 돌아가는 모습이 확연히 보였다. 날개는 헬기의 것으로는 폭이 넓어서 좁은 부채꼴의 모양과 같았다. 회전 속도가 느려질수록 각 날개가 휘청거리는 소리가 더해졌다.

지상에 있는 자는 놀라 입을 다물지 못하는 것 같았다. 날개라면 좌우에 달려 퍼덕이는 새의 움직임만을 보아왔을 것인데 이렇게 저들끼리 서로 연달아 붙은 모양을 하고 게다가 동작할 때는 일제히 한 방향으로만 돌아가는 날개는 그가 여지껏 본 일이 없었을 테니 그럴 만도 할 것이다.

헬기의 꼬리는 독수리의 머리처럼 뾰족한 모양을 하고 있었다. 그 곳에 달려 있는 작은 회전 날개도 한참을 돌다가 멈췄다.

헬기의 날개는 아래로 내려 접을 수가 있었다. 즉 네 날개 중 앞뒤로 두 날개는 동체와 꼬리의 축을 따라 그대로 놔두고 옆의 두 날개는 날짐승이 날개를 접는 것처럼 아래로 내려 접어서 착륙에 요구되는 면적을 최소화시킬 수가 있었다.

다시 앞서 있는 편대장의 지시가 있었다.

『장소를 저 앞으로 이동하자. 저자는 두려움 때문에 우리가 착륙한 곳으로 오야 한다. 하지만 저자는 우리를 피하지는 못할 것이다.”

그의 목소리는 헬기의 앞에 달린 확성기를 통해서 내게 들렸다. 여화의 이곳 기지에서 만든 헬기 즉 케루빔들은 그가 이곳에서의 쓰임을 위해 만든 것이므로 우리 지구에서 쓰이는 것과 여러 모로 다른 점이 있었다. 각 헬기 사이의 교신은 무선통신을 하지 않고 그냥 간단히 각각의 앞에 달린 확성기를 통해 하고 있었다.

우리는 착륙을 위한 발을 안으로 접어들이고 그 대신 네 바퀴를 밖으로 나오게 했다. 그리고 굉음(轟音)을 울리며 일제히 앞으로 이십여 미터를 이동했다.

일사불란하게 움직이는 네 케루빔의 동작에, 서 있는 자는 더욱 말을 잃는 것 같았다. 그도 그럴 것이 살아있는 생물이라면 앞으로 이동할 때 어느 정도 몸을 흔들면서 나아가야 할 것인데, 한 치도 흔들리지 않고 곧장 앞으로만 나아가는 것이 이상야릇하게 보일 것이다.

편대장의 지시에 따라 이동한 그 자리에서 우리는 지면이 일어난 듯한 마찰음을 일으키며 급정거했다.

이미 주위는 어둠이 깔리기 시작했다. 우리들 네 케루빔은 각각에 딸려 있는 조명등을 다 켜서 주변을 밝혔다. 빨간 경고등과 노란 전조등 그리고 상부에서 내리비치는 환한 조명등까지 모두 다 켰다. 경고등은 위아래로 바삐 깜빡이며 주위를 환기(喚起)시켰다. 실내등도 더욱 환하게 켰다.

『다시 이륙하자.』

편대장은 지시했다. 볼륨을 높인 확성기의 소리가 넓은 골짜기를 진동시켰다. 이제껏 한 일은 밑에 있는 주민의 대표자 앞에서 우리의 위용을 보이려는 것뿐이었나 보다.

다시 날개를 펼 때까지는 어느 정도의 활주가 필요했다. 바퀴들은 윙윙 요란한 진동소리를 내고는 일제히 흙먼지를 일으키며 헛바퀴를 돌았다. 바퀴의 모양은 모두 노란 색의 빛나는 고리를 두 겹으로 붙이고 있어서 바퀴 안에 다시 작은 바퀴가 있는 것처럼 보였다. 갑작스런 움직임에 땅의 돌멩이가 사방으로 튀고 흙이 날리면서 마찰열에 의한 불꽃의 싸라기가 사방으로 흩어졌다. 서 있는 자는 더욱 몹시 두려워 떠는 것 같았다. 몇 미터를 앞으로 나아간 다음 지면을 박차고 헬기의 동체는 힘껏 밀어 떠올려졌다. 우리의 케루빔이 땅에서 뜨면서 각각의 네 바퀴도 땅에서 떠올랐다. 밑에 있는 자는 바퀴와 헬기의 몸체를 거푸 고개를 움직이며 번갈아 쳐다보는 것이었다. 저네들로서는 바퀴라면 응당 수레가 밀리면 그에 따라 움직이는 것으로만 알 것인데, 동체가 그대로 있는 상태에서 바퀴가 먼저 따로 움직이니 의아할 수밖에 없을 것이며, 아예 동체와는 별개의 물체로도 생각되었을 것이다. 그런데 또한 동체가 하늘로 뜨니 바퀴가 따라서 올라가는 것이 의외로 여겨질 것이다.

『앞으로 가자!』
『뒤로 돌아!』

『다시 제자리로!』

편대장은 몇 번의 왕복비행을 우리에게 시켰다. 그냥 일종의 무력시위를 해서 밑에 있는 자에게 더욱 겁을 주려는 의도인 것 같았다. 헬기 안에 있는 우리들의 모습을 밑에 있는 그 자도, 움직이지 않고 계속 극도의 경외감을 지닌 눈초리로 바라보고 있었다.

우리들은 몇 번 더 일시정지와, 땅으로의 착륙과 공중으로의 부상을 반복했다. 어쩌면 헬기를 처음 운전하는 나를 위해 이 김에 충분한 훈련을 시키려는 것인지도 몰랐다.

헬기의 맨 위에는 철제 확성기가 윤기 있는 파란빛으로 강하게 빛나고 있어 공포와 위압감을 주었다. 다시 우리가 그에게로 더 가까이 가자 우리의 모습을 자세히 보고는 그가 더욱더 두려워하는 기색이 역력했다. 그에게 더욱 가까이 온 자리에서 네 케루빔은 또다시 착륙했다.

착륙 전 땅 위에서 요란히 들리는 헬기의 회전날개의 소리는 내가 듣기에도 정말 대단했다. 그것은 기계의 소리라는 선(先) 지식을 제외하고 듣는다면, 거대한 폭포가 비류직하(飛流直下)로 떨어지는 소리 같기도 하고 우렁찬 천지신명(天地神明)의 소리인 것 같기도 하고 천군만마(千軍萬馬)가 힘차게 행진하는 소리 같기도 할 것이다. 우리는 착륙하여, 다시 네 날개 중 두 날개를 양옆으로 위치하고 아래로 드리우며 접어 내렸다.

그리고 헬기의 앞 유리창 위에 달린 확성기 위에 달린 확성기를 통해 비로소 그에게 우리의 메시지를 전달했다.

그는 땅위에 엎드려 두려워 떨며 우리의 이야기를 들었었다.

『너희들의 불순종의 度가 이제 위험의 지경에 이르렀도다. 내 너희를 징벌하지 않을 수 없게 될까 심히 염려되노라.』

찢어지는 듯한 확성기의 소리가 강가를 진동시켰다. 우리는 헬기에서 내리지 않고 안에 그대로 있었다. 그는 계속 두려워 떨면서 조심스럽게 대답했다.

『저희 족속의 불순종이 어느 정도에 이르렀는가 저는 모르옵니다. 저가 알아보았던 바로는 다들 쉬는 날을 잘 지키고 율법에 맞는 생활을 하고 있사옵니다.』

편대장은 우리에게 말했다.

『아무래도 실상을 다 보여줘야 하겠다.』

편대장의 헬기에서는 물체를 잡을 때 쓰이는 갈쿠리가 나왔다. 그리고 순식간에 이륙하여 밑에 있는 그의 양어깨를 움켜잡았다. 독수리가 먹이를 채가듯 그를 집어들고는 기지로 향하는 편대장을 따라, 우리 모두는 다시 강가의 모래흙을 강풍(強風)으로 어지럽히며 하늘로 떠올라갔다.

기지로 돌아와 편대장은 마당에 그를 내려놓고는 건물 옆에 따로 나 있는 입구로 몰았다. 그 입구의 바로 안쪽에는 이곳 기지의 강당과 오락장을 겸한 큰방이 자리해 있었다.

『우리는 저자 앞에 나타나지 말자.』

편대장은 우리를 건물 안에 들어가 대기하도록 지시했다. 그리고 자기는 옆 계단으로 올라갔는데 거기는 영사실이 있는 곳이었다.

다른 두 동료는 이층의 휴게실로 들어갔다. 나는 그대로 올라가 있는 따분해서 이층 복도에 나 있는 작은 문을 통해 강당 안을 들여다보았다. 거기서는 영화가 상영되고 있었다. 잡아온 자의 족속의 생활상의 이모저모가 화면에 나오는데 하나같이 타락한 향락과 미신에 빠진 그네들의 모습을 적나라하게 보여주는 것이었다. 영화는 약 이십여분 동안 계속되었다. 영화가 끝나고 다시 강당 안에는 목소리가 울렸다.

『자 보았느냐. 너희의 죄는 진노를 얻어 마땅한 것이니라. 어서 가서 너희 족속에게 고하라. 나의 가르침을 순종해 올바른 삶으로 돌아가는 것이 너희가 재앙을 피할 길이라고.』

『맹세코 말씀을 전하겠사옵나이다.』

『그럼 어서 가라.』

강당 무대 앞의 공간에 그대로 선 채로 영화를 보던 그는 목소리의 명령을 따라 밖으로 나왔다.

나는 이층의 계단 난간에 살짝 숨어서, 강당 문을 열고 나오는 그들 중의 「먼저 알게된 자」를 보았다. 두려움과 놀라움이 극에 달한 채로 나오는, 저들 족속의 놓인 상황과 앞으로의 운명에 대해 미리 아는 자는, 나가면서도 칸칸이 문이 있는 우리 기지의 건물이 신기했던지 보이는 대로 의 크기와 벽의 두께를 손으로 어림잡아 재보고 있었다.

이 때 나는 마음속에 차 오르는 것이 있었었다. 너희들은 도대체 진정한 가치를 모르고 사는 자들이다. 나는 저들에게 이렇게 전해주고 싶어지는 것이었다.

『헛된 것이다. 그것은! 너희가 경배할 대상은 너희가 본 그것이 아니다. 너희가 추구할 가치가 있는 그런 헛된 물질적인 것이 아니란 말이다!』

나는 계단을 내려와 그가 나가는 쪽을 향해 넓은 현관을 달려나갔다. 그는 가다가 나의 소리를 들었는지 주춤 했다. 그 때 강당에서 나온 팀장이 나를 보고는 불러 세웠다.

『뭘 하는 거요? 당신!』

『아... 아무것도 아니오. 잠시 저자와 이야기를 나누고 싶소. 저들에게 진정한 믿음이 무엇인지를 알리고 싶어서....』

『그건 내가 책임지고 이미 끝냈소. 당신은 들어가서 돌아갈 준비나 하시오.』

『그래도 잠깐인데... 일은 다 끝나지 않았소? 다만 인간적으로 한 번 대화하고 싶을 뿐인데....』

『사장님의 방침이오. 안돼요.』

팀장은 단호히 내게 말했다. 나는 더 이상 말을 꺼낼 수 없었다. 밖에 대기하고 있던 한 동료가 케롭을 몰고 이륙했다. 갈쿠리 손으로 밖으로 나가던 자를 잡아 올려 다시 저들이 사는 곳으로 데려다 주러 떠났다.

『뭘 그리 계속 보고 있소? 아무래도 이런 데 처음 온 사람 같군.』

팀장은 멍하니 그 광경을 쳐다보고 있는 나를 다시 불렀다.

『어쨌든 수고했소. 당신의 이번 일은 끝났소. 다음 일이 있을 때 또 사장님께 보고하여 부르도록 하겠소.』

그는 내게 비로소 임무의 종료를 통보했다.

나는 그와 인사를 하고 지하로 내려와 다시 星間門을 통해 우리의 지구로 돌아왔다.

여화의 빌딩 지하실을 통해 올라온 나는 건물 맨 위층의 그의 집무실로 갔다. 그는 누군가와 바삐 전화통화를 하다가 나를 맞았다.

『벌써 왔니? 깜빡 연락하는 것도 잊었네. 그래 일은 잘 됐어?』

나는 그에게 팀장이 일이 성공적으로 끝났다고 말하더라고 전했다.

『수고했어. 내가 직접 가서 손봐주었어야 하는 건데. 하지만 잘만 하면 꼭 내가 안해도 상관없어. 그래서 네게도 부탁한 거야.』

그는 설합(舌盒) 한 칸을 열어 미리 준비한 듯한 봉투를 건네줬다.

『다음에 또 일 있으면 내가 연락할게.』

『다음에…. 언제.』

『거기 팀장한테서 요구가 오면.』

말을 마치고 그는 고개를 숙인 채, 단말기의 화면과 손바닥에 있는 조그만 메모를 곁눈질로 대조하면서 무언가에 몰두하고 있었다.

나는 그가 준 많은 수고비를 확인하고는 그의 사무실을 나왔다.

나는 그에게로부터 추가의 일감이 생길까를 기대했다. 한 건의 수고비를 받으면 삼 개월 동안을 마음 편히 지내면서 내가 하고싶은 일에 전념할 수 있을 정도이기 때문이었다. 그러나 그에게로부터 더 이상의 연락은 없었다. 나는 다시 문필업만으로 생계를 잇기 위해 이 곳 저곳을 전전해야 했다.

일 년 뒤 나는, 바라던 대로 우주 개척역사 집필을 위한 필자 중의 하나로서 위촉되었다는 기쁜 소식을 그에게 전할 겸, 오랜만에 그의 사무실을 찾았다.

『잘 되어 가니? 그 이후로.』

나의 질문에 그는 슬며시 웃는 낯으로 옆에 쌓여있던 서류철 중의 하나를 집어들고는,

『저번에 너희가 거기에 갔을 때 경고를 전해 받은 자가 그 얘기를 글로 기록해서 자기네 종족에게 알리고 있다고 보고가 들어왔어. 이런 이야기로 가르치고 있다더군.』

하고 내게 건네주었다.

『그 자의 이름은 애수갈(哀洙渴)이라고 하지, 아마.』

그는 일이 바쁜 듯 옆에 있는 컴퓨터 모니터를 향해 이내 자세를 돌렸다. 모니터 위에는 확대된 바코드의 디자인이 보였다. 그는 마우스를 이리저리 움직이며 그 모양을 편집하고 있었다.

나는 그의 앞에 앉은 채로 그가 보여주는 자료를 읽어보았다. 그러자 내

게 꽤 눈에 익은 구절들이 나타났다.

내가 보니 북방에서부터 홀연 광풍(狂風)과 큰 구름이 오는데, 그 속에서 불이 번쩍번쩍하여 빛이 그 사면(四面)에 비취며 그 불 가운데 빛나는 놋쇠 같은 것이 나타나 보이고, 그 속에서 네 생물의 형상이 나타나는데 그 모양이 이러하니 사람의 형상이라, 각각 네 얼굴과 네 날개가 있고, 그 다리는 곧고 그 발바닥은 송아지 발바닥 같고 마광(磨光)한 구리같이 빛나며, 그 사면 날개 밑에는 각각 사람의 손이 있더라. 그 네 생물의 날개는 다 서로 연(連)하였으며 행할 때에는 돌이키지 아니하고 일제히 앞으로 곧게 행하며, 그 얼굴들의 모양은 넷의 앞은 사람의 얼굴이요 넷의 우편은 사자의 얼굴이요 넷의 좌편은 소의 얼굴이요 넷의 뒤는 독수리의 얼굴이고, 그 날개는 들어 펴서 각기 둘씩 서로 연하였고 또 둘은 몸을 가리웠으며, 신(神)이 어느 편으로 가려면 그 생물들이 그대로 가되 돌이키지 아니하고 앞으로 곧게 행하며, 또 나타나는 불꽃이 숯불과 횃불의 모양과도 같은데 그 불이 그 생물 사이에서 오르락내리락 하며 광채가 나고 그 가운데서가 나며 그 생물의 왕래가 번개같이 빠르더라.

내가 그 생물을 본즉 그 생물 곁 땅 위에 바퀴가 있는데 그 네 얼굴을 따라 하나씩 있고, 그 바퀴의 형상과 구조는 넷이 한결같은데 황옥(黃玉)과 같고 바퀴 안에 바퀴가 있는 것 같으며, 행할 때에는 사방으로 향한 대로 돌이키지 않고 행하며 그 둘레는 높고 무서우며, 그 네 둘레로 돌아가면서

눈(眼)이 가득하며, 생물이 행할 때에 바퀴도 그 곁에서 행하고 생물이 땅에서 들릴(上昇) 때에 바퀴도 들려서 어디든지 신이 가려 하면 생물도 가려하는 곳으로 가고, 바퀴도 그 곁에서 들리니 이는 생물의 신이 그 가운데 있음이라. 저들이 행하면 이들도 행하고 저들이 그치면 이들도 그치고 저들이 땅에서 들릴 때에는 이들도 그 곁에서 들리니 이는 생물의 신이 그 바퀴 가운데 있음이더라.

그 생물의 머리 위에는 수정 같은 궁창(穹蒼)의 형상이 펴있어 보기에 심히 두려우며, 그 궁창 밑에 날개가 서로 향하여 펴 있는데 이 생물도 두 날개로 몸을 가리웠고 저 생물도 두 날개로 몸을 가리웠으며, 생물들이 행할 때에 내가 그 날개소리를 들은 즉 많은 물소리와도 같으며 전능자의 음성과도 같으며 떠드는 소리 곧 군대의 소리와도 같으니 그 생물이 설 때에 그 날개를 드리우더라. 그 머리 위에 있는 궁창 위에서부터 음성이 나더라. 내가 보고 곧 엎드리어 그 말씀하시는 자의 음성을 들으니라.

..‥‥

『그래─서、 이젠 정말 문제없이 잘 되어 가겠구나.』

자료를 어느 정도 읽어보다가 나는 고개를 들어 그에게 다시 물었다.

여화는 고개를 흔들고는 가벼운 한숨을 쉬었다.

『열심히 따르는 자들도 있지만 전반적으로는 비관적이야. 이제 그 자들도 약아졌어. 우리는 거기서 생산되는 모든 물자의 십 퍼센트씩을 항상 거

의 소리

두기로 했었는데 요즘은 그 미개한 것들이 어떤 요령을 피우는지 영 제대로 걷어지지를 않아. 더 이상 채산성이 없어. 이제 그만 나도 거기서 발을 빼야겠어. 다른 곳도 좋은 데가 얼마든지 있으니까.』

『그래도 너무 갑작스럽게 손을 떼지는 않는 것이 좋지 않겠니? 물론 사업상으로는 좀 수익성이 없다 하더라도 얼마 동안은 더 자비(慈悲)로운 마음으로 긍휼(矜恤)을 베풀어주어야 하는 것이 인간으로서의 도리 아니겠어? 그래도 너와 너의 직원들을 믿고 사는 자들이 많이 있을 텐데.』

『알았다. 알았어. 원, 자식, 그러지 않으면 신자 아니랄까봐. 그래 나도 인간인데 뭘 어쩌겠니? 순리대로 차근차근 풀어나가야지. 너무 걱정해주지 않아도 좋아.』

『그래. 사업이란 신뢰가 중요한 거다. 자기를 믿고 따르는 자들에겐 끝까지 책임을 다 해줘야 하는 게 당연하지. 자, 네가 바쁠 것 같아 난 이만 간다.』

나는 그저 손 인사만 하는 그를 뒤에 두고 내려와 회사 문을 나섰다. 밖에는 저녁놀이 지고 있었다. 붉은 태양의 모습은 내가 작년에 그 곳 강가에서 보았던 또 다른 태양과 다를 것이 없었다.

〈계간 사이버문학 버전업 96 겨울호〉
(2005. 3. 14 오마이뉴스)

짧은 사랑 긴 이별 영원한 合一

— 醫師 張起呂의 殉愛報 —

1

이십세기의 일백년이 지나갔다. 한국 민족은 어쩌면 역사상 다른 어느 일백년보다 더하다 할 정도의 많은 변화와 시련을 겪었다. 아직도 우리는 그 시련의 연장선상에 있다. 하지만 우리는 지금, 지난 일백년 동안 우리 민족 모두에게 존경받고 師表로 삼을 만한 인물을 한 번 찾아보고 싶어진다.

그 동안 우리민족에는 걸출한 지도자들이 많이 있었고 지금도 존경과 추앙의 대상으로 되는 이들도 적지 않다. 그러나 그 존경의 대부분은 「沉민족적」이지 않다.

지금도 분단된 나라의 어느 한쪽에서는 크게 추앙 받고 있으나 다른 한쪽에서는 그렇지 않은 인물이 있다. 또한 같은 남한의 체제에서도 일부에서는 훌륭한 위인으로 받들어져도 다른 한 쪽에서는 견해의 차이에 따라 그렇지 않게 평가되는 인물이 적지 않다.

그 동안 많은 핍박과 분열과 대립을 겪어오다 보니, 자연히 정치사상의 지도자는 서로들 자기에게 맞는 人士만을 選好하게 되고 그렇지 않은 인물은 白眼視할 수밖에 없었다. 또 직접 정치사상의 지도자가 아니라 할지라도,

지배권력의 잦은 교체와 변화로 인해 많은 지도자들은 「친일파」, 「공산당협력자」, 「독재협력자」 등의 낙인이 찍혀서 존경대상에서 걸러졌다.

이런 우리의 현대사 속에서, 이념을 초월한 인간애의 정신으로 시대가 변해도 모든 이의 존경을 받기에 부족함 없는 인물을 발견하게 된다. 바로 日帝下에서 당시로는 드문 의학박사학위를 받고 名醫로서의 명성을 얻었으며 평양의 紀忽병원 원장을 지냈고, 북한치하에서는 김일성에게 북한 내 최고의 의사로 추앙 받았으며, 越南후에는 한국제일의 존경받은 의료인으로 길이 남는 聖山 張起呂 선생이다.

篤實(독실)한 기독교인으로서 평생 봉사의 정신으로 仁術을 편 張起呂 박사의 일생에서 특히 주목할만한 것은, 이십년이 채 안 되는 결혼생활 후에 남북분단으로 부부가 헤어진 뒤, 사십오년을 홀로 부인을 마음으로 그리면서 살아온 순애보이다.

2

一九三一年 가을의 京城醫專 캠퍼스. 스물 두 살의 청년 醫學徒 張起呂는 벤치에 앉아 발 앞에 쌓인 落葉을 보며 있었다. 작고 마른 체구에 안경을 쓴 모습은 勉學人의 典型이었다.

이 때 친구 白起豪가 다가왔다.

『기려, 무슨 생각하고 있나.』

백기호는 그의 등을 탁 치고는 옆에 앉았다. 장기려보다 큰 체격에 활달한 印象이었다.

『별 생각은 않고 있지만…. 어쨌든 올해도 다 가는 것 같네.』 장기려는 곁눈으로 친구를 슬쩍 바라보곤, 微笑만을 띠며 그대로 있었다.

『자네는 올해도 혼자 넘길 텐가.』 백기호의 말은 목소리에 힘을 주어 사뭇 심각해지는 語調였다.

『글쎄 그렇지 되지 말라는 법 있나.』

『먼저 起原형님이 권했던 崔伊順양에게는 한 번 시도 해봤나.』

『안 해봤네.』

『허…. 너처럼 머리 좋은 학생이면 한 번 그런 여자에게 대시해볼 만 하지 않겠어?』

『글쎄…. 기회가 있어야지.』

최이순은 뛰어난 미모와 실력으로 당시의 젊은 엘리트 사이에서 선망의 대상인 여성이었다. 장기려도 친구들과의 대화 중에 그녀에 대한 연모의 마음을 숨기지 않았던 바 있었다. 하지만 그에게서 내세울 것은 학교 성적일 뿐, 집안 형편도 기울었고 외모도 내세울 만하지 못했기에 감히 나설 엄두는 내지 못했다.

『자네 그렇게 세월을 여유 있게만 보내지 말라고. 내년이면 졸업인데 어서 자네 나이에 맞게 가정을 이끌어야 하지 않겠나. 친구들은 다들 뛰어 다니는 아이들 두고 있는데 자넨 아직도 노총각으로 있으니 보기에 딱하네.』

『그게 어디 사람 마음대로 아무 때나 되는 일인가. 다 하나님의 뜻이 닿아야 되는 일이지. 자 수업시간이군. 들어가세.』

백기호는 장기려와 함께 강의실로 들어가며 생각했다.

'이 친구 아무래도 이대로 놔두다간 총각으로 늙겠군. 내가 어떻게 해줘야지.'

다음 날 백기호는 장기려의 집으로 찾아와 말했다.

『내가 진작에 얘기했어야 했는데 왜 미처 얘기를 못했는지... 자네 배필감을 소개해주기로 하지. 좋은 여자가 바로 가까이에 있었는데 왜 여태 생각 못했는지 몰라. 김하식 선배 알지? 이번에 그 선배님의 따님이 서울에 왔다고 하니 한번 만나지 그래? 토요일 오후 정문 앞 다실에서 만나보게나.』

『그러겠네.』

장기려는 대답했다.

약속한 날 장기려는 맞선을 보러 다실로 갔다.

가면서 장기려는 조금 섣불리 맞선을 허락한 것 같다는 생각이 들었다. 아버지가 선배의 사이고 학력이 평양서문고녀를 나왔다는 얘기만 들었다 뿐이지 그 여자의 신체조건에 대해서는 물은 바가 없었다. 자기가 맘에 드는 만큼의 풍만한 글래머형 체격의 여인이면 싶었다. 하지만 전혀 그런 여자일 보장이 없는 것이다.

여자는 먼저 와서 기다리고 있었다. 고개를 숙이고 다소곳이 앉은 여자를 멀리서 흘끔 보자 그는 우선 실망했다. 가냘픈 체격의 평범한 여인이었을 뿐이었다.

「나는 좀 체격이 크고 實한 여자를 원했는데 너무 빈약한 것 같다. 웬만하면 거절해야지.」

장기려는 생각하며 여자의 앞자리에 앉았다.

『처음 뵙겠습니다. 장기려라고 합니다.』

여자는 고개를 들었다.

『예, 안녕하세요. 金鳳淑이라고 해요.』

여자는 오똑한 코에 하얀 살결로 얼굴의 인상은 좋았다. 하지만 몸은 작고 가냘프기만 했다. 아이를 낳고 시집살림을 하는 것이 힘겨울 것만 같았다.

둘이는 서로 앉아 평이한 대화를 나눴다. 적당히 시간이 지나고 나서

『다음에 만나도록 하지요.』

장기려는 의례적인 인사말을 하고는 여자를 보냈다.

집에 돌아와서 장기려는 없었던 일처럼 다시 자기의 공부하는 일에 열중했다. 학교에서도 맞선에 대해선 먼저 말을 꺼내지 않았다. 그러나 곧 백기호가 그에게 다가와 물었다.

『어떠냐?』

『보통인데.』

장기려는 별로 마음이 끌리지 않는다는 뜻으로 말하였다. 하지만 백기호

는 그렇게 생각하지 않는 것이었다.
『보통 정도면 된 거지. 그럼 다시 만나 봐. 사람은 한 번만 봐서는 모르는 거야.』
『글쎄...』
『그럼 意思表示를 어서 그곳에 전해. 거기는 맘에 들어 하는 것 같던데.』
『글쎄...』
장기려는 여자가 마음에 차지는 않았으나, 막상 여자가 마음에 안 드니 거절한다는 말을 하기는 머뭇거려졌다.
장기려는 집에 돌아와서 다시 생각했다.
「어차피 다 하나님이 만드신 인간인데 잘나면 얼마나 잘났고 못나면 얼마 못났다는 것인가. 남의 집 귀한 處子를 불러내 만나고서는 맘에 든다 안 든다 평가한다는 것이 얼마나 주제넘은 짓인가. 그리고 설사 내가 만난 여자가 내 욕심대로 조건이 충족되어있는 여자라면 그 쪽에서 오히려 나를 거절할 가능성이 많을 거야.」
이 때 대문에 방문객이 왔다. 백기호가 손에 무엇을 들고 찾아온 것이었다.
『어때 마음을 정했어?』
『글쎄...』
『뭘 망설여? 어서 편지를 써.』 백기호는 손에 들고 있던 편지지와 봉투를 내밀며 다시 재촉했다.

『원、 자식。。。 그래! 쓰지。』

장기려는 구혼 편지를 쓰며 결혼을 하기 위한 조건을 내걸었다. 어차피 첫눈에 반해 사랑에 빠져서 못 잊어하는 그런 여자가 아닌데、 자기가 내거는 조건을 받으면 결혼하고 안 받으면 그만이다 싶었다.

『첫째、 예수님을 따르고 섬길 것.』 (여자 쪽은 원래 信者가 아니었다.)

『둘째、 시부모님을 정성껏 섬길 것.』

『셋째、 공부할 동안 생활을 보조할 것.』을 편지에 적어 보냈다. 그리하여 선본지 一年만에 장기려는 결혼했다.

여자 쪽에서는 무조건 수락한다는 답신이 왔다. 친정 쪽에서는 없었던 아내의 신앙생활은、 그녀가 남편을 따르는 마음으로 하면서 차차 적응되어 갔다.

결혼생활은 애초에 그가 별다른 욕심을 낸 것이 아니었으므로 아내가 결혼의 조건을 지키는 상황에서는 아무런 어려움 없이 해 나갈 수 있었다. 친정 쪽에서는 없었던 아내의 신앙생활은、 그녀가 남편을 따르는 마음으로 따르면서 차차 적응되어 갔다.

『자、 오늘은 主日이니 예수님을 영접하러 가십시다.』

『거기 가면 뭘 하는 것이죠?』

『함께 모여서 주님의 말씀을 듣고 찬양하는 것이지요.』

『그게 뭔지 잘 모르겠는데。。.』

부인은 수줍어하며 결혼전의 약속이니 만큼 남편을 따라 교회로 갔다.

『장기려 형제의 결혼을 축하합니다.』

교회 또한 새 식구가 들어온 것을 매우 반겨 맞이했다. 김봉숙은 初面의 자기를 마치 오래 헤어졌다 만난 친자매처럼 교회가 마음에 들었다. 특히 이제까지 주변에서 흘러넘기던 찬송가 소리가 가까이 와 닿았으나, 막상 교회에서 信徒들이 정성껏 부르는 찬송가는 또 다른 느낌으로 와 닿았다.

그렇게 애초의 약속대로의 함께 하는 신앙생활은 이루어졌다.

봉숙은 시부모님 섬기기와 살림에도 誠實했다. 흔히 있는 시어머니와의 갈등도 시부모님을 정성껏 섬기겠다는 조건하에 시집온 그녀이니 만큼 아들 장기려가 중재만 하면 금방 해결되었다. 그녀는 남편 장기려와의 결혼과 시댁생활을 그대로 本來부터의 자기의 삶의 길로 받아들였다. 아이들도 하나 둘 태어나 자라났다.

봉숙이 女必從夫의 취지에 따라 남편이 섬기는 하나님을 함께 섬기면서, 남편의 믿음도 그녀 자신의 것이 되어갔다.

예배가 끝나고 교회목사는 봉숙에게 말했다.

『김봉숙 자매는 음악을 전공하셨다면서요?』

『예, 그런데요.』

『이번에 하나님의 은혜로 우리 교회에 피아노를 들여오게 되었습니다. 김봉숙 자매께서 맡아 주시면 해서 그렇습니다.』

『제가 그럴만한 능력이 있을까요?』 그녀는 자신의 피아노를 다루는 능력보다는, 신성히 여겨지는 찬송가의 합창을 자기가 주도해 나간다는 것이 아직 믿음이 부족한 자기에게 버겁게 느껴지는 것이었다.

『하나님은 사람들에게 제각기의 능력 즉 달란트를 주셨습니다. 자기가 받은 달란트는 힘써 노력하여 그것으로 이익을 남겨야 하듯이, 자기의 능력은 하나님의 뜻을 이루기에 보탬이 되게 써야 하는 것입니다.』

『예, 부족하지만 노력해 볼께요.』

봉숙은 남편과 함께 교회합창단으로 활동했다. 남편은 합창단의 일원으로서, 그리고 그녀는 앞에서 피아노 반주를 하면서 노래도 함께 불렀다. 목사는 그녀에게 성탄예배가 다가왔다.

『김봉숙 자매와 장기려 형제는 앞에서 부부듀엣으로 노래를 부르시지요.』 하고 권했다.

『그래도 될까요? 저의 그이가 괜찮으시다면...』

『장기려 형제는 이미 제게 그 말씀을 하신 바 있습니다.』

봉숙은 쑥스러웠으나 자신이 남편과 믿음 안에 하나됨을 확인하는 일이 될 것이라 생각되어 곧 승낙했다. 이제 조금 자란 택용, 가용 등 아이들이 보는 앞에서 합창단의 노래는 시작되었다.

그 맑고 환한 밤중에
뭇 天使 내려와

성가대 모두가 합창으로 부르는 一節이 끝나고 二節은 장기려 부부의 듀엣이었다. 봉숙은 피아노를 반주하며 남편의 옆에서 노래를 시작했다. 합창에 묻혀 있던 피아노 반주소리는 둘만의 시간이 되자 더욱 두드러지게 모두에게 들렸다.

봉숙의 열 손가락은 건반의 橫列을 문질러 쓰다듬듯이 움직였다. 黑白의 가느다란 막대들은 눌러지고 퉁겨질 때마다 그녀의 찰기 있는 손가락마다에 하나하나 묻어나오는 듯 했다.

그 영롱한 울림은 그녀가 잠시 숨을 돌이킬 때마다, 두 사람의 목소리 사이사이의 공백을 어김없이 메우면서 예배당의 넓은 실내 공간을 흘러 다녔다.

높다란 교회 창 밖의 밤하늘은 실내의 즐비한 촛불에 비친 그녀의 붉은 얼굴에 대조되게 푸르빛을 띠었다. 간간이 떠 있는 靑(청), 藍(남), 紫(자), 黃(황)의 별빛은 촛불에 붙어 있던 불꽃들이 그들의 노래 소리에 올라 흩어져 나온 것만 같았다.

그 노래 소리는 전능하신 하나님을 찬양하는 천사의 목소리를 지상에 반영하는 바로 그것이었다.

이 땅을 만드시고 꽃으로 단장하셨으며, 열매와 잎으로 풍요로이 덮으시고, 그 아름다움을 비추어 보이시고자 낮에는 해가 碧空(벽공)에 뜨고 밤에는 달이 紺天(감천)에 뜨도록 하셨으며, 인간이 외로울까 염려하시어 온갖 움직이는 생물도 인간의 친구로서 만들어 주신 하나님의 은혜를 찬미했다.

이 날은 특히 인간이 하나님의 뜻을 어긴 이후로 계속되어온 타락이 더 나아가지 않도록, 독생자 예수 그리스도를 인간의 몸으로 이 땅에 보내신 은혜를 기리는 날이었다.

노래의 한 小節이 끝나고서도 그녀는 잠시 慣性에 의한 가벼운 어깨짓을 더했다. 노란 치마저고리 차림의 그녀의 움직임은 力動 있어, 실내에 가득한 음악소리 가운데서도 건반을 오가는 풀먹인 옷소매가 바스락거리는 느낌이 보는 이들에게 와 닿았다.

맑고 크게 뜬 그녀의 눈길은 피아노 위의 악보를 보고 있다기보다는 저 앞 교회 창문 너머 먼 곳의 어떤 절대적인 존재를 仰望(앙망)하는 듯했다.

장남 택용과 차남 가용 등 장기려 부부의 아이들을 포함해 모든 청중은 꿈쩍 않고 두 사람의 노래를 듣고 있었다. 그것은 연주자가 보여주는 성의를 받아 저네들의 마음을 온통 내맡긴 감상자의 태도였다.

높이 솟은 교회의 불켜진 창이 멀리 보이는 저 멀리 산골 수풀 속에도 그 노래 소리는 퍼져갔다. 교회에 모인 모든 사람들과 近方에서 노래 소리를 듣는 모든 사람, 그리고 먼 곳 숲의 짐승도 그 소리를 들으며 하나님의 은혜를 느끼고 있었다.

장기려는 박사학위를 받고 평양 紀忽(기홀)병원으로 부임하였다.

얼마 안가 원장이 된 후, 병원에서 사람들 사이의 알력 때문에 한동안 원장직을 밀려났다가 다시 복귀하는 등의 시끄러웠던 병원에서의 일이 정리되었다. 여러 우여곡절 속에도 장박사가 굳게 자기의 일을 다하며 견딜 수 있었던 것은 신앙생활과 아내의 내조 덕이라 할 수 있었다.

공휴일을 맞은 어느 맑은 날 오후, 장박사는 마루에서 의학잡지에 보낼 원고를 쓰고 있었다. 이 때 마당에 있는 아내는 빨래를 하고 있었다.

그는 지금 자신이 맡은 소명을 다하는 중이다. 어떤 말을 써내야 고통받는 사람을 치유하는 방법을 연구하는 많은 사람들에게 옳은 지침을 줄 것이며 그로 인해 얼마나 많은 사람들이 나아질 것인가... 자신이 쓰는 한 글자 한 글자에 많은 사람들의 행복이 좌우된다는 무거운 책임감을 느끼며 그는 연필을 쥔 손에 힘을 주며 글씨를 하나하나 눌러 쓰고 있었다.

이 때 그의 귀에는 아내의 빨래소리가 들렸다. 물을 길어 퍼담는 소리, 물을 휘젓는 소리, 빨랫감을 짜는 소리, 빨래를 펴서 줄에 너는 소리, 모두가 구분 없이 하나같이, 그의 머리 속을 점유하고 있는 병원일과 환자치료법에 대한 이런저런 생각들이 흐트러지지 않도록 받쳐주고 있는 것이었다.

장박사에게는 가슴이 뭉클해지며 마음속에서부터 은근히 올라오는 느낌이 있었다.

「나는 지금 나의 일에 열중하고 있고 아내는 또한 지금 자기가 맡은 일에 열중하고 있다. 두 사람은 각자의 일을 불평 없이 충실히 해 나가고 있다. 그렇게 둘은 서로에게 의지할 힘이 되고 있으며 둘은 합하여 조화로운 삶의 형태를 이루고 있다.

바로 이것이 사랑이란 것이 아닐까.

그러므로 사랑이란 것이 존재함은 분명하다.

그런데 사랑을 나누고 있는 인간의 육체가 소멸하는 날 그들이 이루고 있는 사랑도 없어질까? 그렇다면 그것은 事理에 맞지 않다.

사랑은 육체의 明滅과는 관계없이 존재하고 영원토록 가능한 바로 그런 것이 아닐까.」

장박사는 고개를 돌려 아내를 바라보았다. 구름이 간간이 떠 있는 새파란 하늘아래 하얀 빨래를 널고 있는 아내의 銀비녀꽂은 검은머리가 보였다.

「여보.」

아내는 고개를 돌렸다.

「무슨 일이신가요?」

아내는 대강 손에 묻은 물기를 털며 마루 쪽으로 다가왔다.

「내가 지금 새삼 느끼게 되었소.」

「。。。」

아내는 그대로 서 있었다.

「나는 진정 당신을 사랑하는가 보오. 당신도 또한 그러할 것이고。。。

우리는 진정 사랑하는 사이라는 것을 지금 알 수 있겠소.」

아내는 아무 말 없이 살며시 웃었다.
『빨래 다 하고요···。』
장박사 또한 아무 말 없이 지그시 웃고는 다시 책상으로 돌아앉았다.
일제시대가 지나고 북한 치하에서도 장박사는 북한 제 1호 의학박사로서 인정받으며 어렵사리 신앙생활을 지킬 수 있었다. 醫師는 절대 필요한 사람들이었기에 아직 정비가 되지 않은 북한 사회에서 신앙과 사상 때문에 축출될 대상은 아니었다.

김일성 정권은 장박사의 역량을 인정하여 그를 계속 의료계의 중진에 머무르도록 했지만 무신론자의 통치 아래서 신앙인 장기려는 어려움을 겪을 수밖에 없었다.

『우리 조선민주주의인민공화국에서는 자본가나 지주도 없고 인민을 등쳐먹는 관료도 없고 다같이 평등하게 사는 것을 목표로 하지요. 그래서 남녘 미해방지구의 조속한 해방을 위해서 우리는 함께 투쟁해야 하는 것입니다. 장동무도 반동 기독교사상을 떨쳐버리고 우리 수령님의 혁명사상 실현에 참하는 것이 어떻소?』 김일성이 보내 병원에 찾아온 한 당원은 말했다.

『어느 사회든 醫師는 자기 직무에 충실한 것이 가장 공헌하는 길이 아니오?』

『혁명정신은 어떤 직무를 가진 자들이건 다 가져야 하는 것입니다. 그런데 장동무는 종교를 갖고 있기 때문에 혁명정신이 투철하지 못할 數가 있단 말입네다.』

『主께서는 자기의 직분에 따라 충실히 살라 하셨소。 이 세상은 하나님의 창조섭리에 따라 이루어지는 것인데 인간들 사이에서 하나님이 주신 역할이 다른 것은 당연한 것이오。 어찌 모든 사람이 다 똑같이 자기처지에 만족하길 바라겠소。』

『그런 반동적인 사고방식은 버리시오。 이제 우리 인민은 수령님의 영도하에、 이제까지 우리 인민을 속이던 지배자의 억압으로부터 벗어나 스스로 일어나야 하는 것입네다。 우리의 혁명과업에 가장 큰 적인 미제 원수놈들도 당신이 믿는 기독교를 믿는다는데 기독교의 교리는 온통 거짓말투성이라는 것을 당신은 모르시오?』

『그게 무슨 말씀이오。 참 眞理를 따르라는 것이 바로 하나님의 가르침인데。』

『당신은 聖經이란 책을 나보다 더 읽었을 텐데 모르시오? 성경의 創世記에서는、 하나님이 사람을 만들어 樂園 東山에서 살게 한 뒤、 동산 가운데 있는 善惡果를 따먹지 말라고 하면서、 「너희들이 그걸 먹으면 죽는다。」고 했지 않았소? 하지만 아담과 하와가 그 말을 듣지 않고 선악과를 먹었는데도 그들은 죽지 않았단 말이오。 하나님이란 자는 거짓말로 자기의 피지배계층을 속인 것이오。 무턱대고 맹목적으로 굴종하는 인민을 만들려고 하는 것이 지배자들의 의도가 아니오? 인민을 수탈하는 자본가와 지주들은 모두 이 수법을 이어받고들 있지요。 아담과 하와가 하나님으로부터 독립한 그 뒤로부터 인간의 자기를 지배하는 권위에 대한 투쟁의 역사는 시작된 것입네다。

자기를 속인 지배자를 딛고 일어나 자주독립을 쟁취하는 것이지요. 인류의 역사를 통해 내려온 그 투쟁정신은 역사에 빛나는 프랑스대혁명을 이뤄내 귀족들을 쫓아냈고, 영웅적인 볼세비키혁명으로 인민을 수탈하던 러시아 황제를 타도하고 사회주의 이상국가를 이룩하였고, 지금 중국대륙에서는 부패한 관리들을 몰아내고 인민들의 공화국을 수립할 날이 멀지 않았고, 이제 우리 한국 민족은 항일독립운동을 거쳐 米帝打倒로서 그 혁명정신을 나타나야 하는 것이 아니겠습니까. 그러기 위해서 인민은 지배자의 속임을 알려주는 지도자를 따를 필요가 있습니다. 인민은 그 지도자에 의해 일깨워져 눈이 밝아져서 억압의 사슬을 끊고 앞으로 나아가게 되는 것입니다. 우리민족에겐 경애하는 김일성 수령님이 바로 그분이시지요....」

『아니오. 성경말씀에서의 죽는다는 말의 의미는 우리 인간이 말하는 그런 것이 아닙니다. 가령 꺾여져 땅에 떨어진 나뭇가지를 봅시다. 그 나뭇가지는 당장에는 살아있습니다. 하지만 뿌리와 줄기로부터 양분을 받지 못하니 이윽고 그 나뭇가지는 죽습니다. 하나님을 믿지 않는 영혼은 바로 그 나뭇가지와 같은 것입니다. 우리 인간의 靈은 모든 영의 중심인 하나님에 가까이 가고자 不斷히 노력하지 않는 限 이윽고 소멸하고 사망의 골짜기로 떨어질 뿐입니다. 우리 인간의 영혼이 영원히 살려면, 나뭇가지가 나무줄기에 붙어 있어야 하듯이 原罪로 인해 하나님을 떠났던 우리의 영혼은 하나님에 의지해야 하는 것입니다.』 장박사는 당원에게 설득하듯이 설명했다.

『나뭇가지도 물질이고 나무줄기도 뿌리도 다 물질이오. 세상만물이 모두 변화하고 순환하는 건 당연한 것 아니오. 그러니 인간으로 살면서 다 같이 평등하게 더불어 살자는 것이 우리 혁명사상인 것을 모르십네까. 장동무는 평소에도 어려운 이웃을 위해 베풀기를 즐겨하신다고 들었는데 우리의 혁명 조국 건설은 그러한 베풂이 사회제도로 완전 보장된 사회를 만드는 것입네다. 말하자면 인민 모두가 위아래 없이 잘사는 지상천국을 이룩하자는 것입네다.』

『지상은 그 자체로 천국이 될 수는 없습니다. 우리는 항상 위(上)에 계신 하나님을 생각하며 영혼을 高揚(고양)해야 하는 것입니다.』

『지상은 평평한 곳이오. 우리는 서로서로 마주보고 더불어 함께 지낼 뿐이오. 우리의 지상천국에서는 다 함께 동등한 水平의 思考만이 있을 뿐이오.』

『수평의 개념도 같은 인간끼리 서로 사랑해야 한다는 점에서는 중요합니다. 하지만 저는 기본적으로 하나님의 사랑 즉 垂直(수직)의 개념이 중시되는 기독교를 믿습니다.』

장박사는 신앙과 체제사이에서 자주 시비에 휘말렸으나 그 자신 내부의 마음의 갈등은 없었다. 둘 중 어느 것을 택해야만 할 때가 오면 그 답은 자명하기 때문이었다.

얼마안가 六·二五전쟁이 났다. 남조선을 금방 「해방」시키겠다던 북한 당국의 방송은 헛선전이었고 미군의 개입 후 김일성은 만주로 피난 갔다. 평양을 한때 국군이 점령하자 장박사는 이제 신앙의 자유를 얻게 될까 기대했다. 하지만 그것도 잠시였고 중공군의 개입으로 국군은 다시 후퇴하게 되었다.

『앞으로 이곳에서는 지내기가 힘들 것 같다』

주위의 기독교인들도 신앙생활의 어려움을 면하고자 모두들 월남하고 있었다. 張박사 일가는 국군과 함께 가기로 했다.

『여보, 당신 먼저 아이들과 함께 출발하시오. 나는 병원과 교회에 들러서 짐을 꾸려서 갈 것이니』

『그럼 짐꾸리는 데 도와드려야 하니 가용이 네가 아버지와 함께 오너라』

아내는 인민군대에 가 있는 장남 택용을 제외한 나머지 아이들을 데리고 먼저 떠났다. 張박사는 우선 병원에 가서 자기가 꼭 가지고 있어야 할 물건을 챙겼다. 가장 가지고 가고 싶은 책들은 너무 무겁고 일부만 가져간다 해도 아쉽기는 마찬가지였다.

「안 되겠다. 아깝지만 두고 가야겠다. 남한에 가면 구할 수 있겠지」

결국 옷가지 몇 벌과 응급환자 치료시 필요한 장비만 챙겨서 떠나기로 했다.

『張박사님 강 건널 때까지 모셔다 드리겠습니다.』

국군 장교의 배려로 張박사와 아들 가용은 국군 환자수송용 버스를 타고 대동강의 浮橋(부교)를 건너기로 했다.

버스가 피난민들로 혼잡한 평양의 종로거리를 지날 때였다.

가용은 창 밖을 가리키며

『아빠, 저기 신용이가 있어요』했다.

張박사는 창 밖을 보았다. 딸 신용이의 손을 잡고 서 있는 아내가 보였다. 신용이는 엄마의 손을 잡고 힘없이 있었다. 머리에 보따리를 이고 있는 아내는 앞의 人波 속을 안타깝게 두리번거리고 있었다.

張박사는 차를 세워 아내와 아이들을 태우고 싶었다. 그러나 그럴 수는 없었다. 만약에 차를 세운다면 피난민들이 너도나도 타려고 몰려들 것이었다. 그렇다고 식구만 골라 태운다는 것은 고생하는 수많은 피난민들 앞에서 상상할 수 없는 일이었다. 지금 혼자 차에 타고 가는 것만도 죄책감이 드는데 어떻게 자기 식구만 살리겠다고 차를 세운단 말인가.

그런 생각들이 스친 것도 순간이었다. 버스는 이미 아내와 아이들이 있는 곳으로부터 멀리 빠져 나와 달리고 있었다. 다리를 건너자 張박사와 아들 가용은 버스에서 내렸다. 이제는 남들과 다를 바 없는 피난민의 대열에 합류했다. 南으로 가서 찾으면 아내와 아이들이 있겠지… 하고 기대하며 미군이 퇴로를 막는다는, 피난민들 사이에 들리는 소문에 아랑곳하지 않고 서울을 향해 갔다.

그러나 후에, 아내와 아이들은 소문을 믿고 해주 쪽으로 가다가 중공군이 앞질러 南行 길을 막는 바람에 남한으로 가기를 포기했다는 소식을 아는 사람으로부터 듣게 되었다. 그 날 잠시 따로 가기로 했던 것 때문에 가족은 생이별을 하게 된 것이었다.

「그때 잠시라도 차를 세워 불렀더라면…」

張박사는 어차피 불가능했던 일에 대한 후회를 하게 되었다.
「아니 차라리 내가 내려서 아내와 같이 갔다면…」
아내에 대한 그의 미안함은 고생스러운 피난길 속에서도 끊이지 않았다. 자기만 신앙의 자유를 얻고 아내는 계속 그러한 체제 속에 남겨두고 오게 된 것이 너무도 마음에 걸렸다.
張박사는 피난민 행렬과 함께 가용을 데리고 부산에 도착했다. 피난민촌에서 그대로 있을 수만은 없었다. 자기의 일을 할 수 있도록 해줄 사람을 찾아야 했다. 군부대를 찾아가 안면이 있는 장교를 찾았다. 처음에 그는 張박사를 몰라보았다.
『아니, 張박사님 이게 웬일이십니까?』
병원에서의 품위 있는 의사가운 차림의 그만을 기억했던 육군장교는 초췌한 일개의 피난민 차림새의 그를 한참 있다가 알아 보았다.
육군병원에서 일하기 시작한지 사흘만에 그는 북한에서 출세한 자라고하여, 잔혹한 빨갱이 사냥으로 이름난 삼일사 지하실에 끌려갔다. 취조원(取調員)은 그에게 간첩혐의를 두고 힐문(詰問)했다. 그러나 張박사가 할 수 있는 대답은
『나는 기독교인입니다. 북한 체제에서는 신앙을 지키며 살 수 없어서 피난 온 것입니다.』 뿐이었다.
『당신 평양 기홀병원 원장 해먹으면서 김일성 주치의도 했다면서?』
『김일성 주치의라니요?』

『당신이 김일성 치료할 때 같이 있었었다는데.』

김일성이 맹장수술을 받을 때 동료들과 함께 가 본 적이 있었던 것은 사실이었다. 북한에서 대우받았던 것을 트집잡으면서 빨갱이라고 해도 할말이 없었다.

『사실이로군. 더 조사해 보고 올 때까지 이 곳에 있어야겠소.』

취조원은 그를 지하감방에 두고 나갔다.

일주일 뒤에야 그는, 그가 결코 공산주의자가 아니라는 미국인 선교사의 증언으로 겨우 석방되었다.

바램대로 남한에서 다시 의사생활을 계속하게 되었지만, 생활 여건이 無難해질수록 아내를 먼저 피난 보냈다가 헤어지게 된 것에 더욱 마음이 아팠다. 앞으로 연약한 여자 혼자서 여러 자식들을 데리고 어떻게 살 것인가 생각하니 아득했다.

『내가 여기 홀로 있게 된 만큼 아내와 자식들에게 쏟을 정성을 다른 사람들에게 쏟아주면 그에 따라 북의 아내도 누군가 도와주게 되겠지... 받고 싶은 만큼 주어야 하고 또 주는 만큼 받게 되는 것이 주님이 다스리는 세상의 섭리가 아닌가.

그러면 내가 이 곳에서 사람들을 위해 할 수 있는 것이 무엇일까? 자유민주주의 체제를 자본주의라고들 하는데 돈을 만들어 줄 것인가? 그것이 물론 사람들에게는 상당히 귀중한 것이다. 그러나 그건... 따지고 보면 아무것도 아니다. 사람들이 만들어낸.... 그냥 하나의 약속일 뿐이다.」

장박사는 고개를 흔들었다.

「그것은 단지 상대적인 가치를 지닐 뿐이다. 절대적인 가치를 지닌 것을 사람들에게 만들어 주어야 한다. 이곳에 부족했던 것을 더해주면 다른 곳에 서도 이곳에 해당되는 만큼의 변화가 일어날 것이다. 그것은 우주의 평형(平衡)의 원리에 입각한 것이다.

우주의 각 영역은 서로 평형을 이루어야 한다. 그리고 그 안의 개체들도 서로 평형을 이루려고 한다. 물질이건 영혼이건 간에…. 한 쪽이 다른 쪽보다 熱이나 에너지가 높은 상태라면 높은 곳에 쌓여 있는 열이나 에너지는 평형을 이루려고 낮은 쪽으로 흘러가게 마련이듯이….

영혼도 마찬가지다. 한 영혼이 이제까지 다른 영혼으로부터 무엇을 받는 상태로 있었다면 다시 그 쪽으로 되돌려 주는 상태로 전환되려고 하는 성질이 있는 것이다. 利가 한쪽으로 흘러 들어왔으면 다시 반대쪽으로 利를 돌려주려 하고 害가 한쪽으로부터 흘러 들어왔으면 다시 반대쪽으로 害를 돌려주려 하고…. 또한 利가 한쪽으로부터 흘러 들어왔는데 利를 돌려주지 않았다면 害가 들어온 쪽으로 害를 돌려주지 않았다면 利가 대신 들어올 수 있는 것이고….

北의 아내는 누군가의 도움을 받아야만 한다. 그렇게 되려면 여기서 사람들을 위해 나는 무엇인가 해주어야 한다. 내가 여기서 어려운 사람들을 도우면 자연히 북의 아내를 도와주는 사람도 생길 것이다.」

장박사는 부산에서 천막병원을 차렸다. 치료비가 없어도 오직 사랑으로 치료하는 병원은 많은 사람들의 도움으로 유지해 나갈 수 있었다. 나중에 병원운영상 어쩔 수 없이 입원비 白환을 받게 되었지만 그래도 치료비가 없는 환자는 장박사가 여러 방법을 써서 도와 치료를 받게 했다.

어느 날 저녁이었다. 장박사는 막 수술을 마치고 원장실로 돌아와 책상을 정리하고 있었다.

똑。。。 똑。。。

노크소리가 들려왔다. 보통 병원직원의 노크와는 달랐다. 당당히 문을 두드리는 소리가 아니라 무슨 죄를 지은 듯 가만히 한 번 한 번 조심스레 두드리는 소리였다.

『들어오십시오.』

힘없이 문을 밀며 들어온 사람은 꾸부정한 몸의 오십대의 남자였다. 그는 경남 거창 출신의 농부로서 오랫동안 입원해있었으므로 장박사도 잘 알고 있는 환자였다.

「퇴원날짜가 다가왔는데 또 돈이 없다는 말인가 보다.」

장박사의 짐작은 맞았다. 환자는 그의 앞에 다가와 말했다.

『원장님 죄송합니다. 내일 모레가 퇴원인데 입원비가 없습니다.』

농부의 눈에는 굵은 이슬이 맺혔다. 그의 목소리는 목이 메어 제대로 말이 들리지 않았다.

장박사는 잠시 생각에 잠겼다.
『어차피 돈도 없는데 병원에 묶어 둔다는 것은 도리에 맞지 않다. 이 사람의 집에서는 이 사람이 가장인데 집안식구 다른 누가 돈을 마련할 가능성이 있을까 모르지만...』
그러나 병원식구들에게 사정이야기를 해주고 싶어도, 서슬 퍼런 병원식구들의 얼굴을 떠올리니 용기가 나지 않았다. 요 먼저 번에도 비슷한 일이 있어 『원장님 혼자만 스타되고 우린 굶으란 얘깁니까?』라는 핀잔을 들은 바 있었기 때문이었다.
『앉으시오.』
농부는 책상 앞의 환자용 의자에 부동자세로 앉아 원장의 처분만 기다리고 있었다.
한동안 무거운 침묵이 흘렀다.
의자에 몸을 파묻은 채 고개를 내리고 있었던 장박사는 이윽고 고개를 들고 농부를 향해 말했다.
『자, 내가 시키는대로 하시오. 그럴 수 있겠소?』
『어떤 것입니까?』
『그냥 오늘밤 살짝 도망가시오. 내가 퇴근시간 후에 뒷문을 열어 놓을 테니 가서 몰래 퇴원준비를 해놓고 기다리시오. 지금은 직원들이 버티고 있으니 안되지만...』

농부는 어이가 없어 입을 벌리고 장박사의 얼굴을 물끄러미 쳐다보고만 있었다.

장박사는 의자에서 일어나 책상 앞으로 나왔다.

『자 이제 어서 가서 빨리 퇴원준비를 하시오. 직원들이 보면 불호령 떨어집니다. 퇴원준비는 다른 사람들이 눈치 안 채게 몰래 하시오. 들키면 끝장입니다.』

그는 멍하니 앉아있는 농부의 손을 붙잡아 일으켜 세웠다. 어리둥절했던 그는 원장의 참뜻을 분명히 알자

『원장님 저보고 도망가라고 하셨습니까? 어떻게 그럴 수가 있겠습니까...』

장박사는 목소리를 조금 높였다. 『이봐요. 방법이 없지 않소? 여기 그대로 있으면 입원비 내실 수 있소? 당신이 빨리 나가야 농사도 열심히 짓고 돈을 벌어서 입원비도 갚을 수가 있는 게 아니오. 당신이 여기 마냥 누워 있으면 누가 돈을 갖다주오 쌀을 갖다주오? 당신 기다리고 있는 집안 식구들도 생각을 해야지.』

『그래도...』

『걱정 마시오. 모두가 하나님께서 하시는 일이니 그리 아시오.』

농부는 자기 뒷머리를 쓰다듬으며 돌아갔다.

그날 밤, 장박사는 직원들이 퇴근하는걸 기다려 병원 후문을 살짝 열어놓고는 병실에 들러 그 환자에게 신호를 보냈다.

119 짧은 사랑 긴 이별 영원한 슴—

농부는 이불과 옷을 챙겨 다시 원장실로 왔다.
『원장님 정말 그냥 가도 되는 겁니까?』
농부는 혹시 자기가 도망치다가 직원에게 들키게 되는 것이 아닌가 두려웠다.
『왜 그리 내 말을 못 믿소? 어서 빨리 가시오.』
장박사는 지갑을 꺼내 있는 대로 지폐를 빼서 농부에게 쥐어주었다.
『자 車費나 하시오. 그리고 열심히 사시오.』
『원장님...』
농부의 눈에서는 왈칵 눈물이 쏟아져 나왔다.
『이 은혜 평생 잊지 않겠습니다.』
『주님의 은혜입니다. 모두가 주님께서 主管(주관)하시는 일입니다. 가서 열심히 사셔야 합니다. 주님께서 지켜보고 계실 것입니다.』
장박사는 농부의 등을 떠밀었다.
다음날 아침 서무과 직원이 원장실로 달려왔다.
『원장님 환자가 도망갔습니다.』
장박사는 아무런 일도 아니라는 듯 조용히 웃고만 있었다.
『원장님께서 혹시...』
『맞네. 내가 도망가라고 했네.』
『아이 참, 원장님. 그 환자는 장기입원환자라서 입원비가....』
『알고 있네. 그럼 어쩌란 말인가 입원비가 없다는데....』

직원은 기가 막힌 채 그냥 돌아갈 수밖에 없었다. 이런 일은 이미 이 병원에서는 다반사였다.

어떤 때는 환자가 『저희는 시골에 논밭도 없고 소 한마리도 없는 소작농이라 치료비가 없습니다.』하고 하소연하자 환자의 치료비 전액을 그의 월급으로 내주었을 정도였다.

『원장님, 그 사람 사실은 집에 마누라 놔두고 밤낮 술과 계집질 하다가 생긴 병이랍니다.』

『소작농이라면 자기네 땅주인한테 입원비 좀 꾸면 안됩니까.』

주변 사람들이 어떤 말을 하더라도, 설사 事情하는 사람의 말이 새빨간 거짓말임을 알 수 있어도 장박사는 사람을 믿기로 했다. 사람이란 하나님께서 지으신 가장 귀한 존재라고 믿었기 때문이었다.

『이러다 원장님만 福德을 쌓고 우리는 병원도 망해서 깡통 차는거 아냐?』

직원들이 수군대는 것을 눈치채면 장원장은 다섯 손가락의 비유로 그들의 불평을 잠재웠다.

그는 다섯 손가락을 펴 보이며 말했다.

『하나님이 이 세상을 다스리시는 原理는 우리 사람이 자기 방식대로 생각하는 원리와는 다릅니다. 여기 돈 없는 입원환자가 나가지 못하고 묶여 있다고 칩시다. 그 환자는 처음에는 자기가 입원비를 내지 않아 이렇게 됐다고 생각할 겁니다. 죄책감도 느끼겠지요. 그러나 시간이 흐르면서 병원을 원망하고 의사를 원망하고 결국은 하나님을 원망할 겁니다. 그런 사람들이 하나둘 생기면 하나님을 모시는 이 병원을 어떻게 생각할 것입니까? 하지만 우리가 善한 사랑의 마음으로 한 사람을 무료로 치료해서 내보냈다고 합시다. 그렇다면 그 사람은 보답하는 마음으로 훗날 입원비를 가져오거나 그것도 아니면 환자 다섯 사람을 병원에 소개할 것입니다.』

장원장의 말은 맞았다. 그의 병원은 무료환자들이 많았으나 그래도 끝내 문 닫는 일없이 운영되었다. 무료입원환자들이 장박사의 마음에 감동하여 훗날 밀린 입원비를 내는 경우가 많았고 또한 병원을 돕겠다는 독지가들의 손길도 이어진 덕분이었다.

하지만 장박사는 그것 역시 하나님의 뜻으로 돌렸다.

一九五六년에는 병원건물이 신축되었다. 이제는 福音病院도 제법 큰 병원으로 성장했다.

『원장님 병원이 확장되어 기쁘시겠습니다.』 병원신축 기념식에 찾아온 손님들은 이구동성으로 말했다.

이 말에 대한 장박사의 대답은 의외였다. 그의 마음에는 기쁨보다는 우려가 더 차지하고 있었다.

『이럴 때일수록 우리는 더욱 신앙심을 굳게 하고 정신을 차려야 합니다. 밀턴의 〈失樂園〉에는 맘몬이라는 마귀가 있습니다. 맘몬은 고층건물을 잘 짓고 물질세계의 발전을 일으키는 자입니다. 그 책을 읽은 뒤로 나는 고층건물을 보면 맘몬의 힘을 연상하게 됩니다. 하늘을 찌를 듯한 고딕건물에 배당도 내게는 하나님의 영광으로만 느껴지지가 않습니다. 그것이 보기에 아름답다면 사람이 만든 예술품은 되겠지요. 하지만 그런 것도 다 맘몬의 재주인 듯한 느낌이 듭니다.

우리는 이 세상에서 권세와 지위와 명예 그리고 사업의 번영들에 대하여 하나님의 축복이라고 생각하고 있습니다. 그러나 그것들이 과연 하나님의 영광을 思慕하여 살아온 사람들에게 내려주시는, 하나님의 선물이었던가 다시 생각해봐야 합니다. 자기도 모르는 사이에 맘몬과 타협해서 산 (生) 결과로 된 것은 아니었을까 알 수 없는 것입니다. 그런 것은 하나님의 뜻을 세우기 위한 하나님의 수단이고 하나님의 뜻을 성취하기 위한 과정이 되어야 할뿐입니다. 사람이 그것 자체를 목적으로 삼고 얻었던 것이라면 그것은 맘몬이 가져다 준 것일 뿐이겠습니다.

이제 우리 복음병원이 크게 확장되면서 먼저 가난한 이들에게 베풀었던 방식 그대로 더 많은 사람들에게 똑같이 베풀게 된다면 그것은 하나님의 축복이 되겠습니다. 그러나 인간세상에서는 事業이 前보다 크고 풍족히 성장하면 본래의 순수한 뜻이 변질되고 속세의 가치에 물들고 타협하는 경향이 있습니다. 만약 복음병원이 성장하면서 본래의 목적을 지키지 못한다면 그것은 맘몬의 장난이 될 수밖에 없을 것입니다.』

『원장님, 어차피 우리 자유민주의 사회는 각자가 노력해서 성장해야 하는 사회 아닙니까? 교회도 또한 熱心하는 傳道로 성장해야 하는 것은 마찬가지고요。』

저녁에 병원 사무처에 일하는 젊은이가 장박사에게 물었다. 장박사는 그에게 답했다.

『한국의 기독교는 자본주의 기독교가 다 되어있어. 그것은 잘못된 것이지요.』

『우리가 좌익을 반대하는 것도 그들이 국민들에게、 아니 그들의 표현대로는 인민들에게、 편한 것만을 추구하도록 하고 있기 때문이 아닌가요? 그들은 인민들에게 수령님만 따르면 모두가 편히 살 수 있게 해주겠다고 하지만 그것은 현실성이 없는 것인데도 자꾸만 우리 인간의 삶의 위한 노력을 폄하(貶下)해서、 인간이 살아가기 위해 지속적인 노력이 필요한 자본주의 경쟁사회를 혐오하게 만들려 하고 있지 않습니까. 자본주의적 가치추구는 우리 사회에서는 당연한 것이지 않습니까.』

『맞는 말이긴 하네 김군. 인간은 본래 노력하라고 하나님께로부터 창조되어 있는 것이지. 인간의 삶은 그들 개개인의 당장의 쾌락이 목표가 아니지. 편한 생활만을 따진다면 짐승들이 더 편하지 않나. 그저 인민 모두가 편하게 먹고사는 것... 그런 것을 우리가 도달해야하는 理想으로 추구하는 것은 마치 두 발로 걷는 인간이 네발짐승으로 돌아가자는 것이나 같지. 짐승 중에서도 뱀이야말로 가장 편한 동물이지. 뱀은 편하게 지내고자 땅바닥을 누우며 살아왔으니 그야말로 神의 뜻을 거역하는 사탄이 될 수밖에 없네. 인간에게 편한 것으로 유혹하는 자들... 그들 또한 마찬가지라 하겠네.

그런데 우리가 社會主義의 명분에 대항하는 논리가 자본주의 그 자체가 되어서는 곤란하네. 자본주의란 말이 생기게 된 것은, 각자의 노력에 의한 성취를 인간이 計量化된 척도로 잴 수 있는 수단이 돈밖에는 없기에 그렇게 된 것 같은데, 우리는 인간의 일을 인간이 만든 척도로만 재려 하지 말고 하나님의 척도로 잴 수 있도록 해야 하네. 즉 인간이 만든 평가가치인 돈을 누가 더 소유하느냐로 서로 경쟁하는 것을 우리 자유사회의 가치로 세울 것이 아니라, 서로들 하나님의 뜻에 합당하게 인간으로서의 자기의 영혼을 高揚시키고 하나님의 絶對善에 가까워지려 하는 것으로 우리 삶의 가치를 잡아야 할 것이네.』

『우리가 사회주의자가 아닌 以上、 서로들 자기 삶의 향상의 노력은 경주(傾注)하되, 그것이 한낱 수단에 불과한 돈을 추구하는 것이 아니라 하나님의 뜻에 맞는 삶을 위해 해야 한다는 말씀이시군요.』

『그렇지. 우리가 가난한 자와 함께 해야 한다는 것도 인간사이의 調和의 관점에서 생각해보세. 인간이란 우주의 일부분이니 인간 하나 하나의 영혼이 모여 우주를 이루는 것이지. 그러니 한 사람의 마음이 주변 사람들의 마음으로부터 자유로울 수 없음은 당연한 것이네. 인간이 서로 기쁨과 슬픔을 같이하려는 것은 차원의 정신적 안정을 추구하기 위한 노력에서라고 할 수 있지. 타인의 고통을 자신과는 무관하게 생각하지 않으려는 그런 마음은 非但 나쁜 사람이라는 너울을 쓰기 두려워서가 아니라, 이 우주를 이루는 큰 질서로부터 벗어난 不調和의 나락에 떨어지지 않으려는 갈망에서 나온다고 하겠네.」

「우주를 이루는 큰 질서는 바로 하나님이고 부조화의 나락이란 바로 마귀의 소굴 곧 지옥을 말하시는 것이군요.」

「하나님께서 우리 자유사회를 허락해 주신 뜻을 우리 인간이 잘못 받아들이면 안되네. 우리가 각자의 최다노력의 목적을 그저 재물에만 둔다면 그것은 맘몬의 의도에 그대로 말려 들어가는 것이지. 우리가 자본주의적 가치에만 현혹되어 나아가다간, 인간의 향상노력의 진지함을 도외시하고 그저 눈앞의 말초적 쾌락과 돈벌이만을 최우선으로 삼는 그런 사회가 되네. 그러면 우리는 사회주의를 반대할 명분마저 잃게 될 것이네.」

「그들은 「더불어 함께 사는 사회」로 나아가자는 말로 가난한 사람들을 유혹하고 있는데 우리가 그들을 이기려면 어떤 다른 主義니 사상보다는 결국 하나님의 가르침을 따르는 길밖에 없는 것 같습니다.」

「그렇지. 인간의 영혼이 삶의 긴장을 풀고 편안함을 추구한다면 그것은 그대로 영혼의 퇴보가 될 것이고 영혼의 퇴보란 곧 영혼의 죽음을 불러일으키는 사망권세에 가까워지는 것이네. 그것을 피하기 위하여 우리는 각자가 가진 달란트를 활용하여 공부를 열심히 해야 할 것이고 또 그 공부의 목적은 남을 억누르며 자기만의 돈을 벌기 위한 것이 아니라 바로 이 땅에 하나님의 뜻을 세우기 위한 것이 되어야 하네.」

혼자 데리고 온 아들 가용도 장성하여 며느리를 맞아들였다. 아들도 아내를 데리고 있는데 어른이 줄곧 혼자서 사는 것이 주위에서는 안타까워 보였다.

그러나 주위에서 재혼을 권유할 때마다 장박사는 『결혼은 한 번 했으면 됐지.』 하며 물리쳤다. 대신에 그는 아침마다 북에 남겨온 아내를 생각하고 기도하며 살아왔다.

장박사는 마음속으로는 북의 아내를 많이 그리워했지만 겉으로는 그다지 내보이지 않았다. 그의 마음은 어떤 계기를 통해서야 주위사람들에게 알려지는 것이었다.

한 번은 며느리가 아침 식사 때 북어찜을 해주었다. 나름대로 시아버지를 위해 정성 들여 만든 것이었기에 그녀는 시아버지로부터 맛있다는 칭찬을 듣기를 기대하고 있었다.

그런데 장박사는 식탁 앞에서 북어찜을 바라보며 멍하니 있는 것이었다.

『이게 무언가...』

장박사의 마음속에서는 조용한 흥분이 일어나고 있었다.

『지금 북의 아내가 함께 있었다면...』

장박사는 그것을 먹지 않고 가만히 들어 상 밑에 내려놓았다. 아들 가용 등 식탁에 둘러앉은 식구들은 어리둥절했다.

『아버님 왜 그러세요?』 며느리 尹順子는 음식이 잘못되었는가 조마조마했다.

『북어찜은 북한의 너의 시어머니가 좋아한다. 이걸 보니 북의 네 시어머니가 생각나 먹지를 못하겠구나.』

식구들은 평소의 담담하던 아버지가 이날 예상치 않은 태도를 보인 후 얼마나 아버지가 북의 아내를 그리워하며 살고 있나를 알게 되었다. 그 동안 곁으로 내보이지 않았던 아버지의 마음을 알게 된 것이었다.

어느 날 장박사는 집에 들어오는 시간이 늦었다. 그날 따라 며느리는 낮의 일로 피곤하여 일찍 잠이 들었다. 문이 금방 열리지 않아 장박사는 대문 앞에서 초인종을 여러 번 눌러야 했다.

며느리는 초인종 소리를 여러 번 듣지 못하고 나서 한참 후에야 깨었다.

『예, 아버님. 나가겠습니다.』 그녀는 부랴부랴 대문 쪽으로 나갔다.

끼이익 문이 열렸다.

장박사는 이 때 새삼스레 아내가 아쉬운 생각이 다시 들었다. 아내는 내가 돌아올 때쯤이면 대문 앞에서 기다리고 있었지 않았던가.

서운함을 못 이겨 장박사는 송구스러워하는 며느리에게 말했다.

『네 시어미는 이러지 않았다.』

그 뒤로 며느리는 방석을 들고 나가 대문 앞에서 시아버지를 기다렸다.

장박사는 매일 아침 일찍 신문을 보았다. 며느리는 아침마다 배달된 신문을 갖다주면서 문안드리기를 겸했다. 그녀는 아침 일찍 세수하고 약간의 화장을 했다.

어느 날 아침 문안 온 며느리를 보고 장박사는 자신을 시중하는 여인의 모습이 겸손히 순종하고 봉사하는 삶을 사는 여인의 그런 모습이 아님을 느꼈다. 그 모습은 실제보다 더 자기자신을 돋보이려 하는 가식과 교만을 품은 그런 부류의 사람들의 것이었다.

『네 시어미는 화장한 것 못 봤다.』

장박사는 한마디 내뱉었다. 물론 며느리 윤순자는 그 뒤로 시아버지 앞에서 화장한 얼굴을 하지 않았다.

항상 그의 마음을 점유하고 있는 아내, 그러나 만나지 못하는 아내에 한 그리움은 며느리가 아내의 행실을 본받음으로써 아내의 역할의 빈자리를 채우는 것으로나 달랠 수 있었는지 몰랐다.

장박사가 아직 오십대였을 때까지도 친척들은 자주 재혼을 권했다.

『아버님께 새어머님을 모시도록 하게나. 아직 한창 나이신데 그렇게 지내시려면 아무래도 어려우실 것이네.』 친척 아저씨는 자기 집을 방문한 아들 가용에게 말했다.

『저희도 생각을 해보았지만 말을 꺼낼 듯 하면 오히려 성을 내시니 차마 더 권해드리질 못하겠습니다.』

『이 사람아. 나이를 먹더라도 사람은 다 마찬가지네. 어른의 마음을 헤아려드리지 못하는 것도 큰 불효네. 당연히 우선은 화를 내고 거절하시겠지만 잘 설득하고 타일러 드리면 이윽고 누그러지실 걸세.』

『암, 처녀가 시집가기 싫다고 한다고 시집 안 보낼 것인가? 늙은이들도 마찬가지네. 허허.』 옆의 다른 친척 아저씨도 거들었다.

『어르신들 말씀은 알지만 아버님은 그런 일반적인 경우가 아닌 것 같습니다.』 가용은 난처해했다.

『그런지 안 그런지는 속에 들어가 봐야 알지. 한 번만 더 권해 드리게나.』 먼저 말을 꺼낸 아저씨는 다시 강권했다.

그러나 아들 가용은 감히 그 말을 집에 가서 꺼내는 엄두는 내지 못했다.

『저는 도저히 못하겠습니다. 저의 집사람에게 부탁해보겠습니다.』

『그래, 자네 집사람에게 내가 말해주지…. 좋은 시어머니감이 있고.』

함께 사는 아내는 물론 딸도 없는 장박사에게 며느리는 여자 중에 가장 가까운 사람이라 할 수 있었다. 친척 아저씨는 장박사의 집을 방문하고는 며느리에게 귀띔을 하여주고 돌아갔다.

며느리는 저녁식사 후 시아버지의 등을 두드려 주던 중 용기를 내어 말했다.

『아버님, 며느리가 드릴 말씀이 있는데요.』

『그럼 말하지 뭘 하느냐? 언제는 내 허락 받고 말을 걸었냐?』 장박사는 인자한 아버지와 같은 말씨로 며느리의 말에 답했다. 평소에 며느리에게 바랬던 것이 많은 만큼 배려하는 마음도 깊었다.

『아버님께서 혹 화내실까 봐서요. 화내시지 않기로 하신다면 말씀드리게요.』 며느리는 평소와 다른 조심스러운 태도로 계속 말했다.

그러자 장박사도 조금은 심상치 않은 것임을 알았는지 표정을 굳히고

『화낼 일이면 화내야지.』

하고 단정적으로 대답했다.

『그럼 말씀 안 드릴께요.』 며느리는 인사하고 물러가려 했다.

『말을 꺼냈으면 하거라.』 장박사는 고개를 들어 며느리를 불러세웠다.

『그럼, 말씀드릴께요.』 며느리는 다시 앉았다.

『아버님...』

『...』

『저... 새 시어머님을 모시고 싶은데요.』

『무슨 소리냐?』

장박사는 버럭 화를 내었다. 내심 며느리에게 아내의 빈자리를 기대하곤 하는 것이 마음에 걸려 왔는데 자신의 그런 바램을 부담스럽게 여기는 며느리가 끝내 참지 못해, 어려운 줄 알면서도 아들도 하지 못하는 말을 꺼낸 것이라고 생각되었다. 분노와 부끄러움이 함께 일었다.

『그래, 내가 부담된다면 내가 나가야지.』 그는 벌떡 일어섰다.

『아니에요. 아버님.』

며느리는 시아버지의 발목을 붙잡았다.

『제가 잘못했어요, 다시는 그런 말씀 안 드릴께요.』

그녀는 울며 마치 큰 잘못이라도 한 듯 시아버지에게 빌었다.

그전에도 가끔 지나가는 말로 혹은 눈치로 아버지의 재혼을 추진해보려 했

지만 장박사의 냉담함에 답답해하던 가족들은, 이날 비로소 며느리가 용기를 내서 직접 권유한 것이 크게 꾸지람을 받게 되자 이후 일절 재혼 이야기는 꺼내지 않게 되었다.

장박사는 젊어 새문안 교회에서 결혼했을 때 목사 앞에서 백년해로를 둘이서 반씩 나눠 다짐한 바 있었다. 그 때가 이십사세이었으니 백년해로를 둘이서 반씩 나눠 오십년을 더하면 칠십사세 때까지는 그 때의 약속을 굳게 지켜야 한다는 것이었다. 그것은 사실상 안 한다는 뜻이었다. 아내와 처음 헤어졌을 때는 아직 젊은 사십대였으니 마음이 흔들릴 수도 있었지만 그때부터 그는 이미 마음을 굳게 먹고 외길을 간 것이었다.

장박사는 병원 일로 여자 동료들도 많아서 잘 따르는 여자들도 있었다. 장박사는 그들을 전혀 異性으로 대하지 않고 편히 대했다. 여자 두 세명이 자주 집에 와서 식사를 같이 하곤 했다. 장박사가 그네들을 잘 맞이해 주수록 그네들도 장박사가 자기를 가까이 한다고 생각하게 되어 더욱 자주 오게 되었다.

어느 날 또 초인종이 울리며 방문객이 왔다. 조그만 선물 상자를 들고 온 세련된 차림의 여인이었다. 그들 중에서도 자주 오는 한 여자가 또 방문한 것이었다. 그녀는 가까이 일하는 동료 여의사였다.

『아버님 손님 오셨는데요.』

『누구시냐?』

『저번에 오셨던 梁淑姬(가명) 박사님이 이번엔 혼자 오셨는데요.』

『오신 손님은 잘 대접해 드려야지.』

장박사는 며느리에게 웃으며 말하고는

『하지만 계속 이러다간 안되겠는데....』

하고 고개를 저었다.

양숙희란 여자는 큰 눈이 맑게 반짝이며 반듯한 코와 도톰한 입술의, 삼십대 후반의 知性美있는 얼굴의 여인이었다.

『실례합니다.』

살짝 고개 숙여 눈인사를 하고 걸어 들어오는 모습은 氣品 있어 보였다. 어깨까지 빗어내린 直毛髮은 그녀를 나이보다 어려 보이게 했다. 고개를 움직여 귀를 덮은 머리카락이 젖혀질 때마다 하얀 귀밑바퀴에 달려 흔들리는 금 귀걸이가 잘 어울렸다.

『옷은 여기다 걸어 놓으시지요.』 며느리는 손님을 자리로 안내했다. 곧 저녁 식탁이 차려졌다.

검은 바탕에 반짝이는 노란 繡가 놓인 털코트를 벗으니 회색 블라우스에 안의 젊은이 못지 않은 탄력 있는 몸매가 드러났다. 서있을 때는 알맞게 큰 키가 돋보였는데 가까이 앉으니 그녀의 豊滿한 가슴으로부터는 여인의 숨결이 放香하고 있었다.

『바쁠 텐데 웬일인가. 시간이 생기면 데이트나 하지 이 홀아비한테 무슨 볼일이 있다고... 뭐 설마 일에 대해 물어보러 오는 건 아니겠지. 자네는 이미 外科學에 알아주는 사람인데 이 둔한 사람에게 얻을게 뭐가 있겠나.」 장박사는 이미 친분이 있는 양숙희를 친절히 맞이했다.

「뭘요. 꼭 일이 있어야 찾아뵙나요. 원장님은 누구에게도 존경을 받는 분인데 저라고 존경하지 못하란 법 있나요. 존경하는 분을 가까이 만나는 것 자체가 너무 즐거운 일 아녜요?」

촉촉히 젖은 듯한 그녀의 말씨였다. 같은 말이라도 달콤하면서도 차분한 知性的인 목소리를 내고 있어, 욕심있는 남자라면 누구나 탐낼만한 才媛의 매력을 풍기고 있었다.

장기려 또한 건강한 중년의 한 남자였다. 앞에 있는 이 여자는 바로 그가 젊었을 때 동경해 왔던 理想型이었다. 적당히 크고 건강한 몸집에 남들이 선망할 능력까지 갖춘 여자… . 그러나 그 때 그는, 그런 여자를 얻는 것이 과도한 욕심으로 여겨져 포기한 바 있었다. 그런데 지금 그의 이상형은 그의 앞에 나타나서… . 손을 내밀기만 하면 잡힐 위치에 있는 것이다.

하지만 장기려의 마음속에는 그렇게 큰 갈등이 일어나지는 않았다.

「이 여자와는 처음에 뜻을 같이하는 동지로서 만나게 되었다 나는 실력도 있고 미모를 가진 이 여자에게서 호감을 갖고있고 또한 이 여자도 나를 가까이 대하고 있다. 그래서 지금 서로에게는 우정이 발전되어 있다. 하지만 내가 과연 사랑들이 말하는 사랑을 이 여자와 할 수 있을 것인가… . 이 사람은 서로 가까이 지내다 보니까 친해졌고 그저 여느 친구와 다를 바 없이 만나면 즐겁고 편안하며 대화하고 싶은 상대이다. 그리고 또한 여자이니、 사회적인 관습에 따라 육체적 욕구도 해결하면서 평생 가까이 살 수 있는 방법 즉 결혼이 있는 것이다.

그리하여 이 여자에게로의 나의 마음은、 性과 무관하게 여느 친구에게서도 가질 수 있는 우정이라는 것과、 마음의 교류와는 관계없이 여느 여자에게서도 가질 수 있는 성욕이라는 것이 서로 더해져 있는 것은 아닌가.

그러나 사랑이라는 것은、 다른 여타의 요소로부터 말미암는 것이 아니고 그 자체 그대로 당사자들의 뜻과는 무관하게 생겨나는 것이 아닐까。。。 그것은 인간이 얻기 위해 언제 어느 곳에서 노력한다고 되는 것도 아니고 하님의 뜻에 의해 만들어져서、 인간은 鑛脈을 발견하듯 예비된 시기에 절로 발견하게 되는 것이라고 해야 하지 않을까。。。

옛적에도 鍊金術이라는 것을 사람들이 연구하던 때가 있었다。 귀중한 金을 다른 물질을 서로 섞어서 만들 수는 없을까 하고。。。 그러나 金을 다른 것을 섞어서 만들 수는 없었다。 왜냐면 금이란 본래 하나님이 창조하신 그대로의 것으로서 더 이상 다른 것으로 분해될 수도 없고 다른 것으로부터 만들어지지도 않는 그 자체로서의 물질 즉 元素이기 때문이었다。

사랑도 그 자체 하나의 원소로서 다른 여타의 감정으로부터 합성해 낼 수 없는 것이 아닌가。 友情과 性慾을 섞어 사랑을 만들려고 하는 것은 은과 구리를 섞어 금을 만드려는 것처럼 어리석은 일이 아닌가。」

『원장님 무슨 생각하세요?』

장박사가 한동안 말이 없자 양숙희는 물었다。 그가 말이 없는 동안 그의 눈은 그녀를 물끄러미 바라보고 있었기 때문에 양숙희는 그가 自身의 모습에 몰입되어 있었기에 그런 것이 아닌가 내심 흥분되었다.

『아, 아니네. 그냥 오늘 수술한 환자 용태가 어땠을까 생각이 나서 그랬네.』

『아이, 저녁시간에는 그런 힘든 생각 좀 놓으세요. 우리도 사람인데 우리들끼리의 휴식시간도 가져야지요.』 투정부리듯 눈을 흘기며 살짝 찡그리는 그녀는 더욱 매력적이었다. 쌍까풀과 긴 속눈썹이 두드러져 보였다.

『그래. 지금 생각한다고 결과가 나아지는 것도 아니고…. 내일 아침 생각해도 늦지 않겠지. 자, 식사 들게나.』

『예.』

식사를 하는 양숙희는 일단 밥을 입에 넣으면 더 이상 입을 벌리지 않고 오물오물 씹는 것이 귀엽게까지 보였다.

『미국에 있는 닥터 최에게서는 연락 안 오나?』

장박사는 그녀에게 넌지시 물었다. 이년 전에 그녀가 미국에서 오기 전에 함께 살았던 전남편의 안부를 묻는 것이었다.

『저, 그 사람하고는 완전히 연락도 끊었어요.』

『그래도 한 번 인연 있던 사람인데 가끔 안부는 묻고 살아야 하지 않나?』

『어차피 마음 안 맞아 헤어진 사람은 깨끗이 정리해야지요. 그 사람도 자기 갈 길이 있는데.』

『자네도 자네 갈 길을 가야지.』 장박사는 나지막이 타이르듯 말했다.
『그래야지요. 저는 그 사람하고는 남남이 된지 오랜데 원장님께서 공연히 말씀 꺼내신 거 같아요.』
양숙희는 장박사가 자기와 전남편과의 관계가 혹 완전히 정리되지 않아 걱정이 되어서 묻는가 생각되었다.
식사가 끝나고 차대접을 했다. 며느리는 방석을 다시 정돈하고 양숙희는 장박사와 마주하며 자리에 앉았다. 장박사 앞에 그녀의 모습은 더 잘 드러났다. 찬바람을 쏘이고 들어온 그녀의 얼굴은 실내의 훈훈한 공기에 上氣되어 뺨은 발그레해 졌다.
방석 위에 비스듬히 모둔 그녀의 반듯한 정강이가 팽팽한 푸른 스커트 아래 헌 스타킹의 올을 반짝이며 보였다. 측면의 윤곽을 보이는 엉덩이로부터 허벅지와 무릎 그리고 종아리에 이르는 곡선... 그것은 장박사의 눈에는 정녕 거침없이 한 획을 긋는 하나님의 작품이었다. 그의 눈길은 그녀의 몸매의 흐름을 잠시나마 注視하지 않을 수 없었다.
곧이어 그녀의 가려진 육체에 대한 상상이 떠오르고 있었다. 그러자 장박사는
「하나님이 여인의 육체를 이토록 만드신 것은 남자로 하여금 아내를 사랑하고 아껴주는 마음을 갖도록 하시려는 뜻에 말미암은 것이다. 나는 이미 한 여자를 주님 앞에서 내 아내로 정한 자이다. 어찌 더 이상의 욕심을 품을 것인가.」

생각하고는 고개를 뻣뻣이 들어 손님의 얼굴만을 향해 고정했다.

양숙희는 찻잔을 호호 불면서 마시고는 가만히 내려놓았다.

『그럼 이만 가보겠어요. 다음에 뵐께요.』

『잘 가시오. 멀리 안나가요.』

장박사는 함께 일어서 인사하고 며느리에게 길 밖까지 배웅하라 일렀다.

대문 밖까지 나가는 양숙희를 따라나서는 며느리를 장박사는 손짓으로 다시 불렀다.

『할 수 없다. 배웅하면서 네가 말해라.』 장박사는 작게 소리내 일렀다.

『예, 아버님.』

며느리는 얼른 다시, 밖으로 나가는 손님을 따라나섰다.

『이러실 필요까지 없는데.』 양숙희는 문 앞 여러 걸음을 따라오는 며느리를 향해 말했다.

『아니에요. 드릴 말씀이 있어서요.』

『뭔데요?』

『그럼...』

며느리는 그 자리에 멈춰 正色하며

『저어... 손님을 모시기가 부담스러운데요. 저희 아버님을 계속 찾아오시는 이유가 있으신가요.』 했다.

예상 밖의 言辭에 여자는 의외의 복병을 만난 듯 당황한 표정을 하며

『무슨 말씀인가요. 친하고 편한 사이니까 종종 뵙는 것이 어때서요. 저 대접하시기 부담스러우면 안 하셔도 돼요. 그냥 아버님만 뵙고 가면 되니까요. 시간도 식사시간은 피하도록 하죠.』 했다.

『저…. 突然한 말씀이 아니고. 사실 우리 아버님께서는 여러 번 신중히 생각하고 따져서 말씀 드리는 건데요. 사귀는 것은 포기하세요. 결혼하실 意思가 없으니 더 가까이 사귀는 것은 포기하세요.』

『무슨 말씀이세요?』 여자는 목소리를 높이며 당황해했다. 가로등불 밑에서 더욱 크게 뜬 그녀 눈의 흰자위가 번뜩였다.

『내가 언제 댁의 아버님을 탐낸 적이 있어요? 그냥 친한 동료로서 가까이 지내는 것뿐이지.』

『친하고 허물없게 지내시는 것은 저희도 백번 환영해요. 하지만 그러시려면 병원 일 하는 곳에서도 충분해요. 집에 오가시는 것이 다른 사람들 눈에 뜨이면 혹 오해를 받을 수도 있거든요.』

『원 참. 별꼴 다 보겠네. 시아버지 연애하는 거 질투하는 며느리도 있군 그래.』 양숙희는 교양 있어 보이는 얼굴과 품위있는 차림새에 어울리지 않는 앙칼진 목소리로 내뱉었다.

며느리 윤순자는 그저 가벼운 쓴 미소만 띄우고

『예、더 변명해 드릴 말씀은 없어요. 앞으로도 일터에서 얼마든지 만날 사이잖아요. 못 만나게 하자는 것은 아니니까 별로 크게 생각지 마세요.』 하고 대답했다.

『당신이야말로 엉뚱한 얘기를 꺼내고 있어요. 그런 헛소리하려면 어서 들어가세요.』 여자는 돌아섰다.

『예, 안녕히 잘 살펴가세요.』 며느리는 돌아선 그녀에게 고개 숙여 인사했다.

『참 이렇게 심한 말을 하다니... 난 천당 못 가.』 며느리 윤순자는 집으로 돌아오면서 중얼거렸다.

팔십년대로 접어들었다. 남북 이산가족 상봉 행사가 있었다. 근무중 장박사는 전화를 받았다. 이산가족 상봉행사 당국자로부터였다.

『장박사님 축하드립니다. 박사님께서는 이산가족 상봉행사 상봉단에 추천되셨습니다. 이제 그리던 사모님을 만나실 수 있을것입니다.』

『이번에 이산가족이 있는 사람들은 다 만날 수 있습니까?』 장박사의 반응은 담담했다.

『박사님은 사회에 공헌이 많은 분이시고 북한에서 사모님을 두시고 혼자 살아오신 점 등이 고려되어 선발되신 것입니다.』

『그럼 가고 싶어도 못 가는 사람들도 많은 것이 아니오?』

『그렇기 합니다. 아쉽지만 다음기회에 차례차례로 보내줘야 하겠지요.』

장박사는 한동안 말이 없었다.

『감회가 깊으신 모양이시군요. 그럼 마음 준비 잘 하시고 이만 다음에 연락 보내드리도록 하겠습니다.』

서울의 당국자가 전화를 끊으려 하는데

『아니, 잠깐.』 장박사는 제지했다.

『나 포기하겠습니다.』

『아니, 무슨 말씀이십니까?』

『이산가족들이 많은데 그들은 놔두고 나 혼자 가는 것은 옳지 않다 생각됩니다.』

『박사님의 마음은 저희도 압니다. 박사님이 어떠신 분이란 것을 알기 때문에... 하지만 어차피 한꺼번에 모두가 다 갈 수는 없으니 우선이라도 갔다 오시도록 하는 것이 아니겠습니까?』

『아니오. 나는 비록 헤어져 있으나 아내와 꿈속에서 매일 만나고 있소. 우리는 떨어져 있어도 서로 마음의 교류를 하며 離散의 고통을 이겨나가며 살아가고 있소. 헤어짐의 고통이 나보다 더한 다른 이산가족들에게 기회가 주어지면 그것이 더 낫겠소.』

『나중에 다시 생각해보시기 바랍니다.』

『아무튼 감사합니다. 그럼 수고하십시오.』

장박사는 다시 근무에 열중하여 환자를 돌봤다.

『아버님, 한 번 가보시지 그러십니까?』 나중에 이 사실을 알게 된 가족의 물음에 그는

『통일이 되어 함께 살 수 있게 된다면 몰라도 잠깐 만났다 헤어질 것을

무슨 소용으로 만날 것인가. 도리어 헤어짐의 아픔만 더해질 것인데... 가족과 헤어진 아픔을 겪는 이들이 나 말고도 무수히 많은데 그들도 모두 다 만나게 해준다면 몰라도 나만 만나서 무엇하느냐. 우리만 만난다면 만나지 못하는 자들의 아픔만 더해줄 뿐이다.』 하고 대답하며 물리쳤다.

장박사는 아내의 소식을 확인하고 서신교환으로 아내의 소식을 알 수 있게 된 것에 만족하고, 자기만을 위한 특별한 상봉기회 같은 것은 바라지 않았다.

『그립고 보고싶은 당신께.

기도 속에서 언제나 당신을 만나고 있었습니다. 부모님과 아이들이 힘든 일을 당할 때마다 저는 마음속의 당신에게 물었습니다. 그때마다 당신은 이렇게 하면 어떠냐고 응답해 주셨고 저는 그대로 하였습니다. 잘 자란 우리 아이들, 몸은 헤어져 있었지만 저 혼자 키운 것이 아닙니다.』

『택용엄마 어느덧 40년이 흘렀소. 6 · 25의 참화로 가족과 생이별한 이가 어찌 나뿐이오만 해마다 6월이 되면 가슴 깊은 곳에서 뭉클 치미는 이산의 설움을 감당하지 못하고 기도로 눈물을 삭이곤 합니다.

후퇴하는 국군을 따라 평양을 떠날 때 둘째 가용이만 데리고 월남한 것이 지금 내 가슴에 못이 되었소.

나는 내 생전에 평화통일이 될 것으로 믿습니다. 우리는 온 민족이 함께 어울려 재회의 기쁨을 나누는 그날 다시 만나리라는 것을 확신합니다.』

반평생이상을 생과부로 지낸 그의 아내 김봉숙은 그럼에도 불구하고 남편에게로부터 한결같은 사랑의 마음을 받으며 지냈으니 결코 불행하다고만은 할 수 없었다.

장기려는 사랑이란 무엇인가에 대해 확고한 신념을 가지고 있었다.

『성욕이란 남자와 여자의 생식기가 하나되기 위한 동기에서 일어나는 것이다. 인간의 남자와 여자의 육체가 하나되기 위하여 만들어진 것이니 그것들이 슴一되면서 느껴지는 쾌감이 또한 하나됨에 대한 만족감에서 우러나는 것이다.

그러나 마음까지 완전히 하나되는 것 그것이 어려운 것이다. 나는 지금 육체의 하나됨은 이루지 못하고 있으나 많은 사람들이 이룩하지 못한, 마음의 하나됨을 이루고 있으니 어찌 홀로 산다고 할 수 있겠는가.』

그는 자기의 운명을 전혀 불평하지 않고 오직 하나님의 뜻에 따라 살아가는 자세를 견지했다.

어느 날 장기려는 어느 넓은 곳 한 가운데 서 있었다.

날은 맑고, 눈부신 하늘에는 흰 뭉게구름이 여기 저기 떠다니고 있었다. 바람은 약하지도 강하지도 않게 한결같이 불어 오고 있었다. 주위에는 노랗고 붉은 이름 모를 꽃들이 만발해 있고 멀리는 뽀얀 구름이 자욱히 둘러있는 것이 이곳은 어느 山 頂上의 高原 같았다.

조금 있다 멀리 구름이 하나 둘 걷히기 시작했다. 어느덧 저 앞에는 검은 돌무더기의 봉우리가 보였다.

도 사랑을 이루고 있을 것이며 훗날 天上에서의 완전한 合一을 기다리고 있을 것이다.

장박사는 생전에 『나의 생전에 평화통일이 되어 아내와 만나 함께 살 일이 있을 것이다.』하고 굳게 믿었다. 인간의 육신의 삶에 집착하는 해석으로는 그의 믿음이 결국 이루어지지 않았다고 여길 것이다. 그러나 성경에서도, 예수는 제자들의 世代 안에 다시 돌아오리라고 약속하고 제자 중의 하나를 「그 때까지 남겨두리라」(요한福音 二一:二三)고 말했다. 장박사의 믿음은 바로 성경의 그 약속의 의미와 마찬가지로 해석되어야 할 것이 아닐까.6)

---

6) 이 작품 발표(2001年)이후 2012年에 발간한 『생애를 넘는 경험에서 지혜를 구하다』(미래지향) 220面에서 이 때 생각한 의미를 다음과 같이 더욱 구체적으로 밝혔다.

요한복음(21:22)에서 예수가 다시 올 때까지 제자가 머무르게 한다는 이야기는 제자의 영혼이 아직 지구상에 윤회하고 있을 때 다시 오겠다는 약속으로 보아야 한다. 제자가 당시의 육체 그대로 다시 오겠다는 약속으로 간주하면서 예수가 약속을 지키지 않은 것이라고 하는 일부의 비판은 동의할 수 없다.

2000년도 말 필자는 북한에 남겨둔 부인을 생전에 만나리라는 믿음을 가지고 혼자 살다가 별세한 장기려박사의 전기소설에 다음과 같이 썼다(月刊朝鮮 2001년

『네가 여기 머무는 동안은 그렇게 되지 않을 것이다.』

『그렇다면 어찌해야 하겠습니까? 나는 아내와 함께 있고 싶습니다. 저기서는 하나님을 섬기지 못합니다. 아내를 데려오든가 저쪽에도 꽃이 피게 되든가 해야 합니다.』

『앞으로 이 곳은, 무작정 저 쪽과 通하려는 자들로 인해 혼탁해질 것이다. 그들은 이 쪽을 저쪽과 같은 돌산을 만들면서까지 저 쪽과 통하도록 하려 할 것이다. 그 때가 되면 너와 같은 하나님의 자녀들은, 가족들과 합치는 기쁨을 위해 하나님의 뜻을 어기게 되는 시험을 당할 것이다.』

『이제 나는 이곳의 삶에 더 이상의 미련이 없습니다. 하나님의 뜻을 따르며 내가 속히 아내를 구원할 수 있도록 하여주십시오.』

『자, 그럼 너는 이곳을 떠나라. 이제 너는 아내를 보고 싶으면 언제라도 볼 수 있다.』

흰옷의 사람은 자기가 두르고 있던 날개와 같은 겉옷을 벗어 장기려의 어깨에 걸쳐주었다.

3

장박사는 아내와 편지를 주고받게 되면서 언젠가는 만나게 될 것이라는 믿음을 굳게 가졌다. 그러나 이승에서의 재회는 一九九五년 그의 별세로 끝내 이루어지지 못했다. 하지만 아마도 그는 人間界와 靈界의 거리를 넘어 지금

저앉기만 하면 그 바닥에 다칠 것만 같아 심히 염려되었다. 앞으로 더 갈 수가 없음에 장기려는 그대로 바닥에 꿇어앉았다.

『하나님, 저기 있는 내 아내를 구해오도록 해주시옵소서.』 그는 엎드려 빌었다.

한참동안 그에게 느껴졌던 것은 간절히 비는 자신의 목소리밖에 아무 것도 없었다.

『기려, 일어나라.』

그의 등을 치는 손길이 있었다.

장기려는 일어났다. 여전히 주위는 먼저와 같고 저 앞의 黑石峰에는 아내가 명히 서 있었다. 뒤돌아보니 온통 흰옷을 두른 사람이 서 있었다.

그 사람은 얼핏 남자인지 여자인지도 나이도 알 수 없으나 키는 보통사람의 倍半 정도 되었다. 희끗한 얼굴에 눈코입의 윤곽은 보였으나 색채는 분명하지 않았다. 얼굴을 반쯤 덮은 긴 머리카락은 양털같이 희어서 긴 옷자락과 구분이 되지 않았다.

『너는 저쪽에 가고 싶으냐?』 그 사람은 입을 열었다. 맑고 투명한 저음이었다.

『가서 나의 아내를 데려오고 싶습니다.』

『너는 여기 있는 한 저 곳에 가지 못한다. 아직 저쪽의 봉우리까지 길이 날 때는 멀었다.』

『나는 이제까지 저 곳에 가게 될 날을 기다려 왔습니다.』

거기에는 아내의 모습이 있었다. 그 얼굴은 최근에 사진을 통해 본 모습이 아닌, 헤어지기 직전 그와 체온을 같이 했던 시절의 모습이었다. 장기려는 평생 기다림의 한이 풀리는 벅찬 마음에 그녀가 있는 곳을 향해 두 팔을 벌리고 달려가려 했다. 그러나 발을 옮겨도 자신은 계속 그 자리에 머물고 있었다.

『여보 잘 지내시오?』

아내의 모습은 멀리인데도 또렷이 보였다. 그리고 결코 작게 보이지도 않고 그의 시야를 가득 채우고 있는 듯했다.

『예, 덕분에···.』

『덕분이라니. 내가 당신께 한 것이 무엇이 있다고···. 하지만 나는 굳게 믿고 있었소. 내가 이곳에서 어려운 사람을 도와주면 그곳에서도 당신을 도와주는 사람이 있을 거라고···. 당신이 그렇게 잘 지내고 있다니 내가 이곳에서 사람들에게 베풀기 위해 애쓰듯이 그곳에서도 당신을 도와주는 사람이 있는 모양이구려. 하나님께서 기도를 들어주셨으니 기쁘기 한량없소. 그 쪽에서 당신을 돌봐주는 이는 뉘시오?』

『수령님 은덕에 편히 잘 먹고 잘 살고 있습네다.』

장기려는 더 말이 나오지 않았다. 어서 가서 아내를 데리고 오고 싶은 마음에 발을 움직였다. 그러나 여전히 자기는 그 자리에 그대로 있고 아내는 검은 돌무더기의 봉우리 위에 서있을 뿐이었다. 얇은 흰 치마저고리 차림의 아내가 주아내의 배경은 더 선명히 보였다.

장기려는 春園 李光洙의 소설 <사랑>의 주인공 안빈의 모델이라는 설이 있다. 그것에 대해서는 당시의, 동물에 의한 공포감정 실험 등 여러 「정황증거」도 제시되고 있다.7)

1월호 <짧은 사랑 긴 이별 영원한 숨ㅡ>.

張박사는 아내와 편지를 주고받게 되면서 언젠가는 만나게 될 것이라는 믿음을 굳게 가졌다.
⋮
張박사의 믿음은 바로 성경의 그 약속의 의미와 마찬가지로 해석되어야 할 것이 아닐까.

당시에 필자는 예수의 이 성경중의 약속을 지금과 같이 「제자의 영혼이 아직 지구상에 윤회하고 있을 때 다시 오겠다는 약속」으로 받아들이지는 못했다. 인간의 논리로는 이해되지 않아도 믿어야 하는 것이 종교를 믿는 자의 도리라는 생각으로 이와 같은 추측을 공개적으로 발표했던 것이다. 그러나 지금은 예수의 약속이 유효하다는 것을 논리적 확신을 가지고 말할 수 있다.

7) 『聖山 장기려』 (이기환, 한걸음, 2000年) 109面

춘원은 당시 장박사에게 「내가 구상중인 소설에 인간 감정의 교차를 실험하는 결과를 쓰고자 하는데 가능한가」 「내 소설의 주인공을 찾고 있다」고 넌즈시 묻는 등 이미 『사랑』의 집필을 염두에 두고 그를 세심히 관찰했음은 분명하다. 춘원이 입원하고 있었을 때 그는 김희규 박사의 연구를 도와 개를 대상으로 위와 그러나 특정인이 소설의 모델이나 아니냐를 따지는 것은 부질없는 것이다. 소설의 인물은 여러 사람의 모습을 섞어 합성하는 경우가 많기 때문이다. 특히 〈사랑〉의 주인공 안빈은 중년의 의사이기 때문에 당시 사십대의 春園이 만난 이십대의 장기려와는 잘 어울리지 않는다.

하지만 소설은 과거세상의 반영일 뿐 아니라 미래의 예언일 수도 있다. 〈사랑〉에서의 안빈이 아내와 사별하고 난 뒤 주위에서 재혼을 권유하면 『결혼은 한 번 했으니 더할 필요 없다.』 이라며 거절했듯이 장기려 또한 『결혼은 한 번 하는 것.』이라며 사십오년간을 북의 아내와 오직 「靈的으로 교류」하며 혼자 살아온 것이다.

장박사가 월남할 때 데리고 온 단 하나의 자식인 차남 가용은 부친을 이어 의학을 공부하여 서울대 의대교수로 있다. 가용은 이산가족방문단의 일원으로 평양을 방문하여 북의 노모와 형제들을 만나게 되었다.

알레르기에 대한 동물실험을 하고 있었다. 소설 『사랑』 속 안빈도 개、토끼、고양이를 대상으로 해서 공포의 감정실험으로 이른바「안피 노톡신 제1호」를 발견했다는 구절 등 장박사의 당시 모습과 유사한 부분이 너무 많다.

춘원의 말처럼 『사랑』이 춘원의 인생관을 솔직하게 고백한 예술작품이라고 하지만 장박사의 삶에서 이상적인 인간상을 찾았을 것이라는 게 당시 장박사와 함께 일했던 김희규 박사 등의 한결같은 고백이다.

『장가용 박사, 이번 이산가족방문단에 함께 가시는 것이 어떻겠습니까?』

당국자의 연락을 받자 가용은

『갈 수 있다면 좋겠습니다만 제가 자격이 될 만한지요. 저보다 연로하고 곧 세상을 뜨실지 모르는 분들이 많이 계시는데 그분들을 먼저 보내야 하지 않을까요?』 하고 우선 대답했다.

『허, 그 아버님에 그 아드님이시군요. 하지만 이번은 박사님께 무슨 혜택을 드리자는 것이 아닙니다. 아시다시피 상봉단에는 워낙 연로한 분이 많이 계십니다. 그런 분들이 오랫동안 못 만났던 혈육을 만난 충격에 무슨 일이 일어날지 장담 못합니다. 그러니 의사선생님이 따라가셔야 할 필요가 있기에 수고해주시라는 요청을 드리는 것입니다.』 당국자는 다시 설명하며 권했다.

『저보다 연로한 다른 분들을...』

『일을 하러 가는 건데 무조건 연로한 분을 모실 순 없지 않습니까. 또 마땅한 다른 분도 없습니다.』

결국 장기려 박사의 북한방문은 아들 가용의 代에 이르러 이루어졌다. 이산가족방문단의 의료지원 수행원 자격으로 가용은 북한을 방문했다. 어릴 때 헤어지고 근래에는 사진으로만 보아왔던 어머니와 형제들을 만나는 자리...。 그가 본 어머니와 형제들의 모습은 근래에 우편으로 받았던 사진 속의 모습 그대로였다.

『정말 가용이란 말이오?』

老母는 바로 앞의, 익고도(熟) 선(疎) 모습 앞에 할 말을 잃었었다. 이제까지 자기 안에 깊이 각인되어 있는 남편의 모습이었다. 그런데 이제, 남편이 떠나갔던 그곳으로부터 온 아들의 모습... 두 모습을 놓고 보면 아버지와 아들이 뒤바뀌는 기막힘에, 지나온 긴 인생의 세월이 한날의 꿈처럼 허무하기만 했다.

『어머니, 저는 어머니의 아들 가용이 입니다. 말씀을 어찌 그리하십니까? 아버님 없이 혼자 지내시느라 얼마나 고생이 많으셨습니까?』

어머니를 끌어안은 아들은 어머니의 목덜미에 얼굴을 파묻고 그 동안 전혀 갖지 못했던 어머니의 체취를 흡입했다. 그 느낌을 분명히 기억하고자 긴장한 그의 호흡은 크고 깊었다.

아들은 어머니에게 하나 둘 안부를 물었다. 한 가족이기에 할 수 있는 이야기들을 늘어놓자 어머니의 말씨는 점차 자연스러워졌다. 아들은 北에서의 생활 형편 여러 가지를 물었으나 신앙생활을 계속하시느냐고 묻지는 않았다. 대신 그는 가지고 간 〈明倫中央敎會六十年史〉 책자를 어머니에게 펼쳐 드렸다.

『여기 아버지와 어머니께서 성가대원으로 활동하신 기록이 있습니다. 그 때 노래를 부르며 행복해하시던 어머니의 모습을 지금도 기억합니다.』

노모는 옛 사진 속에서 함께 신앙생활을 했던 남편의 모습을 찾았다. 오십년 헤어져 살다 끝내 이승에서의 만남을 이루지 못한 남편은 이제, 함께 주님 앞에 찬양의 노래를 불렀던 그 때의 기억으로 고정되어 지상에서의 길이었던 사랑과 인연의 마침표를 찍었다.

누가 무엇 때문에 그들의 행복을 갈라놓았는가...。 그런 것은 생각되지 않았다. 인간이란 운명의 격랑속에 무력한 존재일 뿐인데 다시 또 어떤 인간에게 그 책임을 묻는단 말인가.

세시간 삼십분 동안 진행된 만남의 행사는 가용에게는 한동안 환상의 이야기 속에 들어갔다 나온 것과도 같았다. 어머니와 형제들은 사진으로 보아왔던 얼굴이었다. 마치 사진 속에 오래 있었었던 인물들이 잠시 밖으로 나왔다가 다시 사진 속으로 들어간 것 같은 기분이었다. 앞으로 사진 속의 인물들을 다시 끄집어내는 「마법」을 쉽사리 행하지는 못하리라는 현실은, 더욱 그 잠시동안의 만남을 현실감 없게 만들어주었다.

장기려박사의 생애는 우리 현대사의 올바른 가치정립을 위해 시사(示唆)하는 바크다. 작가 全光鏞의 단편소설 〈꺼삐딴 리〉에서는 일제하와 공산치하 그리고 자유세계에서 시류에 따라 카멜레온처럼 변신해 살아온 지식인의 전형으로 醫師를 설정하였다. 이 작품의 주인공은 돈 있는 사람이나 권력자만 잘 치료해준 것으로 써있는데 그것은 개개인의 성향에 관한 문제니 별로 하고, 그 작품의 의미는 새로 음미해 볼 만 하다. 醫師란 본래가 그런 시류에 영향받지 않고 살아남을 수 있는 ― 직책인데 그것이 풍자거리가 될 수 있을까 하는 것이다. 혹은 作家가 본래 醫師란 그렇다는 것을 나타내려 했는지도 모른다.

일제시대, 공산치하, 자유세계들이 서로 교차하며 우리는 존경할 만한 위인을 많이 잃었었다. 이에 反해 장기려박사는 일제시대와 공산치하 그리고 남한에서 변화하는 시대를 살았음에도 어느 치하 어느 세계에서도 필요한 일을 해왔기 때문에 격동의 현대사에서 존경받는 인물로 「살아남았다」고 하겠다. 혹 그 작품에 격동의 시대에 醫師만이 무사하다고 해서 생긴、지식인으로서의 일종의 질투심의 발로인지도 모른다. 아무튼 장박사의 생애가 우리 현대사에서 그 「명예」를 유지할 수 있었던 것은 민족이 모두 함께 존경할 인물이 별로 없는 우리민족을 위한 하늘의 배려라고 할 것이다.

그의 생애는 아들에 의해서 다음과 같이 요약된다.

『아버님의 삶은 세 가지로 일관되어 있었습니다. 첫째 공부、즉 의학공부를 열심히 하셨습니다. 학생 때 공부하는 정도가 아니라 평생 끝없이 하신 것입니다. 수술 직전에도 수술관련 책을 다시 보신 후 수술에 임하실 정도였습니다. 그리고 신앙、하나님을 열심히 섬겼습니다. 삶 그 자체가 하나님의 뜻을 실천하는 것이었습니다. 또한 봉사、불우한 환자를 위해 조건 없이 치료를 베푸셨습니다. 물론 돈 있는 사람도 치료했지만 돈 있는 사람에게서 받아서 돈 없는 사람의 치료비로 쓰신 것입니다.』

그의 파란 많은 삶의 궤적 또한 하늘의 뜻이라는 게 아들 張家鏞의 견해이기도 하다.

『先親의 성품을 한마디로 말하자면 욕심이 없는 것입니다. 물질에 대한 욕심은 물론 명예에 대한 욕심도 없으셨습니다. 다만 한가지 욕심이 있다면…. 아니 욕심이라 할 수도 없겠죠. 공부를 무척 열심히 하셨습니다. 그런데 그 공부는 오직 불쌍한 사람들에게 양질의 의료서비스를 베풀기 위해서였습니다. 선친께서는 항상 어려운 사람들에게도 최고의 의료서비스를 제공하고자 노력하셨습니다.

그런데 만약 선친께서 여러 자식과 부모를 그대로 부양하며 사셨다면 그러한 일을 하시기는 어려웠을 것 것입니다. 그러기에 저는 아버님이 저만을 데리고 월남하여 가족과 헤어지게 된 것도 다 하나님의 뜻이라고 봅니다."

〈月刊朝鮮 2001년 1월호〉

사랑과 容恕

一九五二年.

蹄石마을에 낮 동안 제법 뜨겁게 내리쬐던 가을날의 햇빛은 오후의 중반을 지나 급히 그 기세가 꺾이고 지금은 찬바람에 날리는 먼지 속에 戰亂의 傷痕투성이의 灰色 집들 사이로 미약한 저녁햇빛이 間間이 비치고 마을 길 곳곳은 길게 늘어선 그림자로 가려 멀리서는 검은 목탄가루가 깔린 듯 어둠침침해 보였다.

이곳에 남루한 옷차림의 한 남자가 긴 그림자를 끌며 나타났다.

마을에는 허물어져 노출된 건물 안의 사람들과 길에서 보수공사를 하는 몇몇 사람들이 그를 볼 수 있었으나 아무도 그를 주목하지 않았다. 이 마을은 인민군에 점령되고 수복된 지 한 달 남짓 되었고 피란 갔던 마을 주민은 半도 돌아오지 않았다. 집들도 居半이 파괴되고 불태워졌으니 사람이 있을 수도 없었고, 있는 사람들도 하나같이 행색이 남루하고 해쓱한 얼굴을 하며 그날그날을 살아가고 있으니 마을에 들어오는 또 다른 귀향객을 관심 두어 맞이할 여지는 없는 것이었다.

남자의 行色속에는 알맞은 키와 완만한 몸매가 엿보였다. 헝클어진 머리칼 아래 無想하게 뜨여진 크고 선한 눈매와 순탄히 마름 지어진 코, 그리고 도톰한 입술들이 연한 피부빛의 側顔面과 어울린 곱살스러운 모습은

155 사랑과 용서

操身한 걸음걸이와 더불어, 만약 누가 그를 여자라고 우긴다면 그렇게 믿을 만도 한 것이었다.

남자는 교회당을 지나 마을 어귀에서 멀지 않은 한 작은 집에 들어갔다. 그의 형 내외, 끼익ㅡ. 낡은 문을 연 그는 사람이 없음을 직감했다. 그의 형 내외, 동생, 조카 등 집안 식구는 돌아오지 않았고 이미 어두워진 집안은 조용하기만 했다.

그는 좁은 안마당을 질러 구석방으로 갔다.

역시 조용한 방문을 열어보니 어머니가 누워있음이 보였다. 老母는 방금 잠에서 깬 듯 부스스 몸을 일으키고 있었다.

『어머니, 접니다. 亨植이예요.』

『응, 亨植이라고? 정말이냐?』

돌아온 자식을 본 노모는 무표정했다. 그간 너무도 놀라운 일만을 당하다 보니 이제는 웬만한 것에는 아무런 감각도 반응도 없는 것 같았다.

『이제는 바르게 살아라.』

어머니는 고생을 위로하기보다는 더 이상 속을 썩이지 말아달라는 투 같았다.

金亨植은 지난번 국군이 이 一帶를 탈환할 때까지 인근의 靑塔마을에서 인민군에게 인질로 잡혀 있다가 인민군이 퇴각하면서 구출되었다. 그러나 곧바로 자기가 살던 곳으로는 돌아가지는 못하고, 군부대를 따라 외지로 갔다가 이제 가족의 집으로 돌아온 것이었다.

가족들은 모두 아직 돌아올 엄두를 못 내고 있었다. 亨植은 앞으로 어떻게 집안 살림을 복구할까 아득했지만 일단은 그 동안 쌓였던 심신의 억압을 풀고 쉬는 것이 우선이었다. 그는 어머니에게 간단한 대답만 하고는 아무도 없는 먼지 낀 큰방으로 들어와 누웠다.

삼십사세의 金亨植은 靑塔마을의 중학교 교사였다. 그는 근방을 통틀어 大處에 유학 갔다 온 몇 안 되는 청년 중 하나로서 마을 처녀들의 동경의 대상이었다. 그러나 내성적인 그는 여자를 사귀려는 노력은 하면서도 누구하고도 결정적인 계기를 만들지 못하여 혼자 살고 있었다. 기실 마을 처녀 아무와 맺어진다 해도 그와 교육수준이 맞지 않아 마음을 나눌 만한 배필은 되지 못하고, 만약 한다면 여자의 집에서 내거는 재산이 동기가 될 수 있을 뿐이었다. 亨植은, 재산이 탐나서 하는 결혼은 안 된다는 고지식한 순수파도 되고 싶지 않았기에, 이제 나이가 서른이 넘은 만큼 기회만 닿으면 어서 적당한 여자와 결혼하려고 했다. 그러나 처음에는 그에게 은근한 유혹을 하던 처녀들도 막상 혼담에 들어가려 하면 여러 조건을 내걸고 까다롭게 굴곤 했다. 아마도 亨植의 고학력 이외에는 내세울 것이 없는 그의 집안에 대해, 여자의 집안에서는 자기네 집안의 체면과 장인의 위신을 세우려 하는 것 같았다. 亨植은 두어 번의 혼담을 여자 측의 고압적인 위세가 못마땅해 무산시켰다. 그 뒤 얼마간의 구설수는 있었으나 다행히 이곳은 중학교가 있을 정도의 큰 마을이었으므로 마을에서의 생활이 거북해질 정도로 번지지는 않았다.

그런 중 六·二五 사변이 났다. 이 마을은 격전지로부터는 꽤 벗어나 있었으나 역시 시대상황과 무관할 수는 없었다. 젊은이들은 생명을 걸고 참전했다. 亭植은 징집의 대상은 아니었지만 장교로 지원하면 참전할 수 있었다. 그러나 그는 자진해 참전할 마음은 내지 못했다.

난리가 나자 마을 사람들은 수시로 모여 잘 알지도 못하는 사상이니 이념이니 이야기를 주고받았다. 亭植은 과학교사이면서도 기회가 있을 때마다 마을사람들과 대화를 나누며 그들의 의문점을 풀어주곤 했다.

『선상님, 공산주의 하면 다 잘살게 되지 않나요? 우리 같은 지지리 못난 놈들은 평생 아무리 열심히 일해도 이 모양으로만 살게 되어 있는데. 차라리 먹고살 걱정이나 없이 좀 편하게만 살았으면…』

『영감님은 예전에 소작농으로 일하면서 보람이 있었습니까?』

『보람은 무슨 보람、 열심히 일해 봐야 내 것은 별로 없었는데。』

『지주가 국가로 바뀌는 것뿐입니다。 마름들이 당 간부로 바뀌는 것뿐이고요。』

『그래도 이대로 가면、 계속… 있는 놈들만 더 잘살게 되는 것이 아닌가요?』

『그것은 제도를 개선해 나가면 되는 겁니다。 돈 있는 사람에게서는 세금을 더 많이 거둬서 나라에서 어려운 사람을 도와주도록 하는 것입니다.」

「그게 언제 우리에게 돌아온단 말이오?」

「그걸 기다릴 수는 없지요. 우선 열심히 일해야만 합니다. 일하면 그것이 곧 자기 것이니까요. 토지개혁도 되지 않았습니까.」

亨植은 그들을 계몽하듯 설명했다. 마을사람들은 이윽고 수긍했다.

「여태까지는 공산당 얘기하면 그저, 빨갱이 놈들은 쳐죽일 놈이니 하는 소리만 하고 무조건 싸우라고만 하던데 金선생의 말을 들으니 좀 알겠구려.」

「암, 무조건 안 된다、싸우자、하는 얘기보다 훨씬 낫지.」

「金선생네도 본래 소작농 집안이라 공산주의하면 더 좋을 것 같은데도 반대하시는 이유를 알겠구려.」

마을에서 가능한대로 자기의 믿는 바를 傳하는데 힘을 바치지만 亨植은 늘 직접 참전하지 않는 자신에게 자책감을 가지고 있었다.

수군수군하는 중구난방의 소리만 가득하던 마을은 어느 날부터 절도 있고 우렁찬 목소리로 채워지고 있었다. 국군이 이 마을에 주둔해 온 것이다. 면사무소 옆 金亨植이 근무하는 학교는 군대의 숙소가 되었다. 자기보다 어린 나이의 군인들이 생명을 걸고 자기가 두려워하는 일을 하고 있는 것을 보며、亨植은 미안함과 부끄러움과 함께 자기는 나름대로 다른 일을 해야 한다는 강박감을 가졌다.

「金亨植 선생 저 좀 봐주세요.」

159 사랑과 용서

퇴근하던 亨植은 자기를 부르는 여자의 목소리에 깜짝 놀랐다. 돌아보니 장교복장의 여자가 지도를 펴들고 그를 향해 오고 있었다. 이 마을에 주둔한 부대의 간호장교 黃英實 소위였다. 작은 키지만 단단해 보이는 체격에, 깜찍해 보이는 얼굴에 눈동자가 총명한 여자였다.

『金선생님, 이 곳 주민들의 사상 경향은 어떻죠?』

『대체적으로 동요는 없습니다.』

『우린, 이곳에의 적의 침투와 선동을 방지하는 일을 해야 하거든요. 金선생님 같은 분의 힘이 절대적으로 필요해요. 잘 협조해 주세요.』

『그런데, 간호장교가 이런 일까지도 맡아하시나요?』

『중대장님이 원하시니까요. 다른 사람이 없으면 누군가라도 해야지요.』

亨植은 어느 새 黃소위와 걸음을 함께 하고 있었다.

『그런데, 어떻게 남자도 피하고 싶어 하는 일을…….』亨植은 마음속에 품은 의문을 그녀에게로 던졌다.

『언제나 이 일을 끝마치고 쉴 수 있을 지요. 휴우.』

黃소위는 대답대신 한숨을 내쉬었다. 일하는 자체는 당연한 것이고 가능하면 이 무거운 짐을 벗고 싶다는 그런 말이었다. 그러한 그녀는 亨植에게, 먼저의 존경스러운 선망을 떠나 오히려 애처로워 보였다.

카키색 군복을 입고 조금 앞서 걸어가는 黃소위의 하체는 제법 세련된 곡선을 이루고 있었다. 이미 그녀는 여자로서도 亨植에게 相當한 매력으로 다가오고 있었다.

亨植은 黃소위의 일에 도움 줄 궁리를 했다. 그녀는 자기의 젊은 나이에 버거운 많은 판단과 결정을 해야 하는 위치였다. 자기의 업무결정을 위해서 기회만 되면 亨植에게 묻는 것이었다.

『共匪들이 수시로 내려와서 주민을 선동하다 가곤 한다는데 사람들이 현혹되지 않게 하려면 어떻게 해야 할까요? 그들은 아직 보급품이 많은지 약탈도 안한다고 해요.』

『이 곳은 공비들의 세력이 결코 마을의 치안체제보다 약한 것이 아녜요. 그래서 공비들도 전혀 행패를 부리지 않고 기회만 되면 주민과 접선하여 사상개조를 하려고 하지요. 저는 이전부터 마을 사람들에게 당장의 달콤한 유혹에 넘어가지 말고 인간으로서의 진정한 삶의 자세를 가져야 한다고 설득하고 있어요.』

『좋아요. 저도 나름대로 노력은 하겠지만 이런 일은 오히려 민간인 신분에서 하는 게 더 효과적일 거예요. 계속 수고하시고 출몰하는 공비들의 동향을 제게 전해주세요.』

黃소위가 동지로서 자기를 대해주니 亨植은 벅차오르는 기쁨이 있었다. 이제는 나도 어엿한 반공투쟁의 일원이라는 자부심에 그간 마음을 누르던 가책도 덜어졌다.

저녁 퇴근 때 亨植은 군사령부의 사무처에 들러 저녁순찰로 비어있는 黃소위의 자리에 편지를 남겼다. 편지에는 공비들의 출몰상황, 그들의

161 사랑과 용서

선동행위, 마을사람들의 동향과 그 대책건의 등을 적어 두었다. 다음날 점심시간 黃소위와 마주칠 때 그녀는 한층 밝은 표정으로 亨植을 대하였다. 亨植은 그날에도 그 다음 날에도 기회가 될 때마다 마을 곳곳을 다니며 報告할 거리를 찾았다. 그리하여 나날이 저녁마다 黃소위의 자리에 편지를 남겼다. 낮에 잠시 마주칠 때 그를 대하는 黃소위의 태도는 날로 정겨워지는 것 같았다.

하지만 아무리 전할 사실이 많다 해도 매일같이 써 보내기에는 내용이 달리는 것 같았다. 한 주일이 지난 뒤 亨植은 黃소위에게 보내는 報告편지에 자기의 개인적인 마음을 전하는 쪽지를 첨부하였다.

다음날 두려움으로 마주친 黃소위는 그다지 변하지 않은 상냥한 미소로 亨植을 대했다. 亨植은 가슴을 쓸어내리며, 한 단계 강하게 올라오는 내부의 벅찬 기쁨을 진정시켰다.

역시 다음날, 그 다음날, 亨植은 黃소위에게 공비의 동향 보고서와 함께 자기의 마음을 담은 편지를 동봉하였고 黃소위의 변함없는 미소는 亨植에게 나날이 기쁨을 배가시켰다.

이러기를 한 열흘쯤 지나면서、낮의 黃소위의 표정이 가끔은 굳어지기도 하고 때로는 亨植과의 마주침을 피하려는 듯 고개를 돌리는 것이었다. 하지만 亨植은, 지금 時局도 非常한 狀況에서 개인적인 일에 신경 쓰기 어려울 그녀의 입장을 헤아려 별달리 생각하지 않았다.

이러는 중에 마을사람들 사이에는 소문이 나돌았다. 산 속의 공비가 대공세를 준비하고 있으며 낌새를 짐작한 마을의 유지들도 하나 둘 그들에게 재산과 식량을 대주며 투항하고 있다는 것이었다.

亨植은 불안했지만 그렇다고 행동을 바꿀 수는 없었다. 內部에서 導出되는 絶對善의 氣運에 말미암은 행위는 외부의 요인으로 변경되지 않는 것이었다.

『金선생님 안녕하세요.』

저녁 퇴근길에 그녀를 마주쳤다. 한적한 운동장에서 일부러 피할 수 없어서였는지 모르지만 黃소위는 亨植을 먼저 보고 인사했다.

『아, 예, 黃소위님 안녕하십니까.』

亨植은 당황과 쑥스러움으로 인사를 받았다. 무언가 말을 꺼내고 싶었지만 얼른 나오지 않았다.

『야! 선생님 연애하는가봐!』

초여름의 긴 낮을 이용해 운동장에 남아 놀고 있던 몇몇 아이들이 깔깔댔다. 亨植은 얼굴이 上氣되어

『그럼, 黃소위님 내일 또 봐요.』

하고 교문 쪽으로 피했다.

黃소위는 찌푸린 얼굴로 亨植의 뒷모습을 보다가 저녁 근무지를 향해 돌아섰다.

亨植은 집에 와서 생각하니, 黃소위와 이야기를 더할 것을… 하고 후회가 되었다. 조금 아이들 앞에서 부끄럽더라도 서로의 관계가 진전될 좋은

162

일요일 오후, 자취방에 있었던 亨植은 전화를 받았다. 학교로부터의 긴급 호출인데 처음 듣는 목소리의 남자로부터, 黃소위와 함께 긴히 의논드릴 것이 있으니 학교로 나와 달라는 것이었다.

형식은 학교에 급히 와서 黃소위의 집무책상이 있는, 사령실의 문을 두드렸다. 그러자 안에서 깡마른 얼굴에 안경을 쓰고 구레나룻이 덥수룩한 자가 나타났다. 亨植은 그전부터 우려하던 사태가 일어났음을 알 수 있었다.

「들어가!」

亨植은 사령실 가운데의 접견탁자 앞에 앉혀졌다. 창가의 중대장 집무책상에는 인민군 장교가 앉아 있었다.

『嚴소좌(소령 혹은 중령에 해당하는 북한군 계급)님, 반동 金亨植을 체포했습니다.』

『그래, 朱상사 주고 했어. 어디 보자.』

嚴소좌라 하는 자는 자리에서 일어났다. 朱상사는 벽 쪽의 캐비넷에서 종이뭉치 한 상자를 가져오더니 탁자 위에 쏟아 부었다. 작은 키의 嚴소좌는 납작하고 거무튀튀한 얼굴에 가늘게 찢어진 뱁새눈을 하고 있었다.

『야! 너.』

嚴소좌는 亨植을 경멸하는 눈초리로 바라보며 손가락질하고는 탁자 위에 있는 편지더미를 가리켰다.
『이거 네 글씨 아냐?』
嚴소좌의 목소리는 이것이야말로 네놈의 반동행각을 증명하는 확실한 증거가 아니냐는 듯 자신감에 차 있었다.
그 동안 黃소위에게 보냈던, 공비의 동향과 대책을 건의한 편지를 가지고 그러는구나 하고 형식은 가슴이 철렁했다. 黃소위는 말할 나위 없을 것이고 나도 이제는 목숨을 부지할 수 없겠구나 생각되었다.
嚴소좌는 하나하나 집어 들춰 보이고 봉투 안에 있는 것은 끄집어 내보였다.
그런데 嚴소좌가 내밀며 다그치는 것들을 보니 이상하게도 그냥 연애편지들뿐이었다.
『이게 뭐야. 선생이라는 것이 유치하기는……』
嚴소좌는 그 중 작은 쪽지를 들여다보며 경멸의 쓴웃음을 지었다.
『黃소위는 어디 있습니까?』 亨植은 이상히 느끼는 중에 생각 없이 질문을 던졌다.
『이 자식! 세상이 바뀐 줄도 모르고 있네!』
옆에 서 있던 朱상사는 주먹으로 亨植의 머리를 내리쳤다.
『그 자식 창고로 끌고 가서 정신 차리게 해줘.』 嚴소좌는 지시했다.
朱상사는 총을 겨누고 亨植을 학교 뒤편의 창고로 몰았다. 문 앞에는 인민군 병사 두 명이 지키고 있었다. 창고에는 학습기재는 없고 천막,

탄약, 피복 등 군수품들만으로 채워있었었다.
亨植은 안으로 들여보내졌다.
『옷 벗어.』
亨植은 상의를 벗었다.
『그거 말고다.』
亨植은 바지를 벗었다.
퍽. 주상사의 발이 엉덩이를 걷어찼다.
『다 벗으란 말야! 이 새끼야.』
주상사는 옷을 들춰보면서 주머니에서 소지품을 검사했다. 오늘 마침 黃소위에게 전달하려고 써놓았던 쪽지도 나왔다. 다행인지 이번의 것은 별 내용은 없었고 단지, 마을 사람들에게 기본 소양교육을 시키는 것이 적의 선동에 넘어가는 것을 막는 좋은 방법이라고 건의한 것과, 黃소위에게 어제 저녁놀빛의 배경에서 본 당신의 발그스레한 모습이 참 깊이 인상 지워졌다고 하는 것뿐이었다. 주상사는 쪽지들을 훑어보더니 피식 웃고는 자기 주머니에 넣었다.
『됐어. 저 구석에 가서 꼼짝 말고 있어.』
주상사는 옷 뭉치를 던져주고는 일어났다.
똑똑.
두드리는 소리가 나더니 이내 문이 열렸다. 인민군 하사복장을 한 여자가 들어왔다.

『朱상사님, 嚴소좌님이 찾으십니다… 어마!』
인민군 여자는 손으로 얼굴을 가리고 슬슬 옆걸음질치다 얼른 돌아서 문을 열고 나갔다.

인민재판의 날이 왔다. 동네사람들은 인민군의 布告도 있었지만 호기심도 끌려서 거의 모두가 학교 운동장에 모였다.
먼저 악덕 지주 崔주사에 대한 비판이 끝났다.
『다음은 두 얼굴을 가지고 선생질을 하면서 인민을 속여 온 金亨植의 차례다.』
嚴소좌는 상당히 힘을 주며 말했다. 亨植은 포승에 묶여 구령대 위에 꿇어 앉혀졌다.
『글쎄, 이 자는 창고 안에서 옷을 다 벗고 있었더랍니다.』
嚴소좌는 크게 소리쳐, 모인 사람들에게 알렸다.
『그런가? 점잖은 사람인줄 알았는데.』
『지성인이라는 사람이 그럴 수가…』 여기저기 수군대는 소리가 들렸다.
『이 자의 집에서는 여자 사진이 발견되었습니다. 요 건너 반동 지주 宋영감의 딸이오. 그 때에는 재산이 탐나서 그 여자를 쫓아다녔더니 요번에는 인텔리 여성인 黃소위로 상대를 높여 쫓아다녔던 것입니다. 이런 파렴치한 자가 학생교육을 시킨답시고 선생행세를 해왔고 더 나아가 구민교육까지 나서고 있었으니 이 마을의 인민해방이 될 턱이 있겠소?』

宋英감네와는 작년 초에 혼담이 오갔으나 성사할 단계에 이르러 宋英감은 자기네 집안의 체면을 세우려는 듯 亨植의 어머니를 下待하였고 심지어 宋英감의 딸마저도 亨植의 어머니에게 반말투로 대하곤 해서 亨植은 혼담을 취소시킨바 있었다.

『자、이 악질반동 놈이 그 동안 여자들을 추근덕거린 증거를 봅시다.』

嚴소좌는 亨植이 黃소위에게 보냈던 편지들을 단상 앞의 사람들에게 뭉치째 뿌렸다. 사람들은 하나하나 주워보며 더러는 킥킥 웃곤 하였다.

『저놈、죽일 놈이에요. 파렴치한이에요. 내게도 자꾸 추근덕대곤 했어요.』

사람들의 뒤쪽에서 한 여자가 일어섰다. 조금 큰 키에 색정적인 둥그스럼한 얼굴、고양이 같은 눈매의 소유자였다. 학교 일용직이었던 李珠賢이었다.

그녀는 작년 이맘때 퇴근길의 亨植에게 저녁식사 한 번 하자며 자기 집으로 데리고 갔었다. 亨植은 혼자 산다는 그녀의 제안을 굳이 거절하지는 않았다.

집에서 간단히 식사를 하고 곧장 일어나기가 어색하여 亨植은 잠시 학교 주변과 마을의 이런저런 이야기를 하며 그녀와 시간을 보냈다. 그런데 얼마안가 그녀는 亨植에게 다가와서 몸을 더듬고 그의 품에 기대었다. 亨植은 그녀의 행위를 내버려두었다. 기실 그 자신도 여자의 손길을 접한

지 오래여서 그녀가 亨植의 바지를 벗겨 내리는 데까지도 동조했다.

그런데 서로의 前戱까지는 원활히 협조하던 亨植은 막상 그녀가 삽입성교를 하려 하자 만류했다. 그녀는 쉽게 흥분을 가라앉히지 못했다. 亨植은 그 대신 애무를 계속하는 것은 괜찮다고 했다.

그 뒤로 李珠賢은 종종 亨植에게 동행을 청했으나 亨植은 가지 않았다. 어차피 결혼하여 책임질 自信이 없는 여자와의, 쾌락만을 위한 교제는 안 된다는 생각이었다. 李珠賢은 얼마 안 가 학교 일을 그만두고 조금 먼 곳으로 이사 갔는데 이번에 어떻게 소식을 들었는지 이 마을의 인민재판에 찾아온 것이었다.

『글쎄, 저의 집에 쫓아와서 옷을 벗어제끼더니 자기 물건을 핥어 달래요. 안 해주면 행패를 부릴 기세여서 할 수 없이 했지요. 지금도 그 생각을 하면… 치가 떨려요.』

침을 튀며 큰소리로 외치면서 李珠賢은 주먹을 불끈 쥐어 떨었다. 얼굴은 붉게 열이 오르는 듯 했다.

亨植은 얼굴이 흙빛이 되어 이를 악물고 고개를 숙였다. 손은 묶여있어서 머리를 쥐어뜯을 수도 없었다.

『망측하구먼…』

『허— 그 사람 그렇게 안 봤는데…』

『정말 겉 다르고 속 다른 사람이구려.』

노인들은 혀를 끌끌 찼다.

169 사랑과 용서

『됐소. 이 자는 그냥 놔두면 인민에게 심각한 해를 끼칠 자니 우리 인민과 격리해 두어야 마땅하오. 여러분의 생각은 어떻소?』 嚴소좌는 모두에게 물었다.

『옳소!』
『옳소!』

사람들은 牛은 협박에 의해, 牛은 亨植에 대한 경멸감으로 당원을 돌아보았다.

『다음 악질 친일파 순사 曺宣逸… 아직 안 나왔나?』 嚴소좌는 옆의 『曺宣逸은 우리가 산을 내려오기 전부터 이미 자세를 낮추고 우리의 문화운동과 각종 사업의 방침에 협조하고 있었습니다.』 당원은 壇後에 대기하고 있는 曺宣逸을 가리키며 말했다.

『됐어. 그럼 저 자는 나중에 하는 태도 봐서 천천히 손봐주든지 하기로 하고…』

嚴소좌는 다시 고개를 돌려 아직 그대로 있는 亨植을 가리키며 군중을 향해

『그리고 이 자는 쓸데없이 漢字를 써야한다는 소리를 하고 다녔소. 쉽고 좋은 우리 한글을 놔두고…』

『예! 맞아요. 정말 듣기 싫었어요. 한문시간도 아닌데 툭하면 칠판에 어려운 한문을 쓰면서 잘난 체 하곤 했어요.』 앞에 앉은 어린 학생의 말이었다.

『원, 그러면 우리같이 무식한 놈들은 책도 읽지 말라는 말인가. 그대로 두었다간 정말 큰일 날 뻔했네.』 눈이 붉고 깡마른 청년이 주먹을 불끈 쥐고 일어나 말했다.

『건방진 놈. 네가 한문을 알면 얼마나 안다고 그렇게 잘난 체를 하는 거야. 전공도 아닌 놈이 감히 우리 한글을 무시하려 들다니… 조선어학회에서 온갖 고초를 겪으면서도 지켜온 우리 한글인데 말야.』

평소 그와 反目하던 국어교사 李椿傑이 일어서서 노려보며 사뭇 준엄히 꾸짖었다.

『저 반동을 처단합시다.』

『혁명사회의 癌的인 존재요. 결코 우리의 새 공화국에 함께 살 자격이 없소.』

군중속 당원들의 외침이었다.

嚴소좌는 미소를 띠우며 그들에게 진정하라고 손짓했다.

『이 자가 떠들고 다녔던 건 단지 시대에 뒤떨어진 미친 소리였을 뿐이었으니 介意치들 마시오. 이 자의 죄는 다름이 아니라 인민여성 여럿을 괴롭혀왔던 것이오. 그러니 이 자가 제정신을 차리고 뉘우칠 때까지 이 땅의 인민여성들과 격리하는 것이 적당할 것이오.』

『그래도 그러면 안 되는데…』

『아니오. 嚴동지의 말이 맞소. 저놈은 단지 시대의 흐름을 모르는 미친놈일 뿐이오. 조선시대는 우리가 중국에 예속되었으니 漢文의 시대였고

171 사랑과 용서

일제 때는 일본을 따라서 제나라 글과 漢字를 섞어서 쓰던 시대였지만 지금 우리민족의 자주독립국에서는 우리 한글을 써야 하는 것은 역사의 순리요.』 다른 핵심당원은 말했다.

『맞아… 저놈은 혁명방해와는 아무 상관이 없어… 단지 우리 인민여성들을 보호하기 위해서 가둘 필요가 있을 뿐이지… 저놈은 시대의 흐름을 따라가지 못하는、 미… 미친놈일 뿐이야.』

방금 풀려난 曹宣逸이 그들 앞에서 떨리는 목소리로 말했다.

亨植은 단상에서 내려져 학교건물안으로 들여보내졌다. 여전히 그를 향해 들리는 소리는 이어졌다.

『제 앞에서 가랑이를 벌리고 지 좆에 저의 입을 갖다 대라고 강요할 때 저는 정말 수치감에 죽고 싶은 심정이었어요!』

李珠賢이 당시를 생각할 때 더욱더 그녀를 분통터지게 하는 것이 있었다. 亨植은 그녀에게 자기의 몸을 맡기고는 정작 그녀에게는 벗으라는 요구를 하지 않았던 것이었다.

『도저히… 도저히 용서할 수 없어요!

그 때 생각하면 진저리가 나요!

밤마다 꿈에 저 놈이 나를 괴롭히던 일이 되살아나요!』

사람들의 웅성거리는 소리도 계속 들렸다.

『맞아. 선생으로서의 기본적인양식을 지켜야지 그럴 수가 있나.』

『모름지기 인간으로서 기본이 되고 나서 남을 가르친다 뭐 한다 하는 게 있는 거여.』

『그런 사람인줄 정말 몰랐네…』

이후 국군의 반격으로 인민군이 퇴각할 때까지 亨植은 학교 창고에 갇혀 있었다. 화장실을 가거나 무슨 조사를 받으러 나갈 때는 반드시 총을 든 병사가 뒤를 겨누고 동행하였다. 그 외 朱상사의 노리개가 되는 것 말고는 아무 일도 없이 창고에서 무료한 나날을 보내었다.

그들은 후퇴할 때 갑자기 떠났기에 亨植에게 어떤 危害는 없었다. 마지막 날까지 朱상사의 노리개여서 구태여 그를 해하지 않았는지 몰랐지만 亨植을 저들에 위협이 되는 반혁명분자로 인정하기보다는 미친놈으로 덮어 놓으라는 것이 상부의 지시였다. 구출된 亨植은 수치감으로 곧바로 마을로 들어갈 수 없어 인근에 주둔한 군부대에서 여러 잡일을 도우며 한 달 가량을 보내고, 군부대가 멀리로 철수하자 돌아왔다. 하지만 아직도 근무하던 학교의 마을로는 가지 못하고 가족의 집이 있는 이 곳 마을로 온 것이었다.

다음날 아침은 일요일이었다. 亨植은 마을 변두리의 교회당 건물로 갔다.

거기서는 예배가 진행되고 있었다. 벽 한쪽은 떨어져 나가고 안벽은 타서 그을려 있었다. 마당에는 부서진 건물잔해들이 어지러이 뒹굴고 있는데 한쪽에는 새로 복구공사를 하려는 듯 벽돌과 목재가 쌓여 있었었다.

『하나님 아버지시여. 우리에게 물질의 축복을 내려 주시옵소서.』

사람들은 실내의 검게 그을린 기둥 주위에 모여 기도하고 있었다.

亨植은 뒷편에 있는 長椅子의 빈자리에 앉았다. 옆에는 아기를 안고 있는 한 여자가 있었었다. 키는 큰 듯했는데 검은 옷 안의 몸집은 야위었고 윤곽이 강한 얼굴의 그늘진 큰 눈에는 검은 瞳子와 銀白의 자위빛이 두드러졌다. 빈손으로 옆에 앉는 亨植을 보고 여자는 곧 자기의 성경과 찬송가책을 亨植과의 중간 쪽으로 밀어놓았다. 나머지 시간동안 亨植은 여자와 함께 책을 보고 노래를 했다.

예배가 끝나 사람들은 일어서고 서로들 인사하고 있었다. 亨植은 여자가볍게 인사하고 나왔다.

다음 번 예배에 亨植은 다시 교회당에 나왔다. 먼저 본 그 여자도 역시 같은 아기를 안고 나와 있었다. 亨植은 일부러 그 여자의 옆자리에 가 앉았다.

예배가 끝나고 사람들이 나가는 중에 여자는 아기를 달래며 자리에 그대로 있었다. 亨植은 그녀에게 말을 걸고 싶어졌다.

正常的인 情緒生活을 위해서는 恒時 적당한 만큼 여자와의 대화가 있어야한다. 어떤 목적을 위해서가 아니라도… 사람으로서 살아가려면 어느 정도 남녀의 교류가 있어야 정서의 평형이 이루어진다… 그것이 자연스러운 삶의 형태라고 亨植은 믿고 있었다.

그녀에게 말을 걸려다 형식은 멈칫했다. 이미 여자라는 동물들에게는 여러 번 호되게 당한 바 있는 만큼, 또 한 여자와 어떤 관계에 휘말린다는 것은 진저리나는 일이었다.

잘 지내다가도 조금만 어긋나면 또 무슨 변을 당할지 모른다. 그는 창고에서 구출된 후 군대를 따라다닐 때에도 어떤 일로 여자를 마주치면 필요한 대화조차 거부하고 행여 누가 볼까 염려했었다.

그러나 아기를 안고 있는 이 여자는 유부녀이다. 대화 몇 마디 나눈다고 해서 당사자나 주변사람이나 특별한 의미를 두지는 않을 것이다.

형식은 어지러운 집안을 뒤져서 찾아내온 자기의 성경책을 들고 그녀에게 말을 건넸다.

『집에서 성경책 가져왔어요.』

『그런데 좀 다른 것 같은데요.』

『예, 성경을 올바로 알려면, 이런 國漢文混用本을 보셔야 해요.』

그녀가 고개를 가까이 돌리고 형식이 가져온 책을 유심히 보는 듯하자 형식은 첫 장을 펼치며 말을 계속했다.

『우선 창세기 처음부분의 「하나님의 神은 水面에 운행하시니라.」를 봐도 그래요. 우리는 神의 뜻을 통상 「God」으로만 알고 있기 때문에 그 뜻이 의아할 수가 있지요. 그러나 우리가 흔히 마음을 뜻할 때 쓰는 「精神」에서 精은 妖精, 精靈이란 말에서와 같이 작은 마음을 뜻하는 것이고 神은 어떤 統一性이 있는 큰마음을 뜻하는 것이에요.』

『그러면 그 다음에 「水面에 運行하시느니라.」는 무슨 뜻이죠?』
『그런 걸 제가 완전히 대답할 수야 있나요. 하지만 세상학문의 기준으로 저 나름대로 해석하면 아마도 初期化의 緊張 以前 단계의 弛緩狀態를 말하는 것 같아요.』
『이제껏 무심코 지나왔던 것을 다시 생각하게 하는데요.』
『우리가 성경의 깊은 뜻을 그대로 다 알 수는 없지요. 그래도 기본적인 낱말의 의미는 알고 있어야 求道의 방향이 올바를 수 있지요. 옛말에 讀書百遍義自見이라고도 하지만, 일단 겉의 의미라도 알고 시작해야 깊은 뜻에 도달할 수 있는 것이 아니겠어요?』
『漢文이 쓰여 있는 성경은 저의 집에도 있는데 어려워서 안보고 있었어요. 한 번 볼께요.』
『또 신약에서 맨 처음에 「아브라함과 다윗의 子孫 예수그리스도의 世系라」도 주의해야지요. 우리가 흔히 쓰는, 世界가 아니니까요. 물론 우리 전통 관습에서 보면, 呪文은 꼭 그 의미를 알아야만 효험이 있는 것은 아니라고 해요. 나무아미타불을 수 만 번 외우면서도 꼭 그 뜻을 알아야만 道를 깨우칠 수 있다는 것은 아니고 중요한 것은 精誠이라고해요. 하지만 우리가 할 수 있다면 노력하고 지혜를 키우는 것이 또한 하나님의 뜻이에요. 기왕에 달란트를 적게 받았다면 자기의 본분대로 지낼 수도 있지만, 충분한 달란트를 받은 자가 노력을 안 하고 자기의 재능 즉 달란트를 묻어버린다면 그것은 그 자신의 정신력의 후퇴이고 하나님의 뜻을 거역하는 것이 되죠.』

『그래요. 저는 지금 나름대로 노력하며 살고 있다고 생각하는데 중요한 것을 생각 안한 것 같아요.』

의외로 여자는 亨植의 말을 잘 받으면서 대화를 계속했다. 이쯤 되면 남편이라는 사람이 끼어들 듯 한데 나타나지를 않았다. 亨植은 그녀와 다음의 모임에서 다시 만날 것을 약속하고 헤어졌다. 다음 번 만났을 때에 여자는 조금 큰 아이를 데려왔다. 예배 후에 亨植은 아이와 함께 놀아주면서 그녀와의 시간을 가졌다. 亨植과 그 여자는 通姓名도 하지 않은 채 교회당에서 만나 대화를 주고받는 사이로 한 달 餘가 지났다. 그런 중에 허물어진 교회당은 나날이 수리되어 갔다. 亨植은 가끔 가서 복구공사를 도와주기도 했지만 많은 일을 하지는 못했다.

『다음 달에 기념행사가 있어요.』 여자는 말했다.

十一月이 되어 교회당의 완전한 수리를 기념하는 落成式의 행사가 있었다. 亨植은 그간 그 여자를 만나는 것 외에는 교회당 쪽의 일에 관여하지도 않았으므로 그저 한 참석자로서만 있었다.

『오늘 이 기쁜 날 무사히 공사를 마치게 하여주신 주님께 감사합니다.』

모두들 노래를 부르며 이 날을 축하하며 보내고 있었다. 교회당 바닥에는 식사를 얻어먹으러 온 행려자와 노인들이 많이 있었다. 여자는 그들에게 음식을 대접하고 보살피며 분주히 일하고 있었다.

177 사랑과 용서

그러면서 간간이 오는 의젓한 차림새의 방문 손님들에게도 일어나 인사하고 안내하였다.

이제까지 가까이서 아이를 데리고 있는 모습만 보아왔지만, 멀리서 보이는 그녀는 참으로 세련되고 예의 있는 여인으로 보였다. 검소하게나마 정장한 차림새로 사람들과 대화하는 그녀의 옆모습에서는 古雅한 氣品마저 풍겼다.

「아아, 저런 여인이 나의 아내가 될 수 있다면…」

亨植은 침울해졌다. 왜 나에게는 여인의 정갈한 마음씨를 가까이 가질 기회가 없는가. 그가 이제껏 가까이 접한 여자는 모두가 어딘가 행실이 不淨한 여자였고, 좀 제대로 된 듯한 여자를 만나면 어느 이상 가까워진 다음에는 마음의 장벽이 생기곤 하여 번번이 좌절되고 말았다. 행사가 끝나고 亨植은 다시 그 여자와 가까이 대면할 수 있었다.

「저의 집에 놀러 오실래요?」

유부녀가 웬일로 자기의 집에 놀러오라고 하는지 亨植은 의아했다. 거기가면 그 여자의 남편과 만날 것이 아닌가. 지난번 당한 일의 여파로 인해 亨植은 같은 남자들의 거친 행동이나 모습에게서도 공포감을 느낄 정도여서 좁은 장소에서 여느 남자와 마주치기도 꺼려지는 것이었다.

「생각해 보겠어요.」

「그래요? 좋을 대로하세요. 오신다면 저녁 일곱 시 반쯤에 오세요. 요 앞길 모퉁이를 오른쪽으로 돌아서 세 번 집을 지나가고 공터를 거쳐서 조금 큰 판자집이 보일 거예요.』

집에 돌아와서 망설이던 亨植은 시간이 다가오자 결단을 내렸다. 약속된 시간에 그 집 앞을 지나가기로 하고 집을 나왔다.

창문 옆에서 그 여자의 집을 들여다보면 분명 건장한 한 남자가 그녀와 함께 있을 것이다. 亨植은 거부감이 일었지만 기왕 언젠가는 봐야 할 사실은 미리 보아야 하겠다싶어 여자의 집을 지나가 보기로 한 것이었다.

벌써 어두운 거리였지만 그 집에는 불이 켜져 있었다. 작은 창문으로 들여다보니 호롱불 아래 그녀와 다섯 명의 아이가 있었다. 예상되던 남자의 모습은 없었다.

가운데는 조촐한 저녁식사가 차려 있는데 대여섯 개의 밥그릇과 가운데의 반찬그릇은 거의 비어져 있었다.

亨植은 문을 두드렸다. 그냥 왔다고만 하고 갈 心算이었다.

『반가워요, 어서 오세요. 잠깐 기다리세요.』

문을 연 여자는 비록 초라한 것이라도 亨植에게 따로 밥상을 차려주었다.

『아이들이 많군요.』 亨植은멋쩍어하며 말했다. 가까이 보니 아이들이 서로 닮지는 않았다.

『이 애는 두 달 전에 혼자 마을로 걸어 들어왔고, 이 애는 저 건너 마을 애인데 부모님이 모두 돌아가셨고…』 여자는 아이들 하나하나를 가리키며 설명하였다.

亨植의 마음속에는 조용한 흥분이 일어났다.

亨植은 짐짓 담담하게 아이들을 안아 주며 재롱을 받고 한 시간 남짓을 보냈다.

『아이들이 다 자네요. 오늘 일도 끝났어요. 이제 하루를 감사하며 잠자리에 들어야죠. 어떠세요? 조금 여기 쉬시다 가셔도 되겠지요? 자리는 없지만…』 여자는 말했다.

『좋아요. 밖에 나가서 바람 좀 쐬고 있는 것이 어떨까요?』

亨植은 여자와 함께 밖으로 나왔다. 부서진 건물잔해를 의자로 삼아 둘이는 하늘의 달과 구름을 바라보았다.

亨植은 자기의 至近事를 자세히 이야기했다. 여자는 놀라는 표정으로 그의 이야기를 들었다.

『당신은 시대와 적당히 타협했다면 그런 일을 안 겪으셔도 될 것인데… 왜 그런 信條를 가지셨나요?』

『옛날엔 신앙 자체를 가진 것으로도 탄압의 대상이 될 수 있었죠. 하지만 지금에 와서는 形式的인 신앙자체를 트집 잡는 경우는 드물어졌어요. 이제는 그 본질이 우리가 추구해야 할 대상입니다. 하나님의 뜻에 부합되는 所信을 지키기 때문에 탄압 받는 것은 옛 시대의 순교자에 버금가는 영광스러운 일이에요.』

『어떻게 하나님의 뜻을 생각하시는지요?』

『우리는 지금, 인간이 하나님의 뜻에 따라 生命으로 나아가느냐 아니면 악마의 意圖대로 죽음으로 나아가느냐 하는 岐路에 있어요. 미래의 인류

전체가 어느 방향으로 갈 것인가는 양쪽의 대립이 가장 극심한 우리 韓國이 나아갈 방향이 중요한 指標가 될 것이에요. 인간이 하나님 형상대로 지어진 뜻을 따라 人間性을 하나님에 가깝도록 이끌 것인가 아니면 뱀처럼 땅에 엎더지게 할 것인가 이지요.』

『잘 알지 못하겠는데요.』

『공산주의자들은 사람들에게, 자기가 할 수 있는 노력을 안 하더라도 편히 살 수 있게 하겠다고 유혹을 하지요. 또 자라나는 세대에게도 필요한 공부를 시키지 않으려 하고요. 결국 인간의 마음이 쉬운 것만을 생각하게끔 하게 하여 사람들 모두가 생각하는 힘이 줄어들게 하려하고 있죠. 그것은 곧 인간영혼의 퇴보가 되는 것이고 영혼의 퇴보는 곧 죽음을 향하여 나아가는 것이 아니고 무엇이겠어요?』

『그렇게 인간영혼의 죽음을 향하여 나아가게 하는 그 作用이 바로 魔鬼의 役事라는 것인가요?』

『그렇지요. 우리가 흔히 말하는, 死亡權勢를 이겨야 한다… 하는 것이 바로 그런 보이지 않는 힘과 싸워 이기는 것임을 우리는 알아야지요.』

여자가 고개를 끄덕이다가 亨植을 바라보며 다시 고개를 쳐드니, 흰 얼굴 위의 검은 눈이 밝은 달빛을 받아 반짝였다.

『그래요. 우리가 이 마음을 가지고 많은 사람들을 옳은 데로 돌아오게 하기 위한 노력을 계속한다면 옛 순교자 못지않게 하나님의 사랑을 받을 것이에요. 그것을 위해서는 이제 인간 사이의 사사로운 원한과 증오는 거두어야지요. 사실 黃소위가 당신을 버린 것은 당신이 미리 그 여자의 마음을 잡아주지 못했기 때문일 거예요. 당신과 黃소위와의 사랑이 人民軍이 進駐하기 전에 이루어졌다면 그 여자는 어떤 수단을 써서라도 당신을 보호하려 했을 거예요.

『그 여자를 용서하길 바라세요?』

더 이상의 말은 없었다.

조금 후 누가 먼저랄 것 없이 둘이는 손을 잡았다. 차가운 밤바람이 배인 흙돌 위에 겹쳐진 두 손은 서로의 체온을 교차해서 전달하고 있었다. 두 사람은 고개를 돌려 서로의 곁눈을 마주 받았다.

다시 한 차례의 바람에, 보이지 않는 낙엽 무더기가 굴러가는 소리가 들렸다. 늦가을 밤의 冷氣 中에 서로의 입김의 溫氣가 뒤섞여 두 사람 사이에 번져갔다.

亨植은 이제까지 겪은 일이 결국 이 여자를 만나기 위한 과정이 아닌가 생각이 들었다. 지금껏 몸이 온전해서 이 자리에 있게 된 것이 얼마나 다행인지 몰랐다. 지금 이 만남을 있게 한 자신의 운명이 새삼 감사히 생각되었다. 무엇보다도 黃소위와 다른 몇 여자들을 용서할 수 있게 됐다는 것에 감사하고 있었다.

(1999作, 〈한국논단 2001. 10월호~11월호〉)

세상과 나
(舊題 「同行」)

언제부터 내가 이 세상에 살았는지는 모릅니다. 내 앞에 엄마 아빠의 모습이 보이고 복실아 복실아 부르는 소리가 귀에 익으며 나는 내가 이 세상에 있었음을 알아갔습니다.

우리 식구는 아빠와 언니와 나 그리고 엄마입니다.

아빠는 아침마다 밖으로 나가서 낮에는 없고 저녁에만 들어옵니다. 나하고 같이 놀아주는 시간은 적지만 우리 집에서 제일 크고 힘센 분입니다.

저녁마다 아빠가 집에 들어오시는 소리가 나면 나는 언니와 엄마의 뒤를 따라 문 앞에 마중을 나갑니다. 엄마가 문을 열면 아빠가 들어오십니다. 아빠는 언니와 나의 머리를 번갈아 쓰다듬어 주십니다. 매일 보는 아빠지만 나는 더욱 반가워 아빠에게 달려들니다.

『원, 이놈아, 좀 기다려라. 허허.』

아빠는 나를 번쩍 들어 안아 주십니다.

아빠 다음으로 언니는 나하고 덩치가 비슷해서 같이 재밌게 놀 때가 많습니다. 나한테 공을 던져주면 나는 얼른 물어다 줍니다. 그러면 잘했다고 과자를 나한테 줍니다. 언니는 나한테 시키는 것이 많고 나는 언니 말대로 따라합니다.

그리고 나 다음으로는 엄마입니다. 덩치는 나나 언니보다 크지만 언니나 내가 해달라는 것을 다 해줍니다. 아침에 아빠가 나간 다음 언니가 나갈 때 옷을 입혀주고 가방을 챙겨 주고 먹을 것을 달라면 갖다 줍니다.

저녁 식사 때 엄마 아빠와 언니는 좀 높은 곳에 걸터앉아서 먹는데 나는 키가 작아서 올라가기가 힘들어 바닥에서 먹습니다. 나도 좀 더 크면 언니처럼 엄마 아빠와 함께 먹을 수 있겠지요.

식사가 끝나고 우리 집의 가장 즐거운 시간입니다. 언니는 턱을 팔에 괴고 내 앞에 엎드려서 얼굴을 마주합니다. 보통 때는 나는 언니를 올려 쳐다봐야 하지만 지금은 서로 가까이 보고 있습니다.

『복실아, 너 나하고 눈싸움 해볼래?』

언니는 나를 뚫어지게 쳐다봅니다.

『둘이 같이 노는 게 똑같애 보이네.』

하기야 뭐 희경이도 옛날엔 엎드려 다녔으니까.』

엄마와 아빠는 우리들을 보고 웃습니다. 나도 조금 크면 언니같이 되겠지요. 손등에 털도 빠지고 두 발로 일어나서 걷고...

내가 눈을 깜빡하자 언니는 달려들어 나를 얼싸안았습니다.

『그래, 네가 졌지?』

언니는 한동안 나를 껴안고 쓰다듬다가

『복실이도 나하고 공부할래?』

했습니다.

『개가 뭘 안다고? 희경아 혼자 해. 복실이는 엄마하고 놀 거니까.』

엄마의 말에 아빠는

『그래도 한 번 해보지 뭘. 희경이도 선생님 한 번 돼보라지. 허허.』

합니다.

언니는 큰 그림책을 퍼들고는

『자, 이건 사자, 이건 호랑이, 이건 소, 이건 개....』

『이건 닭, 이건 타조, 이건 독수리...』

하고 가리킵니다. 나는 책에 있는 그림이 뭔지는 잘 몰랐지만 그냥 똑같이 생긴 건 계속 똑같이 부른다는 것을 알았습니다.

『자, 코끼리가 뭐지?』

언니가 묻자 나는 코끝이 길게 늘어진 동물을 짚었습니다.

『야, 참 잘 찾았어.』

언니는 칭찬합니다.

『어머, 제법이네.』

『정말.』

엄마 아빠도 칭찬합니다.

언니와 나는 이것저것 묻고 대답하고 안고 뒹굴며 시간을 보냈습니다.

그러다 졸리면 언니는 옆방으로 가서 자고 나는 그 방 문 옆의 내 자리에서 잡니다.

밤은 또 다른 세상입니다. 나는 여러 번 자다가 깨어나곤 하지만 우리 가족은 어두운 시간 동안 통 움직이지 않습니다. 나 혼자서 일어나 돌아다닐 수도 없어서 나는 가만히 눈뜨고 있다 다시 자곤 했습니다.

밤사이의 어둠이 걷히고 밝은 빛이 집안에 스며들면서 우리 집은 다시 부스럭 부스럭 소란스럽습니다. 엄마는 밥을 해서 우리들 모두에게 줍니다. 아빠는 어디론가 나갑니다. 나갈 때도 우리 식구 모두를 줄지어서 배웅하게 하는 아빠는 역시 우리 집의 두목다우십니다.

엄마는 흰옷을 간편히 차려입고 언니를 데리고 나가려 합니다. 언니도 밝은 색 옷과 모자를 쓰고 나갈 준비를 합니다. 나도 따라 나섰습니다. 엄마는 나를 안아 들어줍니다. 어느새 저 아래 땅으로 내려갔습니다. 밖으로 나가서 있으면 조금 있다 언니와 비슷한 아이들이 많이 들어차 있는 작은 집이 움직이며 다가옵니다. 그러면 언니는 그 집에 올라타고 엄마와 나한테 손을 흔듭니다. 집은 다시 부릉 소리를 내며 저 앞으로 떠나갑니다. 언니는 이걸, 차를 타고 유치원 간다고 합니다. 나도 좀더 크면 언니처럼 유치원에 갈 수 있겠지요.

나는 엄마와 함께 다시 올라왔습니다. 엄마가 나를 내려놓자 나는 거실한 쪽의 소파 위에 가 앉았습니다. 언니도 가고 조용해진 집안에서 엄마는 여기저기 털고 닦습니다. 한참 분주히 집안 여기저기를 오가던 엄마는 이윽고 내 옆에 주저앉았습니다.

『자, 오늘 아침 일은 끝났으니 좀 쉬어야겠다.』

엄마는 혼잣말하듯이 내게 말하며 내 입을 툭툭 두드려 줍니다.

『복실아, 얌전히 있어야 한다.』

엄마는 욕실 문 앞에서 옷을 벗고는 안으로 들어갔습니다. 식구들은 보통 때는 옷을 입고 있다가 물을 묻히거나 할 때면 벗었습니다. 안으로부터는 물소리만 들렸습니다.

나는 오줌이 마려워서 욕실로 갔습니다. 욕실 문은 조금 열려 있었습니다. 문 앞에서 엄마를 부르니 물소리 때문에 모르고 있던 엄마는 조금 나를 돌아봤습니다.

『왜? 쉬하려고? 이리 와.』

엄마는 나를 끌어안아 욕실 안으로 들여보냈습니다.

『어머, 너도 좀 씻어야겠다. 몸에 먼지가 너무 묻어있네.』

엄마는 나를 욕실바닥에 내려놓았습니다.

『자 가만 있어봐. 참 먼저 쉬해야지.』

내가 오줌을 누고 나니 엄마는 샤워기로 내게 물을 뿌렸습니다.

『자, 시원하지?』

엄마는 다시 일어서고는 물뿌리개를 자기에게 돌려 몸에 희게 묻어있는 비누칠을 흘려보냈습니다. 엄마는 몸에 물이 닿는 것이 꽤 좋은 모양입니다. 그런데 나는 몸에 물이 젖는 것이 싫습니다. 엄마는 몸이 물에 젖을 때는 옷을 벗어버리면 되지만 나는 벗을 수가 없기 때문이었습니다. 나도 크면 엄마처럼 옷을 벗을 수가 있겠지요.

저번에는 가끔 잠깐씩만 보던 엄마의 속 몸뚱이지만 오늘 가까이 자세히 본 엄마의 몸은 참 아름답습니다. 몸이 그냥 원통형이 아니고 적당히 평평하면서 앞뒤로 볼록볼록 튀어나온 것이 일부러 보기 좋으라고 주물러 만든 것만 같습니다. 나는 언제나 커서 엄마처럼 될 수 있을까요.

엄마는 쪼그려 앉았습니다. 나한테 비누를 문지르면서 어루만져줍니다. 엄마의 몸에서는 향긋한 냄새가 납니다. 나는 살금 다가가 엄마의 몸에 입을 맞추고 핥았습니다.

『어머, 호호, 조그만 것이....』

엄마는 웃으면서 가만히 떼어 놓았습니다.

엄마는 다시 내게 물을 흠뻑 뿌렸습니다. 그리고 바닥에 놓여있던 수건으로 몇 번 문질러서 내 몸의 물을 닦고는 밖으로 내보내 주었습니다. 나는 밖에서 조금 추워 떨면서 있었습니다.

엄마는 목욕을 끝내고 나왔습니다. 엄마와 아빠가 같이 들어가는 큰 방 안으로 들어갑니다. 문은 열린 채로 있습니다. 엄마는 방에서 얼굴과 손에 무엇인가 열심히 바릅니다. 벽 쪽에는 또 하나의 엄마의 모습이 보입니다. 그 모습은 엄마의 움직이는 것을 그대로 따라 합니다. 그 안에 있는 엄마에게서는 아무 냄새도 안나니 실제로 또 하나의 엄마가 있는 것 같지는 않습니다. 그, 거울이라고 부르는, 벽에 붙은 물건은 그 앞에 있으면 자기와 같은 모양으로 보이게 하는 것인가 봅니다. 나도 크면 거울을 보면서 내 모습을 가꾸어 보고 싶습니다.

엄마는 옷을 조금 입고 나서는 방문 밖에서 쳐다보고 있는 나를 돌아보았습니다.

『저런, 아직도 덜 말랐네. 춥지? 이리와.』

엄마는 돌아앉아서, 긴 머리털에다 윙윙 바람을 불던 물건을 내게 대고 바람을 불었습니다. 그러자 추운 느낌은 없어지고 몸이 따뜻해지고 털도 금방 말랐습니다.

『자 괜찮지? 이제 얌전히 있어. 엄마는 할 일이 있으니깐.』

엄마는 나를 안고 쓰다듬었습니다. 나는 졸려 눈을 감았습니다. 엄마는 한동안 더 쓰다듬더니 살짝 내려놓고 다시 먼저 하던 일을 했습니다. 오랜만에 엄마가 있는 방안에서 자니 바닥이 따뜻해서 기분이 좋았습니다.

우리 가족처럼 살아가면서 느끼는 것을 행복이라고 하는가 봅니다. 그밖에는 다른 어떤 기분도 알지 못하며 나날은 지나갔습니다. 처음 까마득히 높게만 보였던 우리 집의 천장은 조금씩 낮아져서 이제는 고개를 들어 올려보면 천장이 슬쩍 내려와 보였습니다.

나는 기다렸습니다. 내가 목욕할 때 옷도 벗을 수 있고 일어서 걸어갈 수도 있고 말할 수도 있을 때가 오기를... 하지만 조금도 그렇게 되지는 않으면서 천장은 자꾸 낮아지기만 했습니다.

어느 날 한 아저씨가 들어오더니 나와 엄마를 번갈아 보면서 말했습니다.

『복실이가 잘 자라는군요. 그래 말은 잘 듣습니까? 문제는 없고요?』

『그럼, 잘 자라죠. 얼마나 이뻐하는데요.』

같은데 보이지는 않았습니다. 언니가 따라서 하지 않으면 엄마는 언니에게 따라 하라고 하는데 — 참, 알고 보니 엄마는 언니보다도 세었습니다. — 나한테는 하는 말은 상관 안 합니다. 나에게 엄마 아빠가 먹을 것을 주듯이 그 주님이라고 부르는 누구는 우리 가족에게 먹을 것을 주는가 봅니다. 나도 마찬가지로, 주인인 우리 식구들에게 간절히 부탁하고 섬겨야 하는 것을 여태껏 너무 버릇없이 굴었던 것 같았습니다.

이제는 외출하면 바깥의 바람이 방 안 보다 쌀쌀해졌습니다. 높이 붙어있는 나뭇잎들이 조금씩 떨어지곤 하는 날 엄마와 언니와 함께 나는 아파트의 놀이터에 있었습니다. 언니의 친구아이들이 나를 구경하려고 모여들었습니다.

『야、 크다. 안무니?』
『물기는…. 꼬집어도 안 짖어.』
『야、 한번 만져보자.』

한 아이가 다가와 내 머리를 쓰다듬어 주었습니다. 그 애는 몸 크기는 언니만 하지만 옷은 꼭 아빠같이 생긴 것을 입고 있었습니다. 그 애가 가까이 오자 그 애한테서는 이상하게 끌리는 어떤 느낌이 있었습니다. 나는 그에게 가까이 다가가 냄새를 맡았습니다. 참 좋은 야릇한 느낌이 확 풍겨왔습니다.

『명호야、 우리 복실이가 너 좋아하는 것 같다.』

언니는 웃으며 말했습니다.

크렸습니다.

『놔 둬라, 싫은가보다. 그냥 편히 있게 해야지.』 엄마는 말했습니다.

그 뒤로 이삼일 동안은 밥도 먹혀지지 않았습니다. 나라는 것이 지금까지 생각했던 나와 다르다는 것을 알고는 내가 이 세상에 있다는 것이 싫었습니다. 한없이 작아지고 싶었습니다. 크악 크악 내 몸 속의 모든 것을 내장까지 토해내고 그냥 줄어들어 없어지고 싶었습니다. 나의 삶은 벗어날 수 없이 이 모습을 가지고 살아야 함을 생각하니 앞으로 어찌 살아야 할지 막막했습니다.

왜 엄마아빠는 아이를 만들려면 다 같이 만들지 나처럼 기어가는 아이를 만들었는지 몰랐습니다. 같은 아이라도 나하고 언니하고는 처음부터 다른 것 같았습니다. 내 처지를 모르는 채 엄마아빠에게 이것저것 보채던 그 모든 일들을 다시 생각하니 민망하기 그지없었습니다. 언니에게 해주는 만큼 내게도 해달라고 끙끙대던 내가 얼마나 염치없었는가를 알았습니다.

내가 식사를 아래쪽 바닥에서 하고 식구들은 위에서 했던 것은 내가 어려서 때문이 아니었습니다. 이제 나는 앞으로도 바닥에서 식사를 해야 할 것입니다. 부질없는 변화의 바램은 이젠 버려야 했습니다. 나는 우리식구인 엄마 아빠와 언니하고는 아주 다르다는 것을 알았습니다.

식사할 때 우리가족 모두는 눈을 감고 두 손을 모아 중얼거리며 누군가에게 간절한 부탁을 합니다. 그 누구는 아마 엄마 아빠보다 더 크고 힘센 것

『엄마, 내가 함께 이리 줘.』

언니는 빗을 빼어 들고 나를 끌어안았습니다. 그리고 엄마가 자주 앞에 가 서있곤 했던 거울 쪽으로 데리고 갔습니다.

언니는 나를 여러 조그만 물건이 옹기종기 모여 있는 받침대에 앞발을 걸치게 하고 앉혔습니다.

『여기 봐, 복실아. 이게 너야. 어때 이쁘니?』 언니는 거울을 가리켜 보이고는 내 머리와 어깨의 털을 빗었습니다. 엄마는 뒤에서 바라보며 웃었습니다. 나를 포함한 우리 세 식구의 모습이 거울에 그대로 비쳐 보였습니다.

그 때 나는 식구들과 너무나 다른 내 모습을 보았습니다. 나는 엄마와 언니처럼 머리에만 검은 털이 나있는 모습과는 전혀 달랐습니다. 나는 뿌연 털이 온몸에 나 있었고 입은 삐죽 튀어나왔습니다. 코끝은 검은 것이 엄마와 언니의 흰 코와는 크게 달랐습니다. 요즘 들어 모두들 날더러 다 컸다고 하는데도 내 손등의 털은 예전하고 똑같고 얼굴과 몸 이곳 저곳을 아무리 봐도 엄마는커녕 언니하고도 비슷해져 가는 기미는 없었습니다.

나는 끄응 소리를 내며 힘없이 늘어졌습니다. 도대체 나는 누구인가. 우리 가족 중에 왜 나만 이렇게 다르게 생겼단 말인가. 이전에 생각 않던 물음이 갑자기 내게 밀려왔습니다.

『왜 이러지? 복실아.』

언니는 나를 잡아 흔들었습니다. 나는 뿌리치듯 빠져 나와 구석에 가 웅

『얼마만큼 해주시는데요?』
『매일 몸 닦아주고 잠자리 청소해주고… 간식도 우리 희경이하고 똑같이 다 줘요. 우리 집 막내나 다름없어요.』
『너무 오냐오냐 기르시는군요. 이러면 안돼요. 개는 어디까지나 개입니다. 특히 스스로 자기 자리를 어지럽히지 말도록 하셔야 돼요. 사람을 위하여 봉사하기 위한 개인데 사람에게 부담을 주어서는 안 됩니다.』
그날 이후로 엄마는 종종 내 요구를 안 들어주었습니다. 내가 담요자락을 물고 집안을 돌아다니면 담요를 빼앗고 그러지 말라고 소리쳐 꾸짖었습니다. 먹을 때 내가 조금이라도 먼저 달려들 듯 싶으면 가로막았습니다. 막상 닥쳐보니 엄마의 힘은 나보다 세었습니다.
나는 우리 집에서 꼴찌로 되었습니다. 나는 예전보다 더 커지고 엄마는 더 작아졌는데도 엄마는 예전보다 더 세졌습니다.
나는 조금 서운했지만 그래도 내가 조금 참아주기만 하면 엄마는 나를 사랑해 주었습니다. 그런 중에도 하루하루 천장은 낮아지고 우리 식구들은 작아졌습니다. 특히 언니는 이제는 서로 마주서 있으면 내가 살짝 올려다보기만 하면 될 정도로 작아졌습니다.
나를 씻겨줄 때는 엄마 혼자로는 벅차서 언니도 같이 도와주게 되었습니다. 엄마와 언니는 여느 때처럼 나를 목욕시키고 닦아준 다음 더운 바람을 쐬게 해주었습니다.
『자, 빗질을 해야지. 젤 작고 가느다란 빗으로 하면 될 거야.』

『그래? 그럼 나도 복실이 좋아하니까 우리 집에 와서 살면 되겠네.』

그 애가 말하자 언니는

『그렇지만 우리 복실이는 나를 너무 좋아하니까 안돼.』

했습니다. 물론 나도 우리 언니를 좋아합니다. 하지만 그 좋아하는 느낌은 서로 다른 것이었습니다. 언니는 그냥 그 동안의 마음과 정으로 인해서 좋아하지만 그 아이는 몸 안에서부터 우러나오는 어떤 느낌에 의해서 좋아지는 것이었습니다.

며칠 후 먼저의 그 아저씨가 다시 왔습니다. 아저씨는 엄마에게 물었습니다.

『요즘 복실이 어떤 특별한 일 없습니까?』

『글쎄, 별건 없는데. 외출할 때 사람들을 만나면 다가가서 냄새를 맡곤 해요. 특히 남자애들을 더 좋아하는 것 같아요. 호호.』

『그럼 이제 수술을 해야겠군요. 더 늦기 전에…. 데리고 나와 주세요.』

엄마는 나를 데리고 아저씨의 차에 탔습니다. 차에서 내려 나는 곧장 어느 방으로 들여 보내지더니 곧 정신을 잃었습니다. 눈을 뜨니 엄마와 아저씨는 나를 다시 차에 태웠습니다. 나는 다시 집에 돌아왔습니다. 그 뒤로는 놀이터에서 그 아이를 봐도 별다른 기분이 없었습니다. 나는 사람들이나 주변의 모든 것들을 안정되고 차분하게 대하며 지낼 수 있었습니다.

집에는 종종 전화가 왔습니다. 그러던 중 어느 날이었습니다.
『예, 잘 크고 있어요. 아주 착해요. 예? 예? 그래요? 그럼 벌써 그때가…』
엄마는 전화를 받고 나서는 내 어깨랑 같이 아빠랑 같이 안아 주었습니다.
『이제 너도 다 컸단다. 네 일을 해야지.』
엄마는 옛날에는 나를 안고 다니곤 했는데 지금은 작아져서 내 목만 안아줄 뿐입니다.
『엄마, 왜 그래요?』
전에 없이 심각한 표정으로 나를 안고 있는 엄마에게 언니가 물었습니다.
『우리 복실이를 이제 보내야만 한단다.』
『왜 그래야 돼요? 우리 집에 있으면 안돼요?』
『그럼, 우리는 다만 길러주는 일을 맡았을 뿐야. 사람도 어른이 되면 일을 하러 나가듯이 복실이는 이제 다 커서 자기 일을 해야 된단다. 다른 사람을 위해서.』
『무슨 일인데요?』
『앞못보는 사람 길 알려주는 거란다.』
『그걸 복실이가 어떻게 해요? 우리가 따라오는 데로만 오지 애가 무슨 길을 알려줘요?』
엄마는 그날 이후로 복실이는 그걸 배우게 될 거란다. 매일같이 나에게 맛있는 것을 주었습니다.

약속한 그날이 왔습니다. 나는 우리 가족과 함께 차를 타고 멀리 갔습니다.

내가 새로 들어간 곳은 훈련소라고 불리는 큰집이었습니다. 거기에는 여러 사람들이 있었습니다. 그리고 거기서, 나는 나와 아주 같이 애들을 보았습니다. 나는 내가 그저 사람하고 다르게 생긴 별다른 아이라기 보다는 엄마 아빠나 언니 같은 사람들하고는 다른 또 다른 생명인, 개에 속한다는 것을 알게 되었습니다.

나에겐 내 방이 주어졌습니다. 보통 때는 그 안에 머물러 있다가 하루에 한 번씩 외출을 했습니다. 외출할 때마다 위에서 사람이 붙잡는 어떤 장치가 씌워졌습니다. 그 장치를 붙잡고 나를 끌고 가는 새 주인은 매일같이 나에게 무언가 요구하는 것 같았습니다.

나에게는 지켜 살아가야 할 본분이 있었습니다. 나는 더 자라도 여전히 지금과 같은 생김새로 있을 것이며 일어서 걷지는 못할 것이며 옷을 벗지도 못할 것이며 말을 하지도 못할 것임을 잘 알게 된 나는 그렇게 나에게 주어진 운명을 살아야 함을 받아들이게 되었습니다.

이제까지는 외출할 때 엄마나 언니가 가는 길을 무조건 따라다니기만 했었는데 여기서 만난 새 주인은 나를 앞장서서 걸어가도록 했습니다. 한 번 갔던 길은 나 혼자 알아서 길을 가게하고 주인은 뒤에서 내가 가는 대로 따라오기만 했습니다. 하지만 가끔 내 멋대로 길을 다니려 하면 다시 붙잡아 똑바로 길을 가도록 했습니다. 내가 마치 사람들처럼 길을 찾아서 다니도록 가르치는 것이었습니다.

온지 며칠동안은 저녁마다 엄마아빠를 그리며 울며 지냈습니다. 하지만 소리내 울지는 않았습니다. 사람들에게 듣기 싫은 소리를 내는 것은 이 곳의 나처럼 생긴 모든 친구들에게 한결같이 금지되어 있는 것입니다.

외출을 갔다 온 뒤 어떤 큰 어떤 개가 나를 닮은 여러 작은 개들을 데리고 있는 것을 보았습니다.

「이 개들은 다 어디서 나왔죠?」

나는 다가가 물었습니다.

「어디긴? 다 내 뱃속에서 나왔지.」

「그럼 저는요?」

「너도 물론이지. 내가 진짜 너의 엄마란다.」

「그런가요? 그럼 먼저 제 엄마 아빠는요?」

「단지 너를 기른 분들이지. 너도 아주 어릴 땐 애들처럼 내 품안에 자랐단다. 조금 큰 다음 밖으로 나갔던 것이지.」

「여기 이 개들도 밖으로 나가나요?」

「그래. 조금 있다 바깥에 나가서 자라면 너처럼 돌아오는 거란다. 우리는 그렇게 태어나고 살아가는 거야.」

엄마 개는 내 생겨남의 내력을 일러주었습니다. 나는 그 뒤로 옛 엄마를 잊고 살 수 있었습니다.

나는 날마다 차를 타고 나가서 사람들이 많은 길을 다니는 연습을 했습니다. 처음에는 어려울 것 같았던 앞장서 걷기도 자신이 생겼습니다. 이제는 누구라도 나를 잡고 있는 사람을 끌고 갈 수 있을 것 같았습니다. 먼저 나갔던 길을 찾아서 나를 붙잡고 있는 주인을 이끌었습니다. 걷는 것도 기분 따라 아무렇게나 걷는 것이 아니고 길을 따라 얌전히 되었습니다. 많은 사람들이 북적이는 곳을 뚫고 지나갔습니다. 길을 제대로 가면 주인은 나에게 많은 칭찬을 해주었습니다.

『착하다 복실아. 앞으로 누가 너를 데리고 가든지 그렇게 하면 되는 거야.』

조금 고되기는 했지만 돌아오면 충분한 휴식이 있었고 모두들 잘 대해 었기 때문에 나는 나의 새 생활을 잘 지낼 수 있었습니다.

『복실아. 이제 너의 새 주인을 만나야지.』

어느 날 주인은 나를 불러내서 사람들을 소개했습니다. 내 앞에는 예전의 엄마와 아빠 같은 두 사람과 조금 큰 남자아이가 있었습니다.

『여기 복실이가 영훈군을 위해 가장 적합하다고 선택된 개입니다.』

『오, 그래 참 이쁘구나. 이리 오너라.』

소년의 엄마는 내게 손을 내밀었습니다. 나는 조금 뒤로 물러섰습니다.

『괜찮아, 복실아. 이분들께 인사드려라. 이제 새 주인과 만나야지.』

주인은 나를 새 주인에게로 인도했습니다. 이제부터는 이 소년이 나의 새 주인이라고 합니다. 나는 명령대로 다가갔습니다. 이제 예정대로 새 주인을 만나면 먼저 훈련받은 대로 거리를 다니라는 것인가 봅니다.

나는 소년과 함께 한 방으로 인도되었습니다. 거기서 식사도 같이 하고 방에서도 같이 잤습니다.

그런데 새 주인은 움직일 때마다 손을 내저으며 거북스레 움직이는 것이 이상했습니다. 새 주인은 앞에 무엇이 있는지를 곧바로 알 수가 없는 사람이었습니다. 그래서 내가 필요하겠구나... 나는 생각했습니다.

나는 얼마간 새 주인과 방안에서 생활을 같이 했습니다. 소년의 부모님이 다시 찾아온 날 차를 타고 소년의 집으로 갔습니다.

『우리 영훈이를 위해서 우리 집 새 막내가 와 주었구나. 이렇게 고마울 수가...』

소년의 부모님은 나를 매우 사랑해주었습니다. 내게 주시는 밥은 식구들이 먹는 밥과 똑같았습니다.

새로운 만남은 옛날의 기분을 그대로 되살릴 수는 없었지만 새 가정의 생활은 다시 행복을 느끼게 했습니다. 매일같이 나가서 주인소년을 위하여 길을 다니는 것은 힘들었습니다. 그렇지만 그저 귀염과 사랑을 받는 것이 아니고 나도 가족 중에서 필요한 일을 맡아하고 있으니 전에 없던 보람이 있는 나날이었습니다.

아침이면 집을 나서서 주인과 함께 사람들이 많이 모여있는 곳으로 갑니다. 나는 연습한 대로 새 주인과 함께 지하철을 다녔습니다. 사람들은 나를 보고 눈길을 주었지만 예전처럼 다가와 만지지는 않았습니다. 지하철에서 나오면 먼저 갔던 장소로 나는 주인을 이끌어 줍니다. 주인이 자리에 가만히 앉아 있을 때는 나도 바닥에 가만히 앉아 있습니다. 가끔 다른 사람들이 주인과 얘기하다가 내게 눈길을 주기도 하지만 조금 머리를 쓰다듬는 것 말고는 내게 더 이상 가까워지려고는 하지 않습니다. 나 또한 주인 말고 다른 사람에게 가까이 가지 않도록 배웠기 때문에 주인이 자리를 옮기지 않으면 그대로 있습니다.

사람들의 사회는 정말 복잡했습니다. 이렇게 많은 사람들이 왜 그리도 쉬지 않고 왔다갔다하는지···. 먹을 것을 찾아서 가는 것도 아니었습니다. 방금 배불리 먹고 난 뒤에도 무엇을 찾는지 바삐 돌아다녔습니다. 아마도 오늘 내일뿐만 아니라 훗날 먹을 것까지도 집에다 쌓아두려고 그러는가 봅니다. 다들 자기가 더 가지려고 돌아다니는 이 많은 사람들 중에서 다른 사람들처럼 바삐 다니지 못하는 우리 주인이 잘 지내도록 나의 일이 정말 필요했습니다.

오늘도 나는 지하철의 계단을 올라 나와서, 차들이 빠르게 다니는 큰길을 몇 번 돌아 우리 주인을 집으로 인도합니다.

그런데 큰길을 지나와 집으로 가는 길을 들어서려 하는데 전에 없던 담이 처져있고 그 너머에서는 요란한 소리가 나고 있었습니다. 틈 사이로 보니 커다랗고 새같이 생긴 것이 땅바닥에 웅크려 앉아 요란한 소리를 내며 몸을 돌리고 있었습니다.

쿵쿵쿵쿵, 탕탕탕탕.

그 큰 새는 긴 목을 올려 두리번거리더니, 한 곳에 머리를 내리박고 땅

바닥을 쪼았습니다. 단단한 땅바닥이 깨져서 그 아래 흙이 드러났습니다. 그 새는 동작은 둔하지만 힘은 엄청나게 센 것 같았습니다. 흙 속에 먹이가 없었던지 그 새는 다시 옆의 땅바닥을 쪼았습니다. 사람들은 그 새가 고개를 돌리고 있는 틈을 타서, 무서워하며 옆에 나 있는 좁은 사잇길로 살살 피하며 건너갔습니다.

『휘이잉, 쿵.』

사람들이 다 건너갈 때쯤 그 새는 휙 돌아서더니, 그 사람들이 있던 곳을 다시 세게 쪼았습니다. 하마터면 그 사람들은 그 새한테 쪼여 죽을 뻔했습니다.

『이 쪽이 집에 가는 길 맞아. 무슨 공사하는 것 같은데... 옆으로 피해 가면 될 거야.』

주인은 말하지만 나는 거기를 지나가게 할 수 없었습니다. 물론 그 새는 움직임이 둔해서 나는 그 큰 부리로 쪼는 것을 쉽게 피할 것입니다. 하지만 주인은 느리게 움직이는 것이라도 피하지 못할 것임을 나는 알기 때문입니다.

나는 그 골목 안으로 들어가지 않고 옆으로 돌아갔습니다. 그렇게 해서 건너편으로 넘어가려 했습니다.

『그래 돌아서 가 보자.』

주인은 그대로 나를 따라 왔습니다.

그런데 가보아도 돌아 들어갈 마땅한 곳이 없었습니다. 더 가다보니 이제는 어느 쪽으로 가야 먼저의 곳으로 갈지도 알 수 없었습니다. 가도가도 바삐 오가는 사람들과 차들뿐이었습니다.

『길을 못 찾겠니? 괜찮아, 우리 집에서 멀지는 않으니까. 잠시 조용한 곳에 앉아있자.』

주인은 나를 달랬습니다. 나는 주인을 길옆에 있는 한적한 장소로 이끌었습니다.

『걱정하지 말아. 사람을 찾아서 집에 전화해달라고 하지. 어머니가 나오시도록 하면 돼. 그 때까지 좀 쉬자.』

주인은 말하고서 긴 나무의자에 앉았습니다. 나도 의자 위에 올라갔습니다. 우리는 피곤하여 서로를 기대었습니다.

해는 저물고 날은 시원해졌습니다. 우리가 있는 곳은 지나가는 사람은 별로 없었습니다. 하지만 주인과 나 모두, 어서 빨리 사람을 불러 집에 가려는 마음은 없었습니다. 한가하게 쉬는 기분이 좋았습니다.

저기 한 사람이 옵니다. 주인에게 알려 그 사람에게 부탁을 해야 하겠지만 잠시 더 이대로 있고 싶습니다. 그 남자는 힘없이 걸어오더니 저쪽 나무의자에 털썩 앉습니다. 그리고 두 손으로 얼굴을 가린 다음 고개를 숙입니다. 한동안 그렇게 있더니 다시 하늘을 올려봅니다. 하늘에는 한 입 베어먹은 빵조각 같은 달이 떠 있습니다.

그 사람은 혼자 중얼거리고 있었습니다. 누군가에게 말하려 하는데 들을 사람이 없는가 봅니다. 그 얼굴은 걱정이 가득 찬 것 같습니다.

이 사람뿐만 아니라 내가 주인과 함께 거리를 다니다 본 많은 사람들은 행복해 보이지 않는 사람들이 더 많았습니다. 옛날 엄마 아빠와 같이 있을 때 나 훈련소에 있을때는 몰랐던 많은 사람들의 표정을 나는 보고 다니며 알았습니다. 마냥 행복해야 마땅할 저들이 어째서 불행해 보일까. 내가 갖지 못했던 것을 다 가진... 사람들은 매일같이 즐겁게 웃어야 마땅할 것인데 그렇지 않은가 봅니다.

그 사람은 앉아서도 몸을 가누지 못해 금방이라도 쓰러질 것 같았습니다. 따지고 보면 사람이라고 해서 몸이 좋기만 한 것은 아닌 것 같습니다. 사람들은 늘 불안하게 서서 다니고 쉴 때에도 바닥에 편하게 엎드리기가 곤란해 보입니다.

나는 주인에게 사람이 왔다고 알려주려 했는데 주인은 나를 의지한 채 얕은 잠이 든 것 같았습니다. 나도 피곤이 몰려와 조금 더 쉬고 싶었습니다. 한동안 달을 바라보고 있던 그 사람은 힘겹게 일어서고는 떠나갔습니다. 나는 몸은 계속 꼿꼿이 하고 있었지만 졸음 때문에 마음결이 희미해진 것 같았습니다. 그런 중에 주인에게 나의 이야기를 했습니다.

"저는 어릴 때 내가 엄마아빠에게 무한정 사랑을 받으며 자라날 아기인줄로만 알았어요. 엄마 아빠께 재롱을 부리며 마냥 행복하게 자랐죠. 하지만 자라면서 나는 사람들과는 다르고 앞으로의 일생을 사람들처럼 살수가 없다는 것을 알았어요. 그 땐 정말 이 세상에서 사라지고 싶었죠. 그러나 지금은 주인님의 사랑과 아낌을 받으며 저의 할 일을 하는 보람으로 행복하게 지

세상과 나

"내고 있어요."

주인은 내게 대답하여 말했습니다. "나도 어렸을 때는 나를 다른 사람들과 같다고 생각했단다. 나와 이 세상은 당연히 서로 조화를 이루면서 지낼 것으로... 어릴 때 어렴풋이 보였던 세상에 언제부터인가 검은 그물이 쳐지고 어두워질 때 나는 다른 사람들도 모두 그런 것으로 알았지. 앞에 무엇이 보이든 말든 신나게 뛰어놀다 문지방에 걸려 다치면 엄마는 왜 그리도 슬피 우시던지... 나도 어서 자라서 엄마 아빠처럼 저 앞의 물건이 무엇인지 가보지 않고 알 수 있게 되길 기다렸지. 하지만 그런 날은 오지 않았어. 만져지지 않는 것은 알지 못하는 채로 나는 그저 자라기만 했어.

형은 나를 놀이에 한사코 안 끼워 주고 방안에 있으라고만 했지. 나보다 어린 사촌동생도 나를 형 취급 안하고 내 손을 잡고 이리와 저리와 하면서 돌봐주듯이 했지.

왜 그런지 알지 못했던 나는 어느 날 알게 되었지. 다른 사람들과 나와의 차이를. 세상의 모양은 내가 생각했던 것처럼 단순하게 이루어져 있지는 않다는 것을... 내가 저 앞의 가고자 하는 곳을 향해 곧바로 나아가면, 가로막아 나를 넘어뜨리고 상처 내는 무엇이 반드시 있다는 것을... 하지만 다른 사람들은 모두 그것을 피하여 돌아가는 법을 알고 있는데 나만이 그것을 모르고 있다는 것을...

길이란 것은 나의 생각처럼 곧은 것이 아니며 평탄한 것이 아니라는 것을... 그것은 들쑥날쑥한 벽모서리와 움푹 패인 구덩이와 불뚝 솟아오른

돌뭉치들과 함께 있다는 것을。。。 하지만 소리도 내지 않고 냄새도 내지 않는 그것들을 어찌된 셈인지 다른 사람들은 모두들 알고 피해간다는 것을。。。

그 때 나하고 이 세상은 서로 어울리지 않는다는 것을 알았지. 세상은 나를 위해 있지는 않았다는 것을。。。 내가 믿고 있었던 세상에 대한 환상은 깨어져 버렸지.

나는 내 앞에 놓인 다른 환경을 어떻게 대해야 할지 몰랐단다. 알지 못한 전혀 새로운 험한 세상이 갑자기 나타난 것이나 다름없었지.

나는 서서히 나의 새 생활의 방식을 만들어 나갔어. 내가 다치고 멍들지 않으면서 살아갈 길을 찾았지. 다른 사람들처럼 급히 가지 않고 다른 사람들처럼 멀리 가지 않고 또 굳이 가지 않아도 될 곳은 가지 않았지.

그러면서 나는 내가 살아가야 할 길을 찾아 왔단다. 다른 사람들만큼 살아가기 위해서 나는 내게 맞지 않은 이 세상에서 남들보다 더한 노력을 해야 했단다.」

나는 주인에게 안겼습니다. 밤이 되어 주위는 더욱 어두워졌습니다. 저 바깥 길에서 차 소리는 쉼임 없이 들려오지만 사람의 발소리는 없습니다. 아직 사람은 오지 않습니다. 서로의 공감을 확인하는 둘이는 서로 기대어 서늘한 밤바람을 따스한 체온으로 막으며 있습니다.

(1998.1 경향신문 신춘문예 본심
〈계간 창조문학 1998년 봄호〉 신인추천)

적자생존

『이 집의 가장은 뭣하는 자라 했지?』

서울 변두리 어느 지하실 한구석, 오후의 뜨거운 햇빛도 들지 않는 어둠침침한 실내는 후덥지근했다.

그 안에서 실내의 좋지 않은 공기는 개의치 않는 듯 진지한 표정의 두 남자가 마주 앉아 속닥이고 있었다.

그들 둘 사이에는 몇 장의 손바닥만 한 종이쪽지가 놓여 있었다. 둘 중 하나가 메모지 하나를 들었다.

기엽이라 하는 그는 눈을 가늘게 올려 뜨며 물었다. 약간 비틀어진 입술은 간간이 입맛을 춧춧 다시며 미세한 침방울을 옆으로 뱉어냈다. 얼굴에 보이는 여유로움은 지금 그가 하려는 일에 상당히 이력(履歷)이 난 자임을 보였다.

널려 있는 종이쪽지들에는 후보로 점찍어 메모해둔, 대상 가정들에 대해 미리 조사한 사항들이 적혀 있었다.

『삼덕물산 부장이라고 하는데 집에는 거의 없는 것 같애, 해외출장이 잦은가봐.』

맞은 편의 수철은 자기가 그 동안 그 집에 대해 나름대로 알아본 바를 말했다. 동그란 눈에 도톰한 입술의 그는 밀실에서 음모를 꾸미기에는 어리숙하고 어울리지 않아 보였다.

『그자 마누라는 어때? 여자도 돈벌러 나다니나?』

『그냥 집에 있는 것 같애.』

『마누라도 낮에 나가 있어야 좋을 텐데.』

『그렇기는 하지.』

그러자 기엽은 슬쩍 미소를 지으면서 다시 말했다.

『뭘, 우리 솔직히 생각해 보자. 있으면 나쁠 게 뭐가 있어? 그러잖아도 넌 요 몇 달 동안 굶주렸을 텐데. 오히려 재밌는 건수 하나 생길 수도 있는 것 아냐?』

『하긴 그렇겠지.』

수철도 따라 웃으며, 조금 탁하면서 음조(音調)가 높은 목소리로 답했다.

기엽은 다시 눈을 내리깔며 나직한 마찰음으로 말했다.

『짜아식. 밝히기는. 한물간 여편네 뭐 볼게 있을 거라고. 하지만 네게는 그래도 아쉬운 대로 좋을 거야.』

『아냐, 남편은 사십대지만 여자는 이제 갓 서른 된 것 같던데. 잘 먹고 잘 가꿔서 그런지 상당히 물이 올라 있었던데.』

『그래. 비록 간간이 씹다 뱉어낸 거라도 네겐 그 정도면 왕건이지. 잘 건져 보라구.』

『야 자꾸 그러지 마. 네가 뭐 내게 해준 거라도 있으면서 그러면 몰라도.』

『얌마. 내가 너한테 왜 해준 게 없냐. 갖다바쳐줘도 네가 때문이지. 너 그것 기억 안 나냐? 저번 날 밤에 은영이하고 놀다가 개가 술이 너무 취해서 네 방에 데리고 갔을 때 말야, 그 때 난 그냥 나와서 외박하고 말았잖아. 갖다 차려줘도 못 먹는 놈이.』

『알았어. 그 얘기 그만 해. 이번 일 잘 해낼 궁리나 하자구. 이 짓도 이번으로 마지막이어야 되는데. 이번엔 정말 크게 한 건해서 너도 은영이랑 오손도손 잘 먹고 살아야 할 것 아냐.』

『너야말로 어서 좋은 여자 구하고 주린 배도 채워야 할 것 아냐. 내 걱정 말고.』

『자 더 이상 허튼 소리 말고 우리 다시 거사의 계획이나 논의하자.』

수철은 그 집에 관해 조사해 본 바를 계속 설명했다.

『그 집 가장의 월급은 보통 수입밖에는 안되지만 원래 부유한 집 외아들이었기 때문이어서인지 재산이 꽤 많은 것 같더라.』

『그자 그러면 편히 놀고먹기나 할 것이지 회사는 뭣하러 다니나.』

『그래도 남 보이는 체면도 있고 해외 자주 다니면서 여행하는 재미도 있으니까 그러겠지.』

『하기야 우리들 하는 일도 누가 잡아가려고 하지만 않는다면 꽤 재밌는 일이지….』

『재미라니, 농담이라도 그런 소리 하지 말아, 야. 다 먹고살자고 하는 일이지.』

『넌 요새 잘 팔리는 출세법 책도 못 읽었니? 먹고살려고 마지못해 하는 일하고 자기가 흥미를 가지고 몰두하는 일하고 그 능률과 성공의 확률에 큰 차이가 나는 것을 몰라?』

수철은 더 이상 대답을 않았다. 그리고는 목소리를 다듬어 다시 그 집에 관해 조사한 바를 계속 말했다.

『그 집에는 중학생 되는 딸이 있고 국민학교 가기 전의 아들이 있지.』

『야 중학생 딸? 그거 참 입맛 당기는데.』

『너 자꾸 장난하는 거니? 지금 우리는 얼마나 중요한 얘기를 하고 있는데. 그 따위 쓸데없는 소리는 이제 그만 해.』

『원, 자식 농담도 못하겠네. 자 그럼 계속 말해봐.』

『대문 오른쪽으로 삼 미터쯤 가면 담장 위가 허술한 곳이 있어. 오후 두 시쯤이 아이도 학교에서 오기 전이고 여자는 집에서 낮잠이나 자고 있을 것이니, 가장 좋은 시각일 거야.』

수철은 자기가 세워 놓은 계획을 설명해 나갔다.

『그럼 준비해야 될 게.... 그리고 네가 해야할 것은.... 난 뭘 하냐면....』

『칼은?』

그의 설명을 듣던 기엽이 물었다.

『칼은?』

『뭐긴? 여차하면 처치해야지.』

『그런 소리는 뭣하러 하니. 재수 없게. 깨끗이 한탕 멋지게 하고 손씻기로 하지 않았어?』
『그렇지만 어떤 경우에도 후환은 없도록 미리 완전하게 준비는 해둬야지.』
『준비는 해도 그런 건 최악의 경우에나 하는 거야. 재수 없는 소리 말아.』
『넌 그렇게 어설픈 생각 가지고 뭘 하겠다는 거냐. 지금 네가 해야할 일이 뭔지 잘 따져봐. 참.』
『아무튼 이번 한번만 확실히 끝내는 거야. 계획만 잘 짜여있으면 피는 보지 않고 끝낼 수 있어. 자 잔말 말고 다시 잘 들어 봐.』
다시 둘은 진지한 표정으로 모의를 계속했다.

강여사는 어린 아들과 점심식사를 하고 건넌방에 재우고는 안방에서 잡지를 뒤적이며 오후의 한가로움을 즐기고 있었다.
이 때,
『쿵。』
마당에 무언가 둔탁한 물체가 떨어지는 소리가 들렸다. 곧이어 같은 소리가 또 한 번 들렸다. 강여사는 자리를 일어나 창문께로 다가갔다.
그러나 그녀가 마당을 내려 봐 낙하물체를 확인해 볼 새도 없었다. 두

복면의 남자는 창문을 활짝 열고 뛰어들어왔다.
『아윽. 윽.』
미처 소리를 지를 틈도 없이 강여사는 입을 막히고 바닥에 뉘어졌다.
기엽이 강여사의 입을 틀어막고 몸을 짓누르고 있는 동안 수철은 그녀의 팔다리를 묶었었다.
말끔히 닦여 있던 강여사의 집 마루바닥에는 흙신발 자국이 어지러이 났다. 강여사가 묶여 있는 동안 수철과 기엽은 장롱 서랍을 있는 대로 열고 뭔가 있는지 살펴봤다.
눈에 보이는 작고 값나가 보이는 것들을 다 거두고 나서 기엽은 강여사에게 물었다.
『비싼 거 어디 있는지 가리켜.』
강여사는 손짓으로 장롱 맨 밑 서랍을 가리켰다. 기엽이 그곳을 열어 보니 금반지 두 개가 나왔다.
집안을 털던 중에 기엽은 입을 막히는 채 떨고 있는 강여사를 보았다. 갸름한 얼굴에 살짝 쌍꺼풀진 눈. 집에 있어도 얇은 화장을 한 채로 있는 그녀는 얇은 홈웨어를 입어 더욱 매혹적으로 보였다. 기엽은 싱긋 웃으며 수철에게 말했다.
『야 내가 먼저 실례할게.』
『뭐? 그럼 너 정말 그걸 하려고?』
수철이 조금 놀라는 듯 묻자 기엽은

『그래. 조금만. 그 동안 너 짐좀 챙겨.』

하고는 자신의 허리띠를 풀었다.

『빨리 끝내라 야.』

수철은 장롱서랍을 더 뒤져 귀금속, 패물이 더 있나 살폈다. 그리고는 발견되는 것들을 주워 모아 유사시에는 언제라도 달아날 수 있도록 한 보따리에 챙겼다.

기엽은 강여사의 하체를 벗기려했다. 그러자 그녀는 그것만은 안 된다는 뜻으로 몸부림쳤다.

그녀는 계속 두 다리를 포개고 몸부림치며 반항했다. 기엽은 주먹을 쥐어 그녀의 얼굴을 세게 가격했다.

강여사는 실신했다. 무방비상태에서 옷차림은 얼른 해제되었다. 기엽은 짐승같이 엎어져 급히 행위를 했다. 이러면서까지 꼭 그 행위를 해야할 것인가. 이런 식으로 하는 것을 오히려 좋아하는 취향이 아닐 바에는 불가능할 것 같았다. 여러 차례 꿈틀대던 그는 이윽고 일어섰다.

『아, 시원하다 이제. 다 끝냈다、너 해라.』

『그래.』

그 동안 물건을 챙기며 입맛만 다셨던 수철이 교대했다.

기엽은 현관 가까운 데로 나가 앉았다.

『답답하다.』

그는 복면을 벗었다. 그리고는 맛중함을 즐기려는 듯 담배를 피웠다.

이때
『엄마—!』
건넌방에서 아이소리가 났다. 삐꺽 문이 열리는 소리가 나더니 이 집 꼬마애가 잠에서 깨어나 나왔다.
『이런 제기랄, 미리 없애버렸어야 하는 건데.』
등 뒤의 소리에 놀란 기엽은 곧바로 옆에 챙겨둔 보따리를 들었다.
『너 빨리 튀어!』
기엽이 황급히 뛰어나가 대문 앞에 다다랐을 때 이 집의 중학생 여자아이가 들어왔다. 소녀는 낯선 자의 등장에 눈을 크게 뜨며 소리를 지르려 했다. 그러나 이미 노련한 기엽의 손아귀에 의해 입이 막혔다. 그의 억센 손아귀에 붙들린 소녀는 눈물이 나오며 무언가 애원하듯이 기엽을 바라보고 있었다.
잠시 머뭇하는가 하던 기엽은 가운뎃손가락에 큰 쇠가락지가 낀 왼손을 높이 들어 直下로 내리찍었다. 소녀는 쓰러졌다. 기엽은 더 이상 돌아보지 않고 달아났다.
이때 수철은 오랜만에 맞은 기회를 이용해 기분 풀이를 하고 있었다.
이 얼마 만인가. 아마도 육 개월은 되었음직하다. 정신없이 즐기는 수철은 아이가 나온 것도 모르고 있었다.
『으앙. 엄마—!』
수철이 강여사를 짓누르고 있는 것을 본 아이는 더욱 큰 울음소리를 냈다. 강여사를 겁탈하는데 정신없던 수철은 더 큰 소리가 나고서야 돌아 봤다.

놀란 수철은 일어나 아이를 붙잡았다. 그리고 입을 틀어막았다.

『닥쳐! 너 소리지르면 죽인다.』

그는 다시 살짝 아이의 입으로부터 손을 떼고는 아이의 얼굴을 바라보았다.

아이의 눈이 그와 마주쳤다. 어린아이의 얼굴을 이렇게 가까이 본 것은 그에게 있어서 처음이었다.

한동안 그는 아이와 눈싸움을 했다.

이윽고 그의 마음속의 무엇인가가 허물어진 듯 그는 조용한 말로 속삭였다.

『너 아저씨 얘기 딴사람들에게 안하기로 약속할래?』

『예』

아이는 천진한 눈을 꿈뻑이며 대답했다.

『좋아. 아저씨는 아주 나쁜 사람은 아니거든. 지금 갈 테니 잠깐 동안만 조용히 있어. 그래야 잘 갈 수가 있어.』

수철은 아이를 조용히 달래고는 그의 입을 묶었다. 그래도 혹 소리를 지를까 염려되기 때문이었다. 그리고 발도 묶어 바둥거리는 아이를 두고 도망쳤다.

남편은 해외출장중이고 주부와 어린이만 있는 집에 강도가 들어와 평화로운 집안을 망가뜨린 사건에 대한 보도는 시민들을 분노시키기에 충분했다.

『가정파괴범을 잡아 엄벌에 처해야 한다!』

계속되는 흉포한 범죄들에 대한 단호한 척결을 주장하는 여론이 높았다.

수사는 진행되었다. 십년 경력의 수사관에 의해 피해자 신문이 실시되었다.

강여사는 흐느끼며 말했다.

『복면을 한 두 남자가 와서 저를 쳐서 실신하게 했어요. 그 뒤는 잘 모르겠어요. 흐흑.』

『범인의 인상착의는 전혀 모르겠습니까?』

수사관은 앞에 유력한 전과자 리스트를 보이며 물었다.

『잘 모르겠어요. 그들이 복면을 하고 침입한 뒤 얼마 안돼 정신을 잃었으니까요.』

『꼬마야, 너는 혹시 봤니?』

수사관은 옆에 같이 온 아이를 보고 물었다.

『머리에 가면을 써서 모르겠어요…』

아이는 말했다. 그러자 수사관은

『잘 봐 이 아저씨들 중에 혹 비슷한 사람이 있나.』

하면서 리스트를 계속 넘겨갔다.

어느 정도 지나 갔을 때 아이는 갑자기 소리질렀다.
『아참. 여기 이 아저씨와 비슷하게 생겼어요.』
아이는 경관이 보여주는 사진들 중에 염모습의 사진 하나를 가리켰다.
『그 때 저를 붙잡고 죽이려할 때 염모습의 사진을 봤어요.』
수사관은 리스트를 들어 자세히 보며 말했다.
『이자는 절도전과 그犯인 수철 아냐. 이자의 소재파악을 우선 해야겠군.』
『참 아저씨하고 이런 말 안하기로 약속했는데….』
아이는 혼잣말을 했다.
경찰관들은 수철의 소재파악에 나섰다.
몇 시간 못가, 거처를 옮기려 골방의 짐을 싸고 있던 수철은 출동한 경찰에 잡혔다.
잡혀온 수철은 아이에 의한 확인절차를 받게 되었다.
『얘 이 사람이 전에 너의 집에 들어왔던 강도 맞냐?』
수사관은 수철의 염모습을 유리창너머 보여주면서 아이에게 물었다.
『예 맞아요. 저 아저씨가 그 때 엄마의 옷을 벗기고 올라타고 괴롭히다가 나보고 떠들면 죽인다고 했어요.』
『이런 천인공노할 놈! 자식이보는 앞에서 어머니를 강간하다니.』
이 수철이 이번 강도사건의 범인이라는 것은 수사관은 분노했다. 명백해졌다.

당시 군사정부를 종식한 문민정부에서는 새로이 사회를 통제할 규범이 필요했다.

지난 시절에는 간간히 국가보안법 위반사범을 만들어내며 국민들에게 경각심을 주었지만 문민정부에서는 더 이상 무리하게 국가보안법 위반자들을 처벌하기는 곤란했다.

그러나 국민을 권위아래 順化해야 할 필요는 지난 시대나 지금이나 여전하였다. 그 순화의 대상은 혈기 왕성한 젊은 남성들이다. 그들을 통제할 가장 효과적인 수단은 그들 대부분이 관련을 떼기 어려운 性的 違法의 엄격한 처벌이다.

살인은 보통 개개인간의 私的인 범죄이다. 국가질서유지에 직접 커다란 영향을 주는 것이 아니다. 非살인 범죄로서 국민에게 사회질서확립을 위한 엄단의 본보기가 되어야 할 성범죄사건이 필요했다. 훗날의 진보정권이라면 여성인권을 명분으로 삼았겠지만 아직은 젠더이슈가 사회의 중심으로 떠오르기 이전이었다.

군사정부시대를 벗어났지만 아직 보수적인 가치를 추구하는 정부이다. 보수적인 가치를 列擧할 때 중요한 것의 하나가 家庭의 가치이다. 가정은 인간사회의 질서를 이루는 기본단위이다. 건전한 국가도 건전한 가정의 집합 위에 존재한다. 그만큼 가정을 소중히 지키기 위한 법집행은 지난날 공산주의세력의 침투로부터 국가사회를 지켜내기 위한 반공법 및 국가보안법의 집행과 견줄만한 것이었다.

가정의 올바른 유지에 위협을 가하는 행위는 국가보안법의 위반과 동일하게 국가질서를 위협하는 행위이니 가정을 파괴하는 범죄는 국가보안법의 위반과 동일하게 처단되어야 할 것이었다.

살인에 의한 가족구성원의 상실에 따른 당연한 물리적 가정파괴는 상징적 의미가 강렬하지 않았다. 가족심리에 영향을 주는 정신적 가정파괴가 더 경각심을 주는 것이라 가정파괴범죄의 시범적 엄벌사례는 非살인 범죄자들 중에서 고르는 것이 효과적이었다.

자식이 보는 앞에서 어머니를 강간한 인면수심의 범죄는 용납될 수 없다고 할 만 했다. 충분히 국민모두의 公憤을 일으킬 만했다.

사회의 지도층은 합의를를 보았다.

『인면수심의 범죄를 이 사회에서 영원히 근절시키기 위해서 범인 이수철을 사형에 처한다.』

수철에 대한 교수형은 다음해 집행되었다.

적자생존.

그것은 범죄자의 세계에서도 통용되는 것이었다.

(1996. 2. 1, 以後修正)

사랑의 正體

캠퍼스에는 조금 따가운 초여름 햇살이 비치고 있었다. 오후에 어렵사리 도서관에 자리를 잡은 나는 중앙을 통하는 넓은 계단을 내려왔다.

저 아래쪽의 식당에서 사람들을 만나는 시간은 내게 가장 즐거운 시간이다.

사람들을 만나 미리부터 알던 친구들은 더욱 깊이 있는 대화를 하고 그동안 얼굴만 알고 있었던 이들은 어색하게나마 서로 말을 트는 계기를 만들어 새로운 친구가 된다.

이제 졸업학년이 된 내게는 또한 하급생들과의 만남도 많았다. 내가 상급생으로서의 어려움이 없어서인지 고교동창이거나 학과선후배의 관계가 되지 않는 하급생들도 내게 형이라 하며 친구처럼 가까이 지내는 경우가 많았다.

남들은 대학 일이 학년이 지나면 좋은 시절이 다 갔다고들 하는데 나는 오히려 학년이 거듭 올라갈수록 대학생활의 재미를 더 느끼게 되는 것 같았다. 사귀는 친구의 폭도 넓어지고 이 한정된 기간의 의미를 최대한 살리기 위해서 매일같이 노력할 줄도 알게 되었다.

이 시절을 가장 보람 있게 보내는 방법의 하나는 (훗날 깨달았지만)

인류역사를 통해 쌓여온 진리를 자기의 앞길을 밝히는 빛으로 하고자 젊음을 바쳐 파고드는 것이겠지만, 그 외에도 나는 하루하루의 대학생활에서 무언가 서로 더 배우는 것이 있어야 한다고 생각하며 캠퍼스에서 얻을 수 있는 모든 것에 대해 촉각을 세웠다. 마음 맞는 여러 친구들과의 다양한 만남은 캠퍼스를 떠나고 난 후에는 얻을 수 없을 것이라 생각하여 그 기회를 최대한 살리고자 했다.

그렇다고 내가 본분으로서의 진리탐구를 게을리 하는 학생은 아니었다. 나는 나름대로 노력을 다했다. 그럼에도 충분히 진리탐구에 몰두하지 못한 것은 나의 태만 탓이 아니었다. 사람의 탐구의 방향은 무한히 다양한데 얼마 안 되는 가짓수의 분류로 규격화된 지식모델을 요구하는 현실에 내가 무난히 따르기는 어려웠다. 나는 어느덧 내 나름만의 학문의 체계를 쌓고 있었다고나 할까. 기존 學制의 잣대로는 측정이 불가능한.

여하튼 학년이 올라가면서 나는 더 폭넓고 다양한 교우관계를 즐기고 있었다. 대학은 인생의 축소판이다. 일학년 시절은 유년기와 같아 멋모르고 그냥 흘러 지나가고 말았다. 이학년 시절은 청년기와 같아 뭘 좀 알 것 같은 마음에 이것저것 의욕만 앞서 좌충우돌 하지만 제대로 되어나가는 것은 없었다. 삼학년 시절은 장년기와 같아 이제 주변사회의 돌아가는 원리를 좀 알게 되어 앞에 나서 모든 일을 이끌 자신도 있게 되는 시기였다. 그 역량을 발휘할 기회는 충분히 있지 못했지만 어쨌든 그런 대로 보람 있게 보냈는지 모르겠다. 이제 내가 맞이하는 사학년은 마치

노년기와 같아 알 것은 다 충분히 알고 모든 일에 현명히 대처할 지혜도 쌓았으나 이미 더 남은 기회가 거의 없는 것이 아닌가. 인생으로서는 청년기의 초반에 불과하지만 앞으로의 인생이 어떠하리라는 것을 살아보지 않고도 짐작되는 바 있었다. 대학생활을 통한 한 번의 집약된 시행착오를 거친 연후에, 다가오는 인생의 큰 마당에서는 인생의 고비마다 그에 앞서 현명히 대처할 지혜를 쌓아 훗날 후회를 적게 하는 것이 대학생활의 의미를 더욱 살리는 것의 하나가 아닌가.

이런저런 생각을 하며 나는 계단을 내려왔다.

아무리 그래도 진리탐구, 아니 쉽게 말해 책 공부는 더 해야겠는데, 그런데 공부하는 도서관은 위에 있고 노는 식당은 아래에 있는 탓에 위에서 아래로 내려가기가 훨씬 쉬우니 모처럼 도서관에 자리를 잡고 있다가도 조금 피곤하기만 하면 금방 아래로 내려가 쉬고 싶은 유혹이 생겨나는 것이었다. 게다가 식당에서 시간을 보내다 공부를 좀 하자고 도서관으로 돌아가려면 내려올 때보다는 훨씬 길어 보이는 계단을 밥 먹어 노곤한 몸으로 딛고 올라가야 하니 누가 옆에서 내쫓지 않는 바에야 조금이라도 더 있어보려고만 하는 것이었다. 식당에서는 웬 말 친구가 그리 많은지, 필요한 말 불필요한 말 의미 있는 말 의미 없는 말을 서로들 다 나누어 펴내고는 주위가 어둑하기 시작할 무렵에야 제각기 자리를 털고 일어나 저 위 고지로 향한다. 그러나 한심한 것은 이제 자리를 잡고 자기의 신분으로서 사회적으로 가장 요구되는 본분을 행하고자 하는 내게 졸음은 걷잡을 수 없이 찾아오는 것이다. 잠이 깨었을 때 주위는 한산하고 벽의 시계는 이미 열 시를 넘기고 있다. 더 있을 시간도 없다. 나는 자리를 챙겨 일어난다. 그리고는 줄줄이 늘어선 캠퍼스의 가로등불 밑을 지나 심야 학교한다. 스스로도 한심하다. 남들이 보면 분명 밤늦게까지 공부하다 나오는 학생이라고 생각하겠지. 이럴 줄 알았으면 밥을 좀 적게 먹는 건데… 어머니는 웬 밥을 그렇게 많이 싸 주시고 나는 또 미련하게 그 밥을 물까지 더해 가며 다 먹고 말았나.

계단 하나 내려오면서 무슨 그리 많은 생각을 하나. 아니 내게 있어서 도서관과 식당을 잇는 계단은 이다지도 많은 의미를 가지고 있음을 이 김에 털어놓는 것이다. 사실 이 계단의 놓인 형태가 지금과 달랐다면 그에 따라 일생이 바뀌었을 사람이 한 둘이 아닐 것이다.

계단의 중간 평평한 곳에서 나는 한 지기(知己)와 마주쳤다.
아는 사람이 뭐 한둘이라고 마침 그 자체를 큰 의미 삼을 일은 없지만, 마주친 이는 그래도 이즈음 내게 적지 않게 만남이란 것의 의미를 생각해보게 하는 이였다. 말이 늦었다. 그는 남자가 아닌 여자다.

나는 대학 초년생 때의 미팅에서 별 재미를 갖지 못했다. 도대체 애프터가 뭐지? 내가 연락처 물으면 안 알려 주던데… 다음에 만날 약속을 해? 안 올지도 모르는데 그걸 어떻게 믿고 며칠을 기다려? 그 뒤로 나는 학생시절 줄곧 여자를 사귀려는 노력조차 하지 않았다.

내게 당면한 생활 그 자체를 헤쳐 나가는 것부터가 계속적으로 나의 급박한 일과였다. 아슬아슬 줄타기하며 한 학기 한 학기 넘기는 학점에 때로는 좌절하면서도 애써 다른 의미를 찾고 다시 일어서기도 했고… 삼학년에 이르러 이번 학기부터는 정말 마음잡고 공부 좀 하겠다며 정말로 열심히 시작을 하려 하는데 나라 전체 학교 전체가 시끌시끌하는 통에 이내 휩쓸리다가、더욱 굳게 마음먹어 그런 분위기와 절연하고 정말로 열심히 공부하겠다 결심한 그 다음날은 휴교… 그 날을 잊지 못한다。휴교라는 말에 학교의 써클 룸에 놓아두었던 가방을 가져와야 해서、그래도 학교 안에 들어가 가져올 수는 있겠지 하고 갔더니만、교문 앞에서부터 삼엄하게 지키고 있는 계엄군은 아예 가까이 얼씬할 엄두도 못 내게 했다。 그 때 멀리서 보이는 학교의 건물은 유리창에 석양이 비쳐 온통 붉게 물들어 있었다。 사학년이 되어 나의 학업에의 정진을 방해하며 계속해서 일어나는 이런저런 주변의 일에 이를 갈고는、「이제는 무슨 일이 일어나도 눈 깜짝 않고 정말 공부하겠다.」생각하니까、나의 외압에 대한 면역성이 커갈수록 그 자극은 그만큼 더 커져 또다시 나를 편안히 있지 못하게 했다。 최근에 일어난 죽음에 의한 시위요구는 나로 하여금 또다시 그들을 따라나서지 않을 수 없게 만들었다。행동도 행동이려니와 민감한 내 마음속은 그에 대한 생각으로 들어차니 책이 눈에 들어오지가 않았다。정말 끈질기다。우리 시국 시절 학생들은 웬만치 의지 굳지 않으면 자기 길은 가지 말고 모조리 시국운동이나 하라는 건가。

나는 부담스러웠던 여자친구 사귀기보다는 고교 졸업 때까지 누리지 못했던 폭넓은 교제의 기회를 이용해, 생각이 자유로이 통하는 남성친구들을 많이 사귀는 것에 흥미를 두었다. 평준화 고교에서 그것도 의도적으로 학생들을 골고루 뒤섞은 반에서 내게 친구가 될 만한 급우는 많지 않았다. 그런데 대학에 오니 주변이 고교 때 희귀했던 類의 그런 친구들로 들어차 있는 것이다. 고교 때 이질적인 급우들과의 사교관계에 대처 능력이 없던 나로서는 이들 대학친구들이 그렇게 반가울 수가 없었다.

그러나 이들과의 교우의 즐거움에만 빠지던 나는 간혹 친구에로의 기대가 지나쳐 필요 이상으로 마음을 쓰는 경우도 있었다. 異性에로의 접근에 자신감을 갖지 못함에 緣由해 자신의 마음의 안정을 찾으려는 대상과 일상생활에서의 부담 없는 친교의 대상을 혼동하던 것이었다. 친구는 소유하는 것이 아닌데… 방향을 잡지 못하는 교우관계는 그러잖아도 중심 없는 대학생활에 방향의 도를 더할 수밖에 없었다.

참으로 다행스러운 것이 대학생활의 마지막 해가 되어서 여학생들과의 언로가 트인 것이다. 여학생들과도 어느 정도 친밀한 대화의 기회를 가지면서 이전보다는 풍요롭고 정상적인 교제생활을 누리게 되었던 것이다.

그렇다고 해서 내가 마음의 안정을 찾을 대상을 여자 중에서 찾기 위해 그 적극적인 사업을 개시했다는 것은 아니었다. 다만 인간본연의 응당 있어야 할 교류를 가짐에 따라 비로소 정서생활의 조화로움이 생겼다는 것이다.

나는 요즈음 이제까지는 모르던, 여자와의 대화라는 것에 참 매력을 느낀다. 사람들과 대화할 때는 만나는 이의 성향에 따라 자기가 변하는 것을 느낀다. 그런데 여자와의 만남의 자리는 정말로 확연히 구별되는 별개의 나 자신을 느끼게 했다. 여자와의 대화는 앞서 대학 초년 시절의 미팅에서 있기도 했다. 그렇지만 그 때는 그저 피상적인 자기 주변의 얘기일 뿐이었다. 최근의 만남에서 가지는 것은 친한 친구에게 이야기하듯 자기의 깊은 생각을 진지하게 털어놓는 것, 말 그대로 여성친구와의 대화이다. 거기서 나는 나의 마음이 무척이나 감상적으로 비약할 자유가 주어짐을 느꼈다. 같은 남자와의 대화는 무언가 구체적인 논리가 있지 않으면 싱겁고 헛시간을 보낸 것같이 일쑤다. 그러나 여자와의 대화는 그러한 보이는 알맹이에 아쉬울 필요가 없이, 얼마든지 감성의 나래를 펼 수가 있다고 느껴지는 것이다.

마주친 여자는 바로 이즈음 나에게 가장 많은 대화 시간과 영향을 주었던 한해 후배 貞任이었다.

그녀와는 이전부터 서로 얼굴은 알았지만 함께 대화한지는 이제 두 달 남짓 되었다. 잔디밭의 새싹이 아직 연녹색을 띠고 작년의 누런 마른 잔디와 뒤섞여 자라는 때였다. 하급생인 光洙와 함께 하교하려 하는데 그는 도서관 자리에 앉아 있던 정임을 불러내는 것이었다.

정임은 이미 커플이라고 불릴 만큼 永根이라는 남자친구와 가까이 지내는 사이였다. 영근도 그전에 나하고 말이 트여서 잘 알고 지내는 사이이다.

225 사랑의 정체

아직 정임은 그저 서로 안면이 있고 인사교환을 하는 정도였다. 셋은 함께 하교하여 인근의 음악다방에 들어갔다.

다방에서는 이즈음 유행하는 팝송인 「베티데이비스 아이즈」가 흘러나오고, 이어서 국내가요인 「목로주점」이 흘러나왔다. 자리에서 정임과 대화를 나눴다. 꽤 크게 흘러나오는 음악 때문에 우리는 서로 얼굴을 가까이 대면서 가볍게 소리를 질러가며 대화할 수밖에 없었다. 광수는 자기의 이야기 보다는 둘의 대화의 분위기를 더 맞춰주려는 것 같았다.

광수는 오늘 나를 일부러 정임과 대화하게 하려 한 것 같았다. 그는 이전에 영근이 동료학생들 사이에 인기 있는 정임을 독점하려는 것을 본인과 더불어 조금은 못마땅한 눈으로 보고 있었던 하나였다. 오늘 나하고 정임이 이전보다 서로 잘 알게 되면 정임의 생활의 폭은 더 넓어질 것이다. 대화의 주제는 남녀의 차이점이었다. 이즈음의 정임의 自意識은 벌레에도 암수가 있고 짐승에도 암수가 있듯 사람도 두 가지가 있다는 사실에 새삼스레 경이감을 가질 만큼 여성을 憧憬하고 있었다.

대화중에 나온 그녀의 말은 단순했다.

『나는 여자로서 난 것을 다행으로 생각해요. 군대 삼 년 이득 볼 수 있잖아요.』

나는 긴 얘기를 그녀에게 했다. 요란한 음악 속에서 그녀는 얼굴을 내게

『그런 것 말고도 나는 본질적으로 여자에 대해 부러운 것이 있어.』

『지난 겨울방학이 끝날 즈음 친구 몇과 일박이일의 야유회를 갔어. 일행 중에는 우리와 잘 아는 여학생과 그 동생이 함께 있었어.

그 날 저녁 숙소에 짐을 풀고 즐거운 분위기 속에 가벼운 농담을 하며 저녁채비를 했어.

한참 화기애애한 분위기가 익어갈 무렵이었지. 갑자기 대화상대의 중심이 되었던 여자가 크게 울음을 터뜨렸어. 우리 모두는 어안이 벙벙해 말을 못하고 있었지. 이 와중에서 그녀는 울먹이며 계속 말을 해대는 거야.

「正秀야 너는 그저 가벼운 마음으로 장난삼아 농담을 했지만 나에게는 자존심에 비수를 꽂는 상처를 주는 이야기였어. 너는 저주를 받을 거야.」

나도 그 때 오가던 이야기를 옆에서 들었지만 그럴 정도의 이야기인지는 도저히 이해가지를 않았어. 그 여자의 독무대는 한참 동안 계속되었지. 방안이 어두워지고 촛불도 켜졌어. 기타를 잘 치는 친구가 그 여자의 계속되는 독백에 맞춰 기타를 쳤어. 시간이 흐르면서 다른 친구들도 둘 이야기를 했어. 그 때 나도 한 말이 있었지.

「나도 남들은 이해 못하지만 이러한 마음을 느낀 적은 있었어. 그러나 감히 이러한 행위를 한다는 것은 관습상으로도 용납 못되는 것이고 설사 용납된다 해도 그렇게 터져 나오지를 않았어.」

나는 밖으로 나왔어. 그 여자의 표적이 되었던 친구도 미리 밖에 나와 있었어.

황당해하는 그에게 나는 "여자는 원래 사고의 차원이 전혀 다른데 무심코 남자들끼리의 사고방식으로 대한 것이 문제였던 것 같다."고 했지. 우리는 별구경을 조금 한 후 안으로 들어왔지.

한참이 지나고 모두들 술도 마시며 저마다의 이야기를 시작했는데 상황이 종료되니 그 여자는 다시 웃는 낯으로 말하기를 "아까 기타로 독백의 반주를 쳐 준 분위기는 매우 좋았어." 했고 옆에서 누구는 "明哲이의 기타 솜씨가 일품이었지." 했지. 그러더니 여자애는 "누가 녹음 좀 하질 그랬니?" 하고 아쉬워하기까지 하더라.

이때 나는 마음에 와 닿는 것이 있었어. 여자는 자신에게 닥쳐온 감성의 밀물을 그때그때 소화해 낼 수 있기에 어느 면에서는 더욱 이 세상을 무리 없이 살아가는 힘이 되기도 하는 것 같아. 그런데 많은 남자들은 자신이 느낀 그때그때의 감정과 한이 제 때에 분출되지 못하고 가슴속에 응어리져 쌓일 수밖에 없기도 하지. 그래서 여자가 더 오래 살 수 있는 것이 아닐까."

정임은 공감한 듯 고개를 끄덕거렸다. 계속되는 큰 음악소리 때문에 나는 테이블 위로 어깨를 수그리며 귀를 기울이고 간간이 정임의 입김을 쐬어가며 대화를 계속했다.

한참을 더 대화하고 난 뒤에야 함께 다방을 나왔다. 그 때 찻길을 건너 헤어지면서 오늘 비로소 새로이 알게 된 한 사람에 대해 호감 어린 듯 눈길과 미소를 보내던 그녀의 모습이 지금도 선하다.

그 뒤로도 나는 가끔 정임과 교내에서 마주칠 때마다 단편적이나마 서로의 생각을 나누며 나름의 친목을 가꾸어 왔다. 가벼운 인사를 하고 내려가려는데…

『좀 얘기하지요.』

그녀가 불러 세웠다.

정임은 오늘따라 검은 정장 투피스에 흰색 블라우스를 받쳐 입은 端雅함으로 있었다. 초여름의 풍요한 햇빛아래 갸름한 안면이 환히 빛나는 중의 表情은 선명히 시야에 들어왔다.

그러나 내가 정임에게서 받는 느낌은 어디까지나 어깨 위에서 만이었다. 그녀의 인상을 대하는 것이 내 마음에 적잖이 상쾌함을 주는 것은 사실이다. 하지만 그럴 때에도 내 심장의 박동 수는 조금의 변화도 없이 정상을 유지하고 있었다.

정임이든 아니든 간에 여학생이 얘기하자는 것이 문제될 일은 아니지만 일단 의외였다. 그녀가 새삼스레 나와 무슨 할 얘기가 있을 것이라고 이렇게 단 둘이 만났을 때 얘기하자는 걸까.

나는 정임과 함께 계단 중턱의 벤치에 앉았다. 많은 학생들이 앉아있는 우리의 앞을 저마다의 용무 때문에 바삐 오가고 있었다. 이렇게 세련된 차림의 여학생과 벤치에 나란히 앉아 팔목을 무릎에 걸치고 마주보며 사뭇 진지하게 이야기를 나누는 장면이 친구에게 혹은 그저 좀 안면이 있는 다른 누구에게라도 눈에 띈다면 나로서는 과히 기분 나쁜 일이 아니다.

『요즘 성에 대한 부담이 내게 닥쳐와 마음이 흔들려요.』

평소에 그녀와 대화할 때에 주로 하던 낱말이 아니다. 이제까지 대체로 학교 주변애기나 시국애기를 하지 않았던가.

『무슨 말인데?』

나는 처음에는 알아듣지 못했다. 말을 할 때 일일이 「性」이라고 명시할 수는 없을 것이니.

『영근이 말예요.』

『그런데…』

『친구로서는 좋은데.』

『…』

『남자로서 그 애를 생각하면 싫어져요.』

이어서 그녀에게서 나오는 애기도 나는 처음에는 무슨 소린가 했다. 그러나 이내 그 말뜻이 무엇인지는 알 수 있었다. 야릇한 긴장감이 내게 일어났다.

그러나 만사를 올바르게 긍정적으로 유도해 주어야 한다는 마음으로, 나는 곧 그녀에게 그것은 대수롭지 않은 일이다고 말해 주었다.

『그야 처음 동급생으로 만나 사귀는 사이다 보니까 한꺼번에 훗날의 모든 것을 다 생각해 보기는 힘들겠지.』

『사람들은 내가 어려서 그렇게 생각한다고 그러는데 그것만이 이유인 것 같지는 않아요.』

정임은 계속 진지했다. 내게 이렇게 마음의 갈등까지 털어놓는다는 사실은 적잖이 고맙기도 하고 또 약간의 의무감까지도 느끼게 했다.

『글쎄 어쨌든 현재는 친구로서 편한 사이로 지내는 것에 만족하는데 너무 훗날의 일을 생각하니까 그러겠지. 다음에 한번 부담 없이 얘기해 보자.』

나는 곧 강의 시간이 있어서 그녀와 헤어졌다.

그날 저녁 정임과 영근을 식당에서 보았다. 그네들의 급우들도 함께 있었다. 나는 그들과 자리를 같이했다.

약간의 잡담이 끝나고 일동은 도서관으로 올라가려고 일어섰다. 이 때 정임은 영근에게 말했다.

『나 이 형하고 좀 얘기하다 올라갈께.』

『그래 좀 얘기하다 금방 와.』

영근을 비롯한 정임의 남자 급우들이 모두 갔다. 정임과 나는 둘이 남아 저녁 날 캠퍼스의 한적한 벤치에서 대화를 나누었다. 오늘 낮에 하다 못한 얘기를 하자는 데에 의견의 일치를 보았다.

『정임의 그런 생각은 아마도 우리가 자랄 때의 교육이 너무 성에 대한 가치부여를 안 했기 때문일 거야. 우리 시대의 교육은 생명창조의 신성한 행위를 너무 저급한 것으로만 여기게 만들었지. 우리가 고등학교 때 배운 알퐁스도데의 「별」에서도 몸을 전혀 대지 않는 것이 순결한 사랑이라고만 생각하기 쉽게 되어 있지 않아?』

『어머, 맞아요. 형. 그런 거 같아요.』

정임은 내가 하는 얘기의 거의 전부 고개를 끄덕이고 맞장구를 쳐주었다. 내 말이 사리에 맞아 동조해 주는 것이라기보다는 아무 방해도 받지 않는 서로의 대화기회를 마냥 즐거워하는 것 같았다.
모처럼의 기회를 맞아 나도 안에 있는 많은 얘깃거리를 그녀에게 나오는 대로 풀었다. 대화 그 자체만으로도 여성과의 행복을 충분히 느끼고 만족하던 시절… 훗날 스스로 다시 생각해도 더없이 순결했던 시절이었다.
『형과 나는 비슷한 게 많은 것 같아. 추구하는 바가.』
『정임이가 추구하는 바가 뭔데?』
『난 훗날 영향력 있는 자리에 오르고 싶어요. 권력이 있는 자리에 있고 싶고. 그렇다고 해서 흔히들 생각하는 것 같은 그런 욕심이 아니라.』
『자기의 뜻을 펼칠 영향력을 키우고 싶다는 것이겠지.』
날이 어두워지면서 하나 둘 주위의 가로등이 켜졌다. 바람도 어느 덧 서늘해졌다. 우리 둘은 모처럼 맞이한 자기들끼리의 대화에 시간가는 줄을 몰랐다.
『인제 올라갈 때가 되지 않았을까. 영근이가 기다리고 있지 않을까.』
『그래요. 그런데 오늘은 더 공부하거나 할 마음이 안 나네요. 가서 얘기하고 그냥 가려는데 형은 어떠세요?』
『나도 오늘은 오래 있지 않으려고 그래.』
『그럼 우리 올라가서 정리하고 도서관 문 앞에서 만나서 같이 가죠.』
『그래 그러자.』

나도 오늘 그녀와 함께 하교하는 기회를 갖게 된 것이 기뻤다. 나는 가방을 챙겨 다시 나왔다. 정임은 조금 먼저 나와서 기다리고 있었다.

그녀와 같이 어둑해진 캠퍼스의 길을 걸었다.

그런데, 같은 사람들끼리의 대화라도 그 분위기에 따라 그 내용이 달라질 수밖에 없는 것인가 보다. 주위는 아직 방금 전과 같은 초저녁이지만, 서서 걸어가는 지금은 앉아서 대화할 때와는 전혀 다른 말이 나오고 있었다. 차분하고 긴 내용은 나오지 않았고 짤막짤막 단편적인 얘기만이 내게로부터 나왔다. 내 언변이 꼭 짧은 얘기라 해서 효력을 내지 못하는 것은 아닌데 지금 이 여자 앞에서는 그런 말이 잘 나오지를 않는 것이다. 그냥 단순한 문답 밖에는……

훗날 내가 맞선에서 다시금 빈번히 겪을 일이기도 했지만 애인 관계가 아닌 남녀의 동행은 語塞하다. 자연스레 손이라도 잡는다면 훨씬 자연스러울 텐데… 마주앉았을 때는 몰랐지만 별다른 몸짓 없이 그저 나란히 걸어가기는 당사자에게나 남 보기에나 부자연스럽기 그지없다.

함께 교문을 나오며 일단 정임이 사는 하숙집 부근까지 한 정거장을 동행하고 버스를 타기로 했다.

그런데 오늘 정임을 만나면서 생각나는 것이 있었다. 바로 어젯밤의 꿈이었던 것이다.

꿈은 긴 내용은 없었다. 배경은 어슴푸레 어둠이 깔리고 주위 한적한 길에는 허옇고 낮은 건물 같은 것들이 있었다. 거기서 나는 정임과 함께 둘이는 어느 정도 함께 걷다 한 자리에 선 것 같았다.

그러다 어느 순간 나는 정임을 껴안았다. 그녀도 얼른 내 품안에 끼어들었었다. 그리고는 나하고 그녀가 거의 동시에 말하면서 낮은 하늘에 울려 퍼지는 소리가 있었다.

「우리가 서로 이렇게 좋아하면서 왜 말을 못해야 하냔 말야.」

나는 마음속으로 이 얘기를 그녀에게 할까 말까 망설이고 있었다. 그러는 중에도 둘 사이는 그저 단편적인 말들만 오가면서 걸음이 계속 옮겨지고 있었다. 우리 둘이 가는 길은 아직 택지개발이 안 된 좁은 길로서 주위에는 낮은 비닐하우스만이 있고 사방은 툭 트여 있었다.

이 때 나는 이곳이 꿈에서 본 그 곳과 같음을 깨달았다. 꿈에 본 주변의 낮은 건물인 듯한 것들은 바로 이들 허연 비닐하우스들이었던 것이 아닌가. 이런 생각을 가지면서도 나는 미처 말로 털어놓지는 못했다.

결국 그녀와 갈라서 가야 할 곳에까지 이르렀다. 나는 아무래도 꿈에 그녀를 보았다는 말을 해야겠다 싶었다.

「꿈에 정임이를 만났어.」

나의 말에 정임은 놀라는 눈치였다.

「그럼 뭘 했나요? 얘기하고 있었나요?」

그녀로서는 자기를 꿈에 보았다는 것이 상당히 큰 의미로 받아들여 질 手

있었다. 더군다나 꿈에 무엇을 했느냐가 궁금하지 않을 수 없을 것이다.
나는 엉겁결에 대답했다.
『아니… 그냥.』
결국 더 이상의 말은 나오지 못했다. 내가 더 말을 못하니, 아마 정임은 꿈속에서 어떤 형이하학적인 무엇이 있었기에 그랬을 거라고 생각했을 것이다.

나는 그대로 그녀와 갈림길을 돌아서고 말았다.
그날의 일은 이렇듯 별다른 계기를 만들지 못하고 넘어갔다. 그렇다고 해서 정임의 생각으로 인해 내게 깊고 애틋한 회한이 젖어드는 것은 아니었다. 나는 그런대로 담담하게 그날을 넘어갔고 그 다음날 그리고 그 다음날 여전히 정임을 만나고 또 서로 편하게 대화하며 지냈다.
여름방학은 나에게는 학교를 쉬는 시간이 아니었다. 나는 학교에 적을 두고 있을 때에는 학생이 아니면 할 수 없는 일에 시간을 투자해야한다는 생각에 따라 빠짐없이 학교에 나왔다. 그러고는 例의 그 절정에 오른 폭넓은 교우관계를 뜨거운 태양아래 즐겼다.
정임과 영근도 학교에 나왔다.
『우리 수영장 같이 가요.』
나하고 마주친 정임과 영근이 말했다.
『자기네들끼리 오붓하게 갈 것이지 왜 그러지.』
나는 생각했지만 그네들의 권유는 순수했다. 나도 따라 저기 뒷산 높은 곳의 수영장으로 올라갔다. 그러나 나는 수영을 할 줄 모르기에 그냥 몇 번 들어갔다 나오고는 서있기만 했다.

정임은 수영을 꽤 잘 하는 것 같았다. 한 오미터 이상 떨어진 거리에서 영근을 향해 헤엄쳐 가서 서로 손을 잡는 것이 보였다. 하지만 그녀의 손을 잡는 영근이 내겐 그렇게 부럽게 느껴지지 않았다. 내게는 아직도 여자의 손을 잡는 것이란 매우 먼 거리의 행위로 인식되어 그에 대한 아쉬움도 그다지 느끼지 않았다.

아무튼 마지막 여름방학은 나의 학교생활 중 가장 재미있었던 기간이었던 것 같았다.

여름이 지나고 캠퍼스는 가을 학기가 되었다. 나는 생각했다.

『남은 한 학기를 어떻게 보낼까. 입학 후 四년 동안 사물의 이치를 깨닫는 사고력은 정말 내가 생각해도 크게 발전했다. 그러나 가끔가다 그것을 표현할 언어능력은 입학 후 보다 늘지 않았다는 것이 느껴진다.』

나는 한번 문학강의를 듣고 싶어졌다. 한국현대시인에 관한 강좌를 마지막 학기에 신청했다.

첫 날 웅성거리는 강의실에서 들리는 한 목소리가 있었다.

『너희들 내년에는 뭣 하려고 이걸 듣니.』

三학년 강의인 이것을 들으려고 二학년 후배들이 많은 것을 보고 한 三학년 여학생이 하는 말이었다.

『내년에는 휴학하죠 뭘.』

한 二학년 학생은 웃으면서 말했다.

차분한 낮은 음조의 목소리가 내게 와 닿았다. 그녀를 주목하자 곧 그 목소리와 같이 온화한 첫 인상에 나는 사로잡히고 말았다. 남들이 말로만 하던 첫눈에 반한다는 것이 바로 이런 것임을 알았다.

이제야 그 참 의미를 체험하는 것이었다.

사람은 성장기를 통해 자신의 마음속에 나름대로의 이성(異性)의 모습을 만들어나간다. 그리하여 그의 성장과 함께 그의 이상(理想)의 이성도 성장하여 나아간다. 그가 비로소 이성을 받아들일 만치 자신의 모습을 갖추어 성장했을 때에, 그가 만난 현실의 어떤 이성의 모습이 그의 공상의 이성의 모습과 합치하였을 때, 그 상대방의 인상(印象)은 처음 그대로 끌어들여져 그의 마음속 빈자리를 메우려 하는 것이다.

엄밀히 말하면 내게서 있어 소설에 나오는 것과 같은 사랑을 겪지 않았던 것은 아니었다.

나는 일학년 때 교양과목을 공부할 때 외국어 교재에서 한 여자를 마음속에 짝사랑하는 이의 마음을 그린 이야기를 접한 적이 있었다.

주인공은 새 교각 건설의 공을 선전하려는 당국에 의해 고용되어 하루하루 다리를 건너는 사람들의 수효를 세어 報告하는 일을 맡는다. 그는 종일토록 다리 입구 초소에 앉아 당국의 지시대로 오가는 모든 사람의 수효를 센다.

그러나 무미건조하고 따분하기만 할 그의 일과에도 작지 않은 낙이 있었다. 그는 매일 두 번 어김없이 다리를 오가는 한 소녀를 기다리는 것이다. 그녀가 나타나면 그의 가슴은 울렁거리고 심장은 고동은 빨라진다. 그녀가 다리를 건너는 동안 그러한 상태가 계속된다. 그녀가 다리를 건너 사라질 때까지 그의 숫자 헤아리기 작업은 중단된다. 그리하여 그녀는 그가 헤아린 다리건너는 사람들의 수에서 제외된다. 그녀만은 당국의 선전목적에 이용되는 이 숫자에 포함하고 싶지 않은 것이다.

이 글을 배울 즈음에 나는 바로 이 이야기의 느낌을 겪는 일이 있었다. 모임을 통해 알게 된 친구 鎭永을 만날 때마다 나는 가슴이 철렁 하고 울렁거리며 긴장했다. 그리고는 서클모임에도 순전히 그와 만나기 위한 목적으로 나갔으며 모임에 그가 없으면 맥이 빠져 의미를 갖지 못했다. 그리고 특별한 용건이 없이도 자주 그와 만나고 싶어 했다. 진영도 애초에 나에게 호감을 가지고 서로 가까워졌었다. 그러나 내가 친구 이상의 자신에게 요구하는 것을 알고는 어색하고 불편해졌다.

『넌 내게 친구 이상의 것을 요구하는 것 같다.』

그의 말이었다.

나는 이 갈등을 당시에 나와 가까웠던 모임의 선배에게 상의한 바 있었다.

『인간관계를 여자관계로 생각하지 말라.』는 선배의 말이었다.

자신의 바램대로 되어가지 않는 것에 마음의 불안정이 컸다. 그렇다고 진영이 내 바램대로 다 해준다는 것을 기대할 수 없음은 나도 판단할 수 있었다. 해답은 없다. 나는 동성애자도 아니다. 단지 나의 나이에 맞는 정서생활을 같이 형성할 대상이 필요한데 그 대상을 찾지 못하는 데서 생긴 일이라고 볼 수 있다. 그 대상이 꼭 이성이어야 한다는 것에 나는 자연스레 동의가 되지 않았다. 하지만 한 친구를 만났을 때 느끼는 자신의 상태가 소설에서의 사랑느낌의 표현과 얄밉게도 똑같은 것을 발견했을 땐 무척 당혹하고 걱정스러웠다. 이것은 내 스스로의 노력으로 극복할 수 있을 것으로 보이지 않았다.

이런 갈등을 겪던 내게는, 말로만 듣던 사랑의 감정을 여자에게서 처음 느끼게 된 것에 對한 감동은 컸다.

이윽고 들어온 교수는 강좌신청명단을 훑어보고는 말했다.

『이건 전공학술 분야인데 왜 이리 잡다한 학과들이 많아? 문학은 교양하고는 다른 것이단 말야.』

그러고는 출석을 부르다가 다른 비전공 출신 학생 하나에게 물었다.

『자네는 무엇하러 이 강의를 듣지?』

『시인이 되고 싶어서요.』

좌중은 웃음이 터졌다. 나도 「이렇게 쉽게 생각할 것은 아닐 것인데」 하고 생각했다.

부르는 출석이름을 통해 내가 사랑을 느낀 여자의 이름은 英姬라는 것을 알게 되었다.

수업의 진행방식은 내가 예상하던 바와는 전혀 달랐다. 교수가 체계적 지식을 강의하며 가르치는 것이 아니고 그냥 근대 한국의 각 시인들 중 관심

239 사랑의 정체

있는 이를 자기가 골라 그에 대해 조사하고 발표하라는 것이었다.

나는 김소월에 관한 조사를 지원했다. 김소월 하면 근대한국의 대표적 시인이니 그에 대해 조사하겠다는 사람이 좀 많았을 것 같았다. 그런데 나 말고는 나서는 학생이 없었다. 이것은 의외로 느껴졌다. 이 시대의 학생들에게는 일견 나약해 보이는 그가 매력이 없었던 것인가. 적어도 약간의 민족주의 운동가적 면모는 보이는 시인이 더 매력이 있었을 것 같았다. 그녀 영희는 만해 한용운을 조사하겠다고 했다. 사실 적어도 그와 같은 시인이 이 시절의 학생들에게 매력을 줄 것 같았다.

그날로부터 나는 영희라는 여학생을 만나는 데에 의미를 두고 강의를 계속 착실히 수강했다.

어느 날 시간을 마치고 오는 길에 정임과 영근을 식당에서 만났다. 가을을 맞이한 주변의 분위기에 걸맞게 대화가 진행되었다. 요즘의 안부를 묻는 정임의 질문에 나는 약간 수줍은 듯이 조심스레 말했다.

『나는 지금 사-랑-을 하고 있는데······』

『형, 정말이예요? 그게 누군데요.』

『강의를 듣다가 보게 된 여학생이야. 정말 말로만 듣던 첫눈에 반한다는 게 무언지 지금 알게 되었어.』

이때 영근이 일어났다.

『나 잠깐 저기 갔다 올께.』

영근은 지나가는 딴 친구와 잠시 이야기하러 자리를 비웠다.
정임은 계속 나에게 궁금하다는 듯이 물었다.
『형, 그거 첫사랑이에요? 이전에는 그런 느낌을 적은 없었어요?』
나는 조금 머뭇거렸다. 이에 대한 나의 대답이 일반 상식의 관점으로서는 다소 예외적일 數가 있기 때문이었다.
『좀 다른데… 이런 얘기를 해도 될까?』
『하세요. 뭘요.』
『이전에 남자에게서 그런 느낌을 가진 적은 있었어. 그러나 여자에게서는 그런 느낌을 받은 적이 이번이 처음이었어.』
정임은 조심스레 말하는 나의 고백을 듣고 잠깐 진지해졌다. 나로부터 그녀에게 이런, 조금은 깊은 마음의 고백은 처음이기 때문이었다.
그러나 그녀는 곧 말을 이었다.
『그러면 한 번 만나자고 해야죠. 용기를 갖고 해 보세요.』
『아냐. 난 그냥 이대로도 좋은데.』
영근이 돌아왔다. 정임은 계속 말했다.
『그러면 형은 짝사랑의 고통을 어떻게 견디려고 해요?』
『짝사랑은 많은 마음속에 지니고 있으면 참으로 아름다운 것이지. 우리가 이제껏 들은 많은 이야기들 중에도 사랑하는 사람에 대한 마음을 깊이 숨긴 채 고통을 삭이는 주인공의 이야기가 아름답게 묘사된 것을 많이 볼 수 있지 않아? 나는 바로 그 이야기의 주인공이 되어서 그런 비련의 소설속으로 스스로 젖어들어가 감상하는 입장이 되는 거야. 하지만 짝사랑이 겉으로 드러나면 그것은 오히려 자신의 이기적인 욕심을 남의 의사를 무시하고 추구하는 것이 되니 두렵지 않을 수가 있겠어?』

정임은 마음속에 무언가 느끼는 듯 잠시 말이 없었다. 그녀는 영근과 가까워지기 이전에 다른 어느 급우로부터 자신의 의사와는 관계없이 구애를 오래도록 받은 적이 있었다. 이러한 경험이 있는 정임에게 있어서 나의 말은 적잖이 공감을 준 듯 했다.

그녀는 영근을 보고 나지막이 계속 얘기하는 것이었다.
『아름다워 보여.』
『사랑하는 사람은 아름다워.』
『아름다운 이야기만 하잖아.』

그 뒤로 나는 계속 혼자 간직한 사랑의 마음을 영희를 향해 가지는 것만으로 의미를 두고 지내려 했다.
그러나 결국 그녀는 수업시간 때마다 자기를 주시하는 나를 모를 수 없었다. 그녀도 나를 의식하고 있음을 알고는 나는 몇 번 영희에게 만남을 청하려고도 했었다. 그러나 그것은 높은 담장 위의 것이었다.
수업에서의 교대로 하는 발표에 내가 맡은 차례가 왔다. 그날 영희는 수업에 나오지 않았다. 나는 소월에 對한 자료조사를 발표하고서 나름대로 그 분석결과를 얘기했다.

『소월의 시에 나오는 님은 사랑의 대상으로서의 님이라 하기에는 너무 추상적입니다. 아마도 조국이나 어떤 절대자일 것입니다. 소월은 아직 이성(異性)에의 눈을 뜨기 전에 결혼하였기 때문에 여자와의 설레이는 사랑을 가질 기회는 없었다고 봅니다.』

『그런 유치한 해석이 어디있나!』

담당교수는 성을 냈다.

『제가 보기엔 소월의 님은 아무래도 특정한 사람인 것 같지는 않습니다.』

나는 말했다. 담당교수는 더 길게 문제삼지는 않았다.

영희를 알게 된 이후로 정임에게서 느끼는 마음과 영희에게서 느끼는 마음의 차이점을 확연히 느낄 수 있었다.

나는 정임과의 관계를 생각해 보았다. 영희를 알고 나서는 정임에 대한 나의 느낌은 진정한 사랑이 아니라고 여겨졌다.

정임은 자주 가까이 지내다 보니까 친숙해졌고 그러니까 여느 친구와 다를 바 없이 안 만나면 보고 싶고 만나면 얘기하고 싶은 것이다. 그녀는 여자이니 사회적인 관습에 따라 육체적 욕구도 해결하면서 평생 가까이 할 방법이 있다. 그리하여 性과 무관하게 여느 친구에게서도 가질 數 있는 우정이라는 것과, 마음의 교류와 관계없이 여느 여자에게서도 가질 數 있는 성욕이라는 것이 서로 더해졌던 것은 아닌가. 먼저는 그것을 몰랐었지만 이제 영희를 보아 첫눈에 그녀에게서 사랑을 느낀 뒤에 알았다. 「사랑이라는 것은 다른 여타의 요소로부터 말미암지 않고 그 자체 그대로 인간의 의도와는 무관하게 생겨나는 그 무엇이 아닐까.」

캠퍼스에는 이제 내가 겪을 마지막 겨울이 다가왔다. 졸업이 가까워지면서 나는 당장의 진로가 시급한 상황이었다.

어느 때 이후로 나는 한 번 영희를 만나 마음을 고백할 노력을 더 이상 하지 않게 되었다. 사실상 그녀에로의 사랑을 포기한 것이나 다름없었다.

「나는 그 여자를 매우 필요로 한다. 하지만 그 여자는 나를 별로 신경 쓰지 않는다. 나는 그녀를 매우 원하지만 그녀는 나를 별로 원하지 않는다. 나는 그런데 매일같이 그녀를 생각하며 살고 있다. 내가 앞으로 이 사회에서 사는 삶의 형태는 어떠할 것인가. 나를 필요로 하는 사람들을 위해 살 것인가 아니면 내가 필요로 하는 사람들을 위해 살 것인가.」

나는 앞으로 「나를 필요로 하는 사람들을 위해」 사는 마음가짐의 첫 실천으로서 그녀를 포기할 것을 결심했다.

훗날 돌이켜 보았을 때 이때의 생각은、남녀관계를 사회계약관계와 혼동하는、너무도 고지식하고 도식적인 생각이었음을 깨닫고 한탄하기도 했지만、동시에 그 만큼 그 시절 너무나도 순수했던 마음에 대하여 다시 되짚어 음미해 볼 근거이기도 했다.

二년후 직장인이 된 나는 어느 날 시내에서 우연히 만난 직장동료 여자와 그 여자의 동행인 여자와 함께 다방에서 자리를 마주하고 있었다. 그네들은 주로 나의 이야기를 듣기만 했지 서로 이야기를 깊이 나누는 상대는 아니었다.

『옛적에 연금술이라는 것을 사람들이 연구하던 때가 있었지요. 귀중한 금을 다른 물질을 서로 섞어서 만들 수는 없을까 하고 말입니다. 그러나 금을 다른 것을 섞어서 만들 수는 없었어요. 왜냐하면 금은 그 이상 다른 것으로 분해될 수 없고 다른 것으로부터 만들어지지 않는 그 자체로의 물질 즉 원소(元素)이기 때문이었지요.

사랑도 역시 그 자체가 하나의 원소로서 다른 여타 감정으로부터 합성해 낼 수 있는 것이 아니었어요. 우정(友情)과 성욕(性慾)을 섞어 사랑을 만들려고 하는 것은 은과 구리를 섞어 금을 만들려는 것처럼 어리석은 일이었지요.』

그 금이란 원소는 무엇일까. 가장 귀중한 것일까 아니면 가장 원초적인 말초본능에 불과한 것일까. 아직 해답을 찾지는 못했다.

(1995年)

왜 작은 일에만 분개하는가

『왜 출근을 안 하냐. 회사에 무슨 일이 났냐.』
『아녜요, 별일 없어요.』

景洙의 표정만으로도 어머니는 벌써 그의 신변에 무슨 변화가 있음을 아는 눈치였다. 그러나 어머니에게 직장 문제에 관해 얘기 한들 무슨 소용이 있나. 오히려 짜증만 더할 뿐이었다. 젊은 아내가 있다면 이럴 때 미리부터 회사에서 있었던 일을 설명하고 상의하여 차분한 대응을 했을 수도 있겠지만 현대의 다양하고 전문화된 산업사회에서 노인의 연륜에 의한 지혜는 거의 무용지물이다. 물론 참고 오래 있으라는 원론적인 충고는 얻을 수 있지만 회사의 갈등구조를 설명해 가며 상의할 수는 없는 것이었다.

엊그제 경수는 상사와 동료들 사이의 온갖 시달림을 견디지 못하고 결국 사표를 내고 말았다. 이번의 직장은 비록 친척 아저씨들 앞에서 당당하게 말할 만큼 유명한 대기업은 아니었지만 견실한 중견기업으로서 그 전에 근무했던 대기업보다도 근무환경이 좋았고 간부사원인 그에 對한 대우도 월등했다. 대기업을 다닐 동안에는 직속 상사에게 잘 보이지 못했던 탓에 번번이 그 흔한 해외출장 하나도 가보지 못했지만 이 회사에서는 모처럼의 외국구경도 시켜 주기도 했고 아무튼 비록 처세술이 조금 못하더라도 중소기업으로서는 구하기 어려운 명문대학출신 인재를 대접함이 그리 섭섭하지 않았다.

그러나 이 정도 대우면 열심히 봉사해 줄만 하다는 마음가짐으로 그만큼 회사에 열성을 바쳐 일하려는 그에게 왜 이리 불필요한 간섭과 시비는 끊이지 않는지… 걸핏하면 업무와 직접 관계도 없는 인간관계에서의 사소한 면을 붙들고 꼬투리를 잡는 상사와 동료들의 시비를 견디다 못해 결국 손을 들고 만 것이었다.

최근에는 무슨 충성심 시험을 하려는 것인지 새로 바뀐 상사는 그에게 통 일을 안주고 놀게 만들면서 가끔씩 앞으로의 회사의 방향에 관한 암시만을 주는 것이었다. 앞으로 저와 마음잡고 열심히 해 볼 마음을 가져보라고 회유하는 것도 같은데 그러면서도 당신은 이 회사에 안 맞으니 새로 길을 찾는 것이 좋겠다고 말한다. 앞으로는 정말 잘 하겠으니 제발 기회를 주십시오 하고는 앞으로 회사가 추진할 방침이 서 있다는 일을 떠맡겠다고 간청하면 현명한 것일까? 사실 책임 있는 직책을 맡으면서 그 정도의 적극성과 책임감 없이는 안 될 것인가. 앞으로는 그도 이해하는 바이었다. 그러나 막상 뚫고 가보려 하면 웬만큼의 의지로는 넘어가지 않는 것이었다. 완전히 무릎 꿇고 항복선언을 받으려는 것인가. 나는 당신 아니면 더 이상 생명을 부지하지 못하니 거두어주십시오 해야 되는 것인가. 분위기 파악에 들이는 정신력도 이제는 바닥이 났다.

경수는 하루빨리 새 직장을 구해야 한다. 사실 형편만 허락된다면 두어 달 쯤 쉬는 것도 괜찮을 것이다. 아는 사람이 혹 「요즘 뭘 하십니까?」 하고 묻는다면 「아, 요즘 몸이 좀 안 좋아서 집에서 쉬면서 사업구상 하고 있지요.」 하는 것도 가히 체면이 구겨지는 것이 아닙니다. 그런데 먹고살기 위하여 「자리 좀 알아봐 달라」 하는 것은 조금 친한 사이에서 반 농담으로 묻혀서나 말할 수 있는 것이지 아무한테나 그대로 말하기는 참으로 면구스러운 것이다. 처자식 먹여 살려야 하니까? 먼저도 처의 다른 면에서의 필요성에 대해 얘기했었지만 요즘 세상엔 처가 있다면 경제적인 면에서도 오히려 더 든든하고 좋다. 요즘 웬만한 여자 치고 푼돈 못 벌어오는 여자 없다. 남편이 잠시 실직하면 좋은 스페어타이어가 되어 주는 것이 요즘 여자들로선 거의 필수 아닌가.

경수도 진작 거두어 먹여 살릴 마누라를 얻으려면 얼마든지 얻을 數도 있었다. 그러나 그에게 필요한 것은 일단 유사시 받침이 되어줄 만한 든든한 마누라이다. 하지만 그런 유능한 마누라감은 노모와 어린 동생이 달려 있는 그에게 여간해서 올 리가 없다. 적어도 자신은 아무런 부담이 없는 가뿐한 홀몸이면서 아직 건강한 양친부모는 버젓이 있어야 할 것이다. 이전에 몇 번 중매를 받아보며 참으로 아연하게 느낀 것이 그것이었다. 마음에 흡족한 결혼상대자의 조건을 따지는 것은 여자로서의 당연한 권리로서 일일이 시비 건다면 한이 없겠지만 그래도 최소한의 일관성은 있어야 할 것이다. 만약 여자가 결혼할 때 시부모를 모시고 사는 것이 꼭 원하는 바라면 당연히 남자가 양친이 있어야 함이 조건이 될 것이다. 그러나 자기는 어려운 시부모 이 단란한 핵가족으로 살기를 원하면서 상대방의 부모는 생존해 있기를 조건으로 한다는 것에는 쓴웃음이 절로 나왔다.8)

여자가 그리 기회주의적으로 유리한 여건을 바란다면 그만큼 자신이 있기 때문이겠고 애초에 내 상대가 아니었다면 그만이다. 간혹 어쩔 수 없는 그의 조건을 켕기는 하지만 한두 가닥 여운을 남기며 오락가락 하는 여자를 과감히 돌진하여 함락시키는 재주 또한 그에게는 없다. 조건 따지지 않는 여자라면 정녕 못 구하기야 하겠냐마는 최소한의 자존심과 눈높이는 어찌할 수 없었다.

경수는 신문을 보았다. 하단 여기저기 크고 작은 구인광고는 많았다. 하지만 웬만한 회사 들어가 보았자 먼저의 회사보다 나을 것이 없을 것 같았다. 꽉 짜인 기존의 체제 안에 조금 틈새가 벌어졌다고 그 안을 비집고 들어가 본들 결국엔 생체 거부반응의 제물이 되고 말 것이었다. 기왕 새로 들어갈 바에야 어느 면에서든 먼젓번보다는 나은 면이 기대되는 곳엘 가야 겠다. 먼젓번과 같은 조직內문제의 소지가 애초부터 배제된 곳을 가고 싶은 것이다.

신문 한 쪽에는

『새로이 발돋움하는 회사입니다.』
『우리와 같이 밤새울 사람을 구합니다.』
『창조력 있는 고집쟁이를 원합니다.』

8) 이후의 작품 〈꽃잎처럼 떨어지다〉에서 여자가 남자부모의 생존양친을 원함은 남자의 신뢰성을 보증할 권위를 희망했기 때문이었음을 밝히는 장면이 삽입되었다.

249 왜 작은 일에만 분개하는가

하는 광고가 있었다.
바로 전의 회사는 물론 그 이전의 직장생활을 통틀어, "우리는 이제까지 이렇듯 고생하며 회사를 위해 일해 왔으니 당신은 그 은덕을 알아주어야 한다."며 소위 기득권을 주장하는 자들로부터 온갖 시달림을 생각하면 진저리가 났다. 그것은 그가 첫 직장을 다닌 지 삼년 되어서 회사 내의 어떤 여자와의 사이에 생겨난 문제 때문에 회사를 옮긴 뒤부터 어딜 가나 뒤따르던 것이었다. 이제는 회사가 아무리 작더라도, 그러한 자들이 없는, 내가 바로 창업공신이 될 회사를 갈 수는 없을까 생각했다.
이력서를 부치고 낮에 옛 학교 친구 등을 만나며 소일하던 그에게 며칠 지나 집에 전화가 왔다고 어머니가 일러주었다.
경수는 그 회사에 전화를 걸었다. 회사의 주소는 우연히도 예전에 그가 살던 동네와 가까웠다. 전화를 통해 자세히 들은 회사의 위치는, 당연히 거기 있으려니 했던 마포의 큰길가가 아니고 먼저 살던 지하 셋집에 가까운 쪽으로 퍽 들어간 곳이었다.
회사는 오층 붉은 벽돌 건물의 이층이었다. 맨 위층은 가정집이고 아래층들은 점포를 세주는 흔한 형태의 건물이었다.
경수는 회사 문을 들어섰다. 사무실의 첫 인상은 우선 갑갑한 느낌이 들었다. 먼저 회사의 깔끔하고 세련되게 정돈된 분위기에 비하면 차이가 컸다.
사장은 삼십대 초반인 경수에 비해 나이 차가 크게 나지는 않는 것 같았다. 사장은 대뜸 말했다.
『실망하셨죠? 회사가 너무 초라해서…』
『뭘요. 괜찮습니다.』
『대우를 어떻게 해 드릴까 고민도 많이 해보았습니다.』
하고 싶지만 어찌 생각하실지 모르겠습니다.』

경수는 사실 새로 시작하는 회사에서 기득권을 주장하는 자들에게 시달리지 않고 마음껏 능력을 발휘하며 일해보고 싶다는 사치스러운 선택적 희망보다는 어서 목전에 닥친 자신의 호구가 급했다. 이제까지 모아둔 돈이 없는 것은 말할 것도 없고 다달이 신용카드 현금서비스를 갚아 나가기에 급급했던 것이다. 그러니 기왕 바라던 여건도 갖추어져 있는 판에 조목조목 조건을 따지고 선택해 볼 여지도 없었었다.

『새로 시작하는 회사에서는 소신을 가지고 일하는 것은 이전부터 바라왔습니다. 그런데 작은 회사에서는 때때로 월급이…』

『그런 것은 전ㅡ혀 적정 마셉시오. 우리가 새로 내놓은 컴퓨터주변장치 제품은 성능의 우수성이 입증되어 날로 매출이 올라가고 있는 추세입니다. 벌써 우리 회사 온 식구들 당분간 먹고살기에는 충분할 정도이니 월급은 걱정 말고 회사를 건실하게 잘 키워 보는 것이 중요합니다.』

『예 일해 보도록 하겠습니다.』
『반갑습니다.』
이렇게 하여 경수는 신상품을 히트시켜 막 커나가는 회사의 임원을 맡게 되었다. 직책은 연구소장으로 했다.

우선 새로 조직을 구성해야 한다. 이제 막 체제를 갖추려는 회사를 위해서 경수는 부하직원들을 뽑아야 했다.

그러나 공개모집을 통해 지원서를 받은 이들은 모두 그가 책임 맡은 기술개발 업무수행을 위해서는 현저히 수준 미달이었다. 이에 따라 그는 먼저 직장에서의 부하 및 후배들을 불러 보기로 했다.

그는 전화를 걸었다.

『최대리 한번 부담 없이 와서 구경해. 이전에는 내가 실권을 갖지 못해서 자네를 제대로 도와주지 못했지만 이젠 내가 완전한 책임자이니 확실하게 뜻을 같이할 수가 있어.』

『예. 그러십니까 ? 참 잘 됐네요. 그럼 한 번 가 뵙기로 하지요. 백차장님.』

먼저의 회사에서 비록 바로 위의 상사와 동료들과의 관계는 실패했지만 그는 일단 자기의 관리권한 내에 들어온 부하에게는 자신의 조직에서의 안위를 돌보지 않고 신경을 써주곤 했었다. 그리고 일처리의 능력 면에서는 사장 등 최상부층에 상당히 인정받기도 했다. 때문에 아래 직원들 중에 진지하게 일을 배우려는 마음을 가진 이들은 그에게로부터 더욱 많은 것을 얻고자 그를 잘 따랐다. 반면에 일을 좀 적당하게 넘어가고 싶어하는 부류는 그의 융통성 없는 질책 때문에 그를 몹시 싫어하기도 했는데 그것은 그를 시기하는 동료간부의 험담의 구실이 되기도 했다.

최대리는 경수의 회사를 찾아와서 그를 만나고 사장과도 면담했다. 최대리가 가고 나서 경수는 전화로 그에게 입사 의사를 묻는 질문을 했다.

『좀. 생각해 보고요.』

그에게는 다시 연락은 오지 않았다.

다른 몇몇 먼젓번의 경수의 말을 듣고 기대감을 안고 왔다가, 사무실을 둘러보고 가 되었다는 경수의 부하와 후배 들도 마찬가지였다. 그들 모두는 책임자 나서는 다들 고개를 젓고 돌아갔다. 이 허름하고 초라한 회사에 어느 누구 하나 쉽게 동참해 주지는 않았다.

경수는 작년에 먼저 회사에서의 일이 생각났다. 아는 후배 하나가 결혼한 여자후배 하나의 취직을 문의했었다. 그런데 여자가 이십팔세가 되는데 이렇다 할 기술분야 경력은 없다는 것이었다. 지금 있는 직장은 남편과 같이 있으니 새로 전공을 살려 기술계통으로 일하고 싶다는 것이 그 여자의 희망이라 한다. 그 때 경수는 바로 윗사람들에게 이 얘기를 전해 주기는 했었다. 그러나 역시 단번에 안 된다는 말을 들었다. 그 나이에 경력하나 제대로 없는 여자를 새삼스레 키워 봐야 오래 쓰지도 못하고 아무런 소용이 없다는 것이다. 당연한 것이었다.

경수는 아쉬운 김에 그 여자를 얘기한 후배한테로 연락을 했다. 물론 그 여자는 아직 한 번도 본 적은 없었다.

『878-8987 周姬敬으로 연락해 보세요.』

경수는 그 번호로 다시 연락을 했다.

『이번에 새로 시작하는 회사인데 좀 변변치 못하지만 기본 생활을 보장해 줄 수는 있는 곳이에요. 오히려 자기의 하고자 하는 뜻을 자유로이 펼칠 수 있으니까 큰 회사보다 더욱 좋은 곳이 될지도 몰라요.』

『예. 가 뵙겠어요.』

여자는 곧 찾아온다고 했다.

약속한 시간이 되어 한 키 작고 가냘픈 여자가 삐걱거리는 경수의 회사 문을 열고 들어와 경수를 찾았다.

여자의 모습이 별로 매력적이지 않자 경수는 마음이 놓여졌다. 이미 결혼했다는 여자가 신경을 빼앗도록 매력적인 자태를 가지고 있다면, 그리고서 입사 후 매일 앞에서 아른거린다면 얼마나 속 터지는 일이 될까.

애초부터 그것은 기우였을 것이다. 결혼 여부와는 관계없이, 그렇게 남부럽지 않은 학벌을 가진 여자가 미모까지 겸비했다면 이 작은 회사와 인연을 맺으려는 지경까지 다다르지는 않았을 것이다.

『이번은 참 좋은 기회예요. 사실 여자에게 있어서 직장을 꼭 사생결단으로 다니라는 법은 없잖아요? 더군다나 남편도 있는 입장에서. 그러니까 비록 회사의 안정성은 못할지 몰라도 자기의 역량이 충분히 발휘될 이런 곳에서 한 번 중요한 역할을 맡아 보는 것이 어떻겠어요? 말하자면 자아실현의 장으로 이곳을 이용하면 되는 것이지요.』

그녀는 슬며시 웃으면서

『자아실현도 그렇겠지만 생계문제도 있지요.』 했다.

『어쨌든 우리 한 번 시작해 보지요.』
『그런데 제 능력이 될지… 자신이 없는 데요.』
『어차피 주희경씨는 저희 입장에서 보면 과분한 인재예요. 한 번 동의해 보세요.』
『예, 어떻게 잘 해나갈까 생각해보고 며칠 후에 다시 오지요.』

이 여자 희경은 조금 자신 없는 듯이 하면서도 일단 근무하겠다는 의향은 밝히고 갔다.

나중에 차차 알게 된 것이지만 희경의 본래 집안은 부유하였다고 한다. 대학 졸업 후 이렇다 할 진로 없이 二년을 놀다가 먼저의 회사에 취직했다. 집안 여건이 되어도 공부 그 자체를 깊이 하는 것은 체질적으로 맞지 않았던 지 그녀는 그 흔한 석박사 과정을 가지 않고 집에서 놀다가 이를난 큰 회사에 아닌지만 작은 회사도 아닌 교재전문출판사에 취직했다. 회사에서 했던 일은 상식적인 판단력을 바탕으로 하는 것이고 특별한 기술을 요하는 일은 아니었다. 거기서 희경은 지금의 남편을 만났다. 남편은 이전에 교사였는데 전교조 활동과 관련하여 해직된 바 있었다. 직장동료로 지내면서 가끔 업무외적 대화를 나누다가, 여성을 동등한 인격체로 대우하는 진보적이고 개방된 사고방식과, 이 사회의 여러 문제를 보는 확고한 주관을 충분한 사회역사적 소양을 바탕으로 들려주는 면모에 끌려 남편으로 받아들였다. 남녀평등의 민주적 사고와 개혁적 사상을 가진 전형적인 진보성향 학생출신이었다.

남편은 집안은 말 그대로 프롤레타리아 집안이었다. 집안이 본가와 비교할 수 없이 가난한 것은 희경에게는 何等 개의할 일이 아니었다. 물론 결혼할 무렵 희경의 집안에서는 반대를 하였지만 그녀는 남자의 집안 형편이 대수냐고 하며 듣지 않고 결혼을 고집하였던 것이다. 자라면서 부족할 것 없는 환경에서 순탄하기만 한 생활을 보낸 희경은 남편의 출신가정의 빈한함과 그에 따른 남편의 살아온 인생의 곡절이 오히려 청량한 자극으로 와 닿았다. 남편과 같은 계층 사람들의 살아온 내력에 호기심이 동하여 더욱 그와 그의 주변의 모든 것에 가까워지고 싶은 마음이 생길 뿐이었다.

근무를 개시하기로 한 날이 오기 전 그녀는 경수에게 다시 한 번 찾아왔다. 전화로는 말하기가 곤란해서 직접 와서 상담하겠다고 했다.

『아무래도 자신이 없는데요. 제 남편은 용기를 내서 일해보라고 하는데요.』

『이미 오기로 돼있는 거나 마찬가지인데 뭘요. 중요한 일의 해결은 내가 책임질 거니까 걱정할 건 없어요.』

『제 남편에게도 이런 얘길 했어요. 그랬더니 정 힘들겠다면 자기가 대신 오겠다고 얘기하더라고요.』

『자꾸 그러지 말고 어서 일 시작할 궁리나 해요. 회사 일은 미팅 같은 게 아니란 건 잘 알지 않아요?』

희경은 마지 못하는 듯 수긍하고는 마음을 풀고 경수와 다시 얼마간의 환담을 더하고 갔다. 남편이 대신 오겠다는 얘기에 경수는 농담한 것이겠지 생각했다. 사실 남편이 온다면 장기적으로는 회사에 큰 힘이 되겠지만 당장에 필요한 인력은 기술인력인데 인문 전공의 그를 데려와서 무엇 한단 말인가. 그러나 이 때 희경은 남편이 차라리 정보기술 분야에 진출하여 일할 기회를 갖게 할까 하고 있었다.

경수가 계속, 자신감을 갖고 자기의 전문분야를 가지도록 애쓰는 것이 좋지 않느냐고 설득하자 희경은 그냥 받아들였다. 쉽게 설득 당할 바에 왜 찾아와서 그런 이야기를 할까? 자기의 불안한 마음을 위안 받자는 것일까? 벌써부터 그녀와의 사이는 완전 사무적인 관계와는 조금 다른 것이 아닌가 경수는 느껴졌다. 남편을 대신 보내겠다는 그녀의 생각을 경수가 전혀 읽지 못한 것도 이미 그녀를 업무기능적 역할로 보지 않고 확정된 인연 그자체로 보았기 때문일 것이다.

이렇게 해서 29세의 기혼녀 희경은 경수의 회사에 중간관리자로 채용되었다. 사장도 경수에게 인사문제를 거의 일임하였으므로 경수는 그녀를 채용하는데 어려움이 없었다. 사람귀한 회사에 그녀는 가뭄에 비처럼 그렇게 반가울 수가 없었다. 단 그녀의 사정을 감안하여 오후 여섯시까지의 근무를 조건으로 했다.

희경은 자리는 경수의 바로 앞에 위치하였다. 그녀는 비록 결혼한 여자라는 불편함이 있었지만 아쉬운 대로 자기의 역할을 해주었다. 그녀의 채용이후로도 경수는 인원확충을 위한 노력을 계속했다. 이후 차츰차츰 직원은 늘어 몇 명의 남자직원들이 더 모집되었다. 그들은 연륜과 자격조건의 차이에 따라 모두 희경보다는 아래 급의 직원이 되었다. 직원들이 확충되면서 회사는 구색을 맞춰나갔다. 그들은 모두 벽을 보고 자리를 앉혔다. 그러나 희경만은 명색이 중간관리자라고 해서 경수의 앞자리에서 모든 직원들을 볼 수 있는 위치에서 일하게 했다.

희경은 더욱 업무에도 익숙해지고 경수와도 친숙해졌다. 그녀의 남편은 처음 회식 때도 찾아오고 가끔 사무실에 오기도 했다. 그러나 계속 오래 지내가면서 경수는 그녀가 남편과는 그렇게 원만한 생활을 하는 것 같지 않음을 느꼈다. 남편은 희경의 부모 집에서 그녀와 함께 살고 있었다.

희경과 근무하면서 경수는 처음에는 의식을 못했지만 나중에 깨닫게 되는 것이 있었다. 좁은 사무실에서 희경의 책상과 그의 책상은 매우 가깝다. 만약에 어느 남자가 앞자리에 이토록 가까이 있었다면 불편함을 느꼈을 것이고 애초에 그렇게 자리배치를 하지도 않았을 것이다. 간혹 점심때나 퇴근시간 이후에 직원들이 그의 자리 앞쪽에 모여 있다가 어쩌다 누가 책상 위에 기대앉기라도 하면 경수는 자기가 자리를 떠나든가 비키라고 했다. 그러나 희경이 자기의 책상에 걸터앉는 것에는 전혀 개의치 않음이었다. 그렇다고 희경의 엉덩이가 앞에 가까이 보인다든가 해서 무슨 성적 감흥을 느끼는 것은 아니었다. 단지 그다지 싫지 않은 것일 뿐이었다. 그녀가 여자이기에 근접이 용납된다는 야릇함이었다.

회사는 계속 신장하여 외부로부터의 인정도 받았다. 제법 자격을 갖춘 남자직원들도 하나 둘 입사하며 회사는 꽤 자라났다. 그들 모두 열심히 일하고 야근을 常時로 했다. 새로 커 나가는 중소기업이니만큼 잔업은 기본이고 심야 근무가 다반사였다.

희경은 점차 이러한 분위기에 물 위의 기름처럼 어울리지 되었다. 모두들 한창 일에 열중하는 시각인 저녁 여섯시에 꼭꼭 퇴근하는 것이 전체의 분위기에 어울리지 않았다. 특히 다른 여사무원들의 불만은 많았다. 회사는 평일 날 퇴근시간을 저녁 일곱 시로 하고 토요일마저도 그렇게 했던 것이다.

『특별야근수당을 더 주어야겠는데 한 번 상의 해 보자고.』

사장은 경수의 자리로 와서는 그에게 말했다.

『음. 일반 연구원은 3만원, 주임연구원은 4만원 정도로 하려는데…』

『예 그 정도가 좋은 것 같군요.』

『그런데 여기 이 사람은 빼고.』 다른 사람들은 모두 야근하는데 혼자 매일같이 나가잖아? 문제 있어.』

『다른 사람 다 주면서 빼면 좀 문제가 있을 것 같은데요. 그래도 이 사람이 하는 역할이 있는데…』

『일단 더 생각해 보기로 하지.』

사실 희경의 자격조건으로 남자이거나 최소한 미혼여자라도 일반직원으로 올리는 만무하리라는 것이 경수의 생각이었다. 세상 모든 인연은 다 이런저런 여건들이 조합되어 만들어지는 것인데 사람들은 좋은 조건은 보지 않고 일단 보이는 나쁜 조건들만을 갖고 불평하는 것이다. 경수 또

한 조직에의 융화와 처세를 능란히 하지 못하는 결점이 없었다면 어디 이런 조그마한 회사에서 변변치 못한 대우를 받으며 지내겠는가.

그러나 희경은 경수의 이러한 고민을 아는지 모르는지…

『이것 보세요.』

한 프린트 물을 경수에게 보였다.

『저와 같이 일했던 먼저 회사 사람 월급이란 말예요.』

희경이 보인 프린트 물에는 경수 자신의 봉급과 비슷한 정도의 금액이 찍혀 있었다.

『그런데 전 겨우 요만큼만 받고. 게다가 잘 대해주는 것도 아니고 소장님은 절 자꾸 일 못한다고 구박만 하시고…』

그런데 불평하는 희경이 경수에게는 오히려 애정이 끌릴 만치 귀엽게만 느껴지는 것이었다. 그녀의 태도도 회사 측에 따진다기보다는 마치 친한 오빠에게 앙탈을 부리는 것 같았다.

『이제 커나가는 회산데 이해해야지. 그리고 내가 가끔 희경이에게 그런 건 이쁘다고 장난치는 거지 미워서 그러는 게 아냐.』

희경은 경수의 다독거림을 다소곳이 받아들이는 것이었다. 경수는 묘한 감정을 느꼈다. 도대체 이 여자와 나와의 관계는 무엇이란 말인가.

하지만 이후에도 직원들의 질시의 눈초리는 더해 가는 것 같았다. 그녀를 싸안으려는 경수의 태도에 대해 사장의 눈초리도 보이게 되었다. 회사의 업무량은 더욱 늘어났다. 희경은 대기업납품에 관련한 행정 일을 결국 희경도 급한 일에는 잔업을 하게 되었다. 아니, 정말 일처리의 중요성이 닥치자 그녀는 여느 다른 직원 이상으로 책임감을 가지고 일했다. 그녀가 야근을 자주 하게 되자 조용한 저녁시간에 경수와 함께 자리하는 시간이 많아졌다. 그러면서 경수와는 더욱 가까워지고 서로는 이런저런 많은 대화를 나누게 되었다. 상대하는 중 가끔씩 몸이 스치는 감촉이 싫지 않았다.

회사의 사람들도 이제는 희경을 상당히 인정하는 쪽으로 기울었다. 오히려 야근하는 그녀에게 너무 늦지 않나 걱정도 해 주었다.

희경이 저녁 여덟시 넘어 근무하기를 여러 날 하던 어느 날 경수는 말했다.

『이제 퇴근하지. 내 차로 집에까지 데려다 줄까.』

『그러죠. 예.』

그녀는 곧바로 응했다. 경수는 그녀와 함께 차를 타고 퇴근했다. 경수는 그녀와 한 차에 있는 것이 기분이 좋았다. 그러면서도 여자로서 회사 일에 매여 스트레스도 받곤 하는 것이 안쓰러워 보이기도 했다. 차는 양화대교를 건넜다.

『아 괜히 건너왔다. 마포에서 강남으로 갈 때는 올림픽로보다는 강변로를 가는 게… 오른쪽에 강물을 배경으로 좋은 사람의 얼굴을 보면서 가니 좋겠는데.』

『그럼 저기 끝에서 돌아서 가면 돼요.』
『괜찮으면 그렇게 하지.』
경수는 다리를 다 지나온 곳에서 아래로 돌아 다시 건너왔다. 그리고는 강변로를 따라 오른쪽을 보니 검푸른 강물이 펼쳐져 있고 그 앞에 희경의 옆얼굴이 자리하고 있는 것이다. 그녀의 모습을 둘러싸는 배경이 썩 분위기를 자아내었다.
『역시 좋은데.』
『뭐가요?』
『좋은 사람의 얼굴을 강물을 배경으로 보면서 드라이브 하는 맛이.』
경수는 농담조로 얘기했다.
『아이, 그러지 마요. 사고 나요.』
찡그리면서 얘기하는 희경의 모습이 경수에게 아름다워 보였다. 첫인상은 그렇게 변변찮게 보이던 그녀가 몇 달간의 친숙해짐에 의해 이제는 그렇게 달라 보이는 것이다.
『소장님은 결혼하려고 한 적 있었지?』
『예전에 하려고 한 적 있었지.』
『어떤 여자라면 될 것 같아요?』
『글쎄 집안 형편 보아서는 내 친구들처럼 진작 고등학교 나온 여자와 결혼했어야 했던 것 같기도 한데……』

『그럴지도 모르겠네요.』

『욕심대로 갖춘 여자는 그만큼 너무 걸리는 게 많아서 잘 되지가 않지.』

『그냥 잘 맞고 편한 사람이 좋은 것 아닌가요.』

『물론이지. 그런데 내 취향이 좀 평소에 생각을 많이 하고 쉽게 넘어가는 식이었으면 아무 여자라도 될 텐데… 워낙 생각을 많이 하고 따지는 편이라서 그런 것에 대한 이해력이 없는 여자라면 결혼해 봤자 결국은 그 여자를 무시하게 되고 말 것 같애.』

『그렇긴 해요. 소장님은 평소에 나도 겨우 이해할 얘기들을 하시곤 하는데 아무 여자나 맞출 수는 없을 것 같아요.』

『지금은 아예 웬만한 여자들에 대해서는, 그들은 본래 맞는 짝이 따로 있는 여자인데 나 혼자 결혼 못하면 못했지 내 대단찮은 학벌조건 등을 이용해 남의 몫을 빼앗지는 않겠다는 생각으로 아예 멀리하고 있지.』

『결혼할 만한 사람만 상대하시면 되죠.』

『아 저번에 내가 부탁했잖아. 소개해준다는 말 어찌됐어?』

『내가 그랬었나요?』

희경은 다시 말하기를

『지금 그대로… 좋잖아요?』

하였다. 참 의외의 말이었다.

『회사가 입사 때의 약속을 지켜주지 않는 것 같아 속상했어?』

『정말 그래요. 들어올 때는 여섯 시 퇴근을 보장해주고 회사에서의 봉급이상으로 준다고 했었는데 이제 와서는 정말 처음에 얘기와 너무 달라요.』

『하지만 애초부터 있는 그대로의 사정을 다 얘기하면 우리 같은 변변치 못한 회사가 어떻게 사람을 뽑겠어.』

『하긴… 그렇죠.』

그녀는 이 변명 아닌 변명을 의외로 잘 수용해 주었다. 경수 자신 또한 자기가 이 회사로 올 때 들은 조건과 지금의 형편은 다르다는 것을 말했다. 차들이 밀리는 대로 계속 천천히 가다서다 어둠 속의 강변로를 나아가며 경수는 희경과의 대화를 계속했다.

『스페인의 초현실주의 화가 살바도르 달리는 그의 아내를 처음 만났을 때 그녀가 다른 사람의 아내였었대.』

『그래서 어떻게 되었대요. 둘이 잘 살았나요.』

『잘 살다가 최근에 죽었잖아.』

『어떻게 살았나 잘 알아 봐줘요.』

『그래 다시 확실한 참고 자료를 찾아보지.』

『내가 아이를 낳지 않았다면 모르겠는데…….』

차는 강변로를 거쳐 반포대교를 지나 잠실 쪽을 달렸다. 가다가 차는 자주 막혔다. 그러나 전혀 짜증나지 않았다.

『저기가 올림픽 공원이에요.』

희경의 집 가까이 잠실 네거리에 왔을 때 그녀가 말했다. 공원 안에 강한 조명등이 많이 켜 있는 것이 눈에 띄었다. 그렇지만 이미 널리 퍼진 밤의 어둠을 모두 걷어내기는 역부족일 것이다. 빛의 사각지대(死角地帶)는 도처에 자리해 있을 것이다.

『응 그래 가봤어. 저길 모르는 사람이 있나?』

『그냥 말해 봤어요.』

희경은 픽 웃었다.

모두들 아는 장소를 그녀가 왜 새삼스레 얘기하는지 의아했다. 계속 대화를 나누다 그녀의 집 가까이 내려다 주고 경수는 집에 돌아왔다. 다음 날부터 경수는 희경에게 더욱 정을 두고 대했다. 그러나 회사의 분위기에서 겉으로 나타내기는 한계가 있었다. 경수는 하고 싶은 말을 편지로 써서 건네주기로 했다. 희경은 그것을 기꺼이 건네받았다. 이때 즈음 그녀의 남편은 혼자 따로 여행을 갔다고 했다.

더욱 신기한 것은 변하는 희경의 옷차림이었다. 애초에는 그 흔한 아줌마 식의 볼품없는 반바지가 그녀가 가장 많이 입고 오는 차림이었다. 그런데 이번에는 화사한 노란 원색의 상의에 검은 가죽 타이트 미니스커트를 걸치고 오지를 않는가! 입술도 빨갛게 화장을 하고… 애초에 첫인상에 그녀를 볼품없는 여자로 마음속에 치부하였던 것을 무색케 했다. 정말 여자는 가꾸기에 따라 이렇게 차이가 나는가.

계속 경수는 전날 밤에 쓴 편지를 아침에 그녀에게 전하곤 했다. 그 내용도 점차 발전해 갔다.

『이즘 희경 씨의 모습이 무척이나 예뻐졌어요. 아름다운 갈색 눈동자는 그날 첫 인상의 그것과 같지만 그 때의 일견 파리하고 무언가 근심이 있는 듯한 모습은 지금 화사한 낯빛의 물오른 여인으로 변해 있어요.

.....

이 밤 희경 씨는 어떻게 무얼 하고 있을까. 그리 상상하기는 원치 않지만 사랑받고 사랑주기 위해 당신이 가진 뿐양고 하얀 살결이 소녀시절로부터의 단꿈을 그대로 지닌 채로 편안히 숨 쉬고 있으면 할뿐입니다.』

이러한 상태는 오래 가지 못할 것 같았다. 보낸 자는 밤에 분위기에 휩싸여 상당히 냉철하지 못한 생각을 갖는데 그 마음상태에서부터 나온 비약을 상대방은 밝은 낮에 받아보게 된다.

역시 일은 경수의 상상처럼 단순한 것은 아니었다. 희경은 얼마 안가 경수의 행동에 제동을 걸었다.

『오늘 같이 갈까.』

『저 혼자 갈래요. 그리고 필요 없는 거 주지 마세요.』

희경은 편지를 더 이상 받지 않았다.

웬만한 연애관계라면 이 정도로는 아무리 연애추진력 없는 경수라도 다시 시도해 볼 것이다. 그러나 이들의 경우는 서로 물 흐르듯 어우러지지 않을 바에야 계속 해나갈 엄두가 나지 않는 것이었다.

경수는 희경을 더 이상 사적인 마음을 두고 대하기 어렵게 되자 사장과 같이 냉정한 업무효율의 측면에서 그녀를 다시 생각해 보았다. 사실 그녀는 이제 체제를 갖추어 가는 이 회사에서 그리 필요한 존재가 아니다. 남들은 모두 밤늦도록 일하고 있는데 오후 여섯 시만 되면 어김없이 퇴근하면서, 회사 분위기에 그리 좋은 영향을 주지 않는다.

경수는 희경에 대한 보호막을 풀었다. 그녀도 다른 사원과 다를 바 없이 회사에서의 위치에 맞는 책임과 의무를 다해야 할 것이다. 이렇게 생각하고 나니 이제까지 그녀의 근무양태가 특혜적이었음이 보였다. 경수는 모든 업무를 일일이 따졌다. 더 이상 그녀가 중간관리자라는 위치에 어울리지 않게 편한 일만을 하며 지내지를 못하게 했다.

그녀는 곧 반응했다. 희경은 자기에게 애정을 가지는 경수와의 갈등관계를 의식하며 곧 사표를 냈다.

역시 예상대로 여자에게 있어 직장은 선택에 불과한 것인가. 적어도 중간간부라는 자가 이 정도 일에 그만두려 한다니. 경수는 조금 당황하면서도 막연히 그녀를 설득해 보려 했다.

『먼저 그 허름한 사무실에 혼자 와서 일을 준비하고 했던 모습이 아직도 눈에 선해. 봐 이제는 우리 회사도 여지저기 유명해지고 업계에서도 모두 인정하고 이렇게 잘 되어가고 있는데 이때 왜 그간의 고생을 무위로 돌리고 말겠니. 생각을 돌려줘.』

『괜찮아요. 너무 안타깝게 생각하지 마세요.』

둘 사이는 꽤 많은 이야기가 오가게 되었다. 그들이 진지하게 대화하는 것은 사무실의 사람들이 다 알 수 있었다.

『너무 업무시간에 사적인 얘기를 많이 하는 것 같다. 일단 그만하고 나중에 저녁 때 얘기해 보든지 하자.』

『아녜요. 저와 면담하는 것도 소장님의 업무니까 관계없어요. 계속하세요.』

희경은 그 동안 하지 못했던 이야기의 기회를 모처럼 맞이한 듯 진지하게 경수의 말을 경청하는 것이었다. 물론 이전에 차안에서 단둘이 있었던 적도 있었지만 그 때는 자유스런 방담을 나눈 것이고 이제 그녀와 관련된 문제를 정식으로 결론지어 주기를 바라는 듯 했다.

경수는 사직에 대한 주된 이유를 물었다.

『애초에 입사할 때의 약속과 다르게 대하기 때문인 것인가.』

경수는 내심 그것을 인정하면서 변명이나 사과는 하지 않았다. 희경의 대답을 기다리지 않고

『그런 것에 대해선 나는 양심의 가책을 느끼지 않아. 직장은 나중에 다른 데로 옮기고 나면 과거에 다른 직장에 다녔다는 것이 허물이 될 것도 없어. 그런데 일생을 좌우하며 돌이킬 수 없는 흔적을 남기는 일을 거짓약속을 내세워 이루었던 수많은 자들은, 일말의 양심을 가책을 느끼기는커녕 오히려 당연한 성취로 여기면서 큰소리치며 살아가고들 있는데… 왜 작은 일에

만 분개하는냐 말이야?』

하니, 희경은 무표정했던 얼굴이 상기되었다. 그리고는 그녀는 천천히 대답하였다.

『그런데 큰— 일에는, 나의 힘이 너무 미약해요.』

경수는 희경의 사직 번복을 조금 더 설득했다. 그러나 겉치레에 불과한 것일 數 있었다. 사실 그녀가 계속 다닌다면 어쩔 셈인가. 다른 사람의 여자인 지금의 상태로서도 더 이상 자연스레 지내기는 어려워진 것이고 설령 경수와 가까워진다 한다면 더더욱 이곳에 붙잡아둘 이유는 없는 것이다.

더 이상의 대화는 거북하게 느껴졌다. 아무리 사직서 제출후의 면담이라도 길게 이야기하는 것이 다른 직원들의 눈에 이상하게 보일까봐 경수는 그녀와의 이야기를 마쳤다.

사표는 수리되고 희경은 마지막 날 까지 휴가 형식으로 보내기로 하고 그 날로 회사를 나가기로 했다.

경수는 문 밖으로 나가 희경을 보내면서 마지막으로 몇 마디 그간 일의 본의에 대해 물었다.

『너의 그간의 태도는 석연찮은 것이 많아. 한번 나중에 다시 얘기해 보자.』

그녀는, 객관적인 관점으로는 크게 내세울 것은 없었던 그녀의 용모와 몸매에서 그나마 포인트가 되는 맑은 갈색 눈을 의식적으로 깜빡깜빡 반짝이면서

『앞으로 맘대로 하세요. 맘대로…』

했다. 일전에 그녀에게 보낸 쪽지에 경수는 그녀의 눈이 맑다고 해 주었었다.

희경이 나가고 이후 회사는 더욱 신장했다. 회사는 충분히 구색을 갖추어 이제 안정세로 오는 듯 했다.

처음에는 경수더러 같이 회사를 이끌어 나가는 임원으로서 책임감을 갖고 일하자던 사장도 이제는 자기의 투자지분을 주장하며 경수와는 확연히 구분을 지으려는 기미가 보였다.

경수 이후에 들어온 영업부, 생산부의 간부직원들 또한 경수를 자기네들과 동일한 반열로 끌어내리려 하는 것이었다.

희경이 없는 회사는 경수도 애정을 갖지 못하였다. 사실 회사 업무에 뿌리를 내린 입장이니 얼마든지 이들에게 맞서 자신의 위치를 지킬 수는 있었다. 그러나 의욕이 나지 않았다.

경수는 「이제 나는 이 회사에서 내가 해야 할 일을 마쳤으니 나간다.」 하고는 떠났다. 그리고 다시 삶의 방도를 찾아 나서기로 했다. (1995)

겨울 手記

가을은 더 계속될 줄 알았는데 갑작스레 내린 첫눈은 대지를 덮어 가을을 일순간에 끝내 버렸어요. 찬바람을 쏟인 당신의 얼굴이 요즈음 더욱 아름다와요.

오늘 그동안 먼발치서 바라보기만 하면서 말접근을 시도할 기회를 보았던 그녀에게 다시 편지를 보냈다.
그녀는 먼 곳의 여인이 아니다. 그냥 아무때라도 가까이 가 볼 수 있는 같은 직장 내의 여자이다.
가을이 끝났으니 이제 이 해도 저물어 가는 것이나 마찬가지다.
그동안 그녀에게 말붙일 기회가 그렇게도 없었단 말인가.
아니다. 그녀를 보았던 그때그때의 상황이 다 생각하기 나름으로는 기회가 될 만했다.
그런데 막상 그러려 하면 나서지지 않았다. 결국 장애는 외부에 있었던 것이 아니라 자신의 내부에 있었다.

겨울 수기

이 곳 객지의 직장에 온 지도 二년이 지났다. 퇴근 후에 나는 쌀쌀한 가을바람이 느껴지는 읍내 유흥가의 어둑어둑한 거리로 나왔다. 어디 스탠드바나 들어가 볼까 하며 서성대며 마땅한 곳을 찾았다.

찻길 옆으로 난 골목길을 걸어 들어가, 어둠침침한 흙돌투성이의 공터 옆에 세로로 세 글자 「활주로」라고 씌어진, 키 높이의 네온사인 간판이 보였다.

들어간 곳은 뒷문이었던 것 같았다. 곧바로 계단을 내려와 지하업소로 들어섰다.

각기 개성을 강조하여 써놓은 팻말을 등 뒤에 걸고 반원의 탁자 가운데 서있는 그만그만한 연령의 여자들이, 손님 두엇씩을 둘러 앉히고 술을 권하고 가벼운 얘기를 나누는 곳이 대여섯 되었다. 저 쪽에는 낮은 무대가 있는데 아직 공연은 안하고 색불조명만이 바닥을 돌아비치고 있었다. 그곳의 코너명칭은 「ET」라 입구 바로 왼편의 스탠드가 비어 있었다. 요전에 국내에서 많이들 사람들 입에 오르내렸던 외계인 나오는 영화 아닌가.

그 이름이 별나서가 아니라 나는 별 망설임 없이 이 코너에 자리했다.

어쩌면 바텐더의 인상이 순간적으로 끌렸기 때문인지 모르겠다. 그녀는 희고 둥근 얼굴에 눈까풀이 선명하고 큰 눈을 가졌다. 코는 낮아 미녀형은 아니면서도 무척이나 여성적이고 애잔해 보였다. 특이한 이미지가 정말로

이 틈 같기도 했다.

그녀와 자연스레 잡다한 이야기를 나눴다. 이름은 英實이라고 했다. 대화의 양상이 이런 업소의 여자라는 끾보다는 그저 직장이나 학교에서 만나 알고 있는 여느 여자와의 것과도 같았다. 그것은 적잖이 호감을 주었다. 잡아본 그녀의 손은 보드라웠다. 가을을 타면서 허해진 마음에 분위기 있는 대화는 잘 이루어졌다.

『아가씨는 고등학교 때 공부를 중간 이상은 했던 것 같아.』

내가 한 이 말은 그녀가 서비스업에 종사하는 여느 여성들과는 달리 아마도 고등학교 시절 그다지 문제있는 「불량소녀」이지는 않았을 것이며 웬만한 직장생활도 해보았으리라는 짐작에서 물은 것이었다. 그 여자에게 직접 대놓고 「스탠드바 아가씨지만 그보다는 건전한 직업의 아가씨같다. 「고애기할 수는 없는 노릇이었으므로.

『응, 뭐 그저 그런 정도였지.』

그녀는 약간의 회한이 일어나는 듯 가볍게 웃으며 말을 받았다.

나는 그녀의 손을 더욱 꼭 잡아보았다. 바텐더에게 손잡는 거야 못할 것은 없지만 그렇다고 굳이 손을 잡으려할 이유는 없을 것이다. 여자의 체온이 필요하면 다른 더욱 확실한 방법을 쓸 것이지 테이블을 건너 손은 뭣하러 잡는가. 개인적으로 잘 아는 사이도 아니고 처음 만나는 여자에게.

그러나 테이블 건너의 아가씨는 그저 일시적 오락을 위한 여자가 아니었다. 나에게 응당 있어야 할, 내 마음을 받아주어야 할 여자, 그러나 지금은 없는 여자의 역할을 그녀는 지금 하고 있는 것이다. 그날 저녁 시간은 즐겁게 보냈다고 할만 했다.

그 며칠 뒤, 회사 안에서 마음 두었던 그녀에게 한 마디 말도 못 건넨 채로 겨울을 맞은 오늘, 나는 혼자 다시 스탠드바의 그녀를 찾았다.

회사의 그녀는 백짓장과 같이 너무도 순결해 보인다. 그녀와의 한 번 만남은 혹 그녀에게 상처를 주지 않겠다. 스스로 그녀에 대한 더욱 확실한 신념이 있어야 하겠다. 그러면 신념은 무엇일까. 그것이 스스로 얻어질 수는 없을까. 왜 나 자신을 믿지 못하는 것일까.

『첫눈이 내린 오늘 누군가를 만나고 싶어졌어.』

어깨 위엔 진눈깨비 녹은 물이 축축한 그대로 나는 영실에게 말했다.

『이제 마음도 심숭생숭 하니 애인 보고 싶어지겠네. 이번 주말에 서울 가서 분위기 있게 데이트 해 봐야 겠네.』

『아니, 만날 사람 없어.』

『그럼 따뜻한 집에 가서 부모 형제와 만나 포근한 주말을 보내기 위해서도 가 봐야지.』

『난 안 올라가.』

『아니, 왜. 여기 회사사람들 다 주말에는 서울로 올라갔다 오던데.』

『집에 가야 좋은 게 있어야지.』

『집에 무슨 일이라도 있어?』

『그런 건 아닌데…….』

나는 비좁고 찬바람 새는 우리 집을 생각했다. 한 사람 누워 잘 공간도 아쉬운 우리 집에 구태여 가 있을 필요가 있을까 했다.

영실은 더 묻지 않고 내게 맥주를 따라주었다.

나는 맥주잔을 잡고 턱을 내리며 그녀에게 물었다.

『자기는 먼저 어떤 곳에 있었어? 아마도 어떤 회사에 있었을 것 같은데.』

『조그만데 어디 다녔었지.』

『그럼 직장생활은 어땠는데?』

『뭐, 그저 그랬지.』

『거기 잘 다닌다. 시집가지 왜 안그랬어?』

『그러려고 한 적 있었어.』

『그런데?』

『몰라…….』

그녀는 쓸쓸한 미소를 지으며 대답을 얼버무렸다. 나도 더 이상 묻지는 않았다.

『회사 생활은 잘 돼?』

그녀는 맥주병을 놓으며 내게 물었다.

『난 큰 기대를 가지고 왔는데 그와는 달라. 나는 어떻게 하는 것이 올바른 것인가 생각을 하고서 그렇게 행동하려고 하는데… 다른 사람들은 나와는 다른 것 같애. 그들은 자기의 이익을 위해서 행동하는 것 같아."

그녀는 나의 말을 모두 알아들을 수는 없는 모양이었다.

나는 밤이 늦어지자 숙소로 돌아왔다. 룸메이트는 서울로 가고 없었다. 다음날인 주말 오후, 나는 모두가 떠나고 난 쓸쓸한 기숙사 방안으로 퇴근했다.

방안은 스팀이 켜져 있었지만 몹시 쌀쌀했다. 인원의 대부분이 떠난 주말 밤은 일부러 별로 난방에 신경을 안 쓰는 것인가. 아니면 모두들 나간 냉랭한 분위기가 더 그렇게 느끼게 만드는 것일까.

창문가 선반에는 룸메이트가 갖다 놓은 전기곤로가 있었다. 가끔 라면을 끓여먹곤 할 때 쓰는 것이지만 그 밖에도 그냥 켠 채로 두는 일이 많았다. 나는 처음에는 룸메이트가 그것 부족한 방안의 열기를 채우기 위해서였다. 나는 처음에는 룸메이트가 그것을 켜놓는 것이 별로 맘에 들지는 않았으나 그래도 요즘 날이 더욱 추워지면 서부터는 조금이라도 열을 더 보충하기 위해서는 그럴 필요도 있을 것 같았다.

나는 그것을 켜고 침대 위에 더 가까운 곳에 두려고 책상위에 놓았다. 그리고는 침대 위에 누웠다.

한주일간의 피로가 쌓여 피곤한 나는 곧 잠에 빠졌다.

그러다, 주변이 조금 어둑해지기 시작할 때쯤 나는 잠을 깨었다. 주변은 흐릿해 보였다. 뭔가 타는 소리와 냄새가 났다. 어리둥절한 나는 방안을 두리번거렸다.

책상위에 곤로가 아직 켜져 있는 것이 보였고 거기서는 나무타는 소리가 들렸다.
일어나 책상을 보니 곤로 밑은 새까맣게 타 있었다.
『아니 이럴 數가… 내가 그것도 모르다니. 나무 위에다 전열기를 올려놓다니. 그대로 오래 있었다면 꼼짝없이 나는……』
혼자의 생활에 두려움을 느꼈다. 더욱 외로움이 더해졌다.
다음 주에 회사로 전화가 왔다. 영실에게로부터.
『이번 토요일에 어디서 만날까?』
『거기 사거리 이층에 있는 學林茶房으로 오후 두시쯤에.』
나는 먼저 영실과 언제 어디론가 하루 종일 놀러가기로 약속했던 것이다. 약속한 날이 왔다. 그녀는 약속장소에 때맞춰 왔다. 검은 바지차림에 상의는 털올이 무성히 있는 흰색 스웨터를 입고 있었다. 그리고는 부산까지 함께 고속버스를 탔다. 그리고 부산에 다니는 그 자체가 즐거웠다. 멀리 바닷물의 습기가 배여 있는 곳에서 일상을 벗어나 둘이 다니는 그 자체가 즐거웠다. 자갈치시장에서 같이 서서 홍합을 사먹기도 하고, 어둠이 짙도록 우리는 계속 돌아다니면서 부둣가에 늘어선 노점 이곳저곳에 앉아 술을 많이 마셨다.
『이렇게 자꾸 마셔도 돼?』
나는 물었다.
영실은

『난 보통여자가 아냐. 오늘 나, 잘만났어.』
하면서 웃기만 했다.

그녀는 가다가 보이는 스탠드바에 들어가자고 했다. 자기가 일하는 동종의 업소에 일부러 들어가 보자는 것이었다.

거기서 그녀와 나는 함께 손님으로 앉았다.

그녀는 마이크를 잡고 노래를 불렀다. 「사랑해 당신을」이었다. 그러나 너무 길게 늘어지면서 노래가 어색해졌다. 특히 후렴부에 이르러 「예예예」 소리가 너무 길게 이어지는 것을 자연스럽게 소화 못했다.

스탠드바를 나와 걷다가 다시 우리는 부둣가 어디엔가 앉았다.

『아, 피곤해.』

그러면서 그녀는

『여기 쉬 좀 해야겠는데.』

그녀는 돌아앉아 오줌을 누었다.

나는 바닷가를 향해 노출된 그녀의 엉덩이를 살짝 치는 것이었다.

『우리 이렇게 돌아다니지 말고 어디 들어가자.』

밤이 늦었다. 오늘 밤 시간을 보내는 문제를 어떻게라도 해결해야 한다.

그녀는 『이제 곧 막차가 있어 그냥 도로 가자.』고 했다.

나는 듣지 않았다. 그냥 무심코 발걸음을 옮겼다. 결코 역이 있는 쪽으로는 가지 않았다.

결국 우리는 어느 여관으로 들어갔다.

『안 들어가.』
계단까지 딛고 따라 올라가던 그녀는 여관방 앞에서 갑자기 발길을 돌려 뛰어내려갔다. 뒤쫓아가니 곧 그녀를 찾을 수 있었다. 아래층 계단에서 그녀는 울고 있었다.

거기서 그녀를 끌어안고 잠시 있다가 손을 끌어잡고 계단을 올라갔다. 우리는 방안으로 들어갔다. 그녀는 상하 속옷만 남기고 옷을 벗고 그대로 자려 했다.

나는 그대로 그녀의 속옷을 사정없이 벗겼다. 희디 흰 그녀의 몸은 가냘프면서 볼륨없는 일자형의 몸매였다.

밝은 형광등빛이 피차 민망했던지 우리는 곧 불을 껐다. 나와 그녀는 어둠 속에서 뒤치락거렸다. 그녀는 계속 양 다리를 세게 모으고 있었다. 나는 굳이 그것을 해제하려고 하지는 않았다.

『나보다 어린 게 자꾸 그러고 있어.』
한동안 무언의 신음만 내던 그녀는 말했다.
『그럼 누나로 해줄게.』
『음 누나 아냐.』

그녀는 나의 키스를 거부하는 몸짓으로 말했다. 더 친하고 싶지 않다는 뜻이 아닐까.

얼마간을 뒤척이다 우리는 곧 잠들었다. 이미 깊이 술에 취해 있었기 때문이었다.

다음날 아침 나는 말했다.
『난 아직도 총각이야 자기는 처녀 아니지?』
그녀는 피식 웃었다. 그냥 그대로 수긍하는 듯했다. 여관방을 나오면서 계단 중간벽에 붙은 큰 거울 앞에서 그녀는 다시 차림새를 다듬었다.
『나…, 이상해보여.』
거울 속의 그녀는 섬약한 흰빛의 둥근 얼굴에 큰 눈이 무척 슬퍼 보이며 외계인을 방불하여… 보고 있다가는 나도 뭔가 이상해지고 불행에 빠지는 것 아닌가하는 느낌이었다.
함께 부산을 출발했다. 오는 길의 대화에 특별한 것은 없었다. 차가 도착하자 나는 황급히 작별인사를 하고는 곧 그녀와 헤어져 돌아섰다. 혹 누가 작부와 동행하고 있는 나를 보고는 비웃지 않을까 해서… 그녀도 나의 마음을 간파한 듯
『왜 그렇게 급해? 누가 우리 볼까봐?』
하며 서운함을 보였다.
며칠 후 나는 다시 그녀에게로 갔다.
『오늘 회사의 그 여자에게 또 말 못 붙이고 왔어.』
나는 그녀에게 뭔가 좋은 조언이 있지는 않을까 하는 마음으로 말했다.
그러나 이처럼 어리석은 일이 있을까 아무리 자기하고는 어떤 선이 그어진 관계라 하더라도 아는 남자의 다른 여자와의 관계를 진심으로 신경 써 줄 여

자가 있는가.
『너무 여린 것 같아…….』
그녀는 나를 바라보며 말했다.
『이번 주말에 서울 올라가?』
『아니.』
『이제 자기도 집에도 좀 가고 그래 너무 외롭게만 혼자 있지 말고……』
나는 그저 고개를 숙이고 있었다.
그러다 나는 다시 고개를 쳐들고 물었다.
『자기는 결혼하고 싶어? 앞으로 어떻게 앞으로 살고 싶어?』
그녀는 의외의 물음에 당혹한 것 같았다.
나는 다시 고개를 숙이고 맥주잔만을 들이켰다.
영실은 내게 얼굴을 가까이대고 말했다.
잠시의 침묵이 흘렀다.
『우리 집 갈까?』
큰 집 질까 작은 집 질까?
나는 계속 아무 말도 않고 고개를 숙이고 듣고만 있었다.
그 뒤 나는 영실을 자주 찾지 않았다. 대신 다른 호스티스 하나를 사귀었다. 그러나 그 여자는 얼마큼 가까워진 뒤에는 돈을 꾸어달라더니 그 뒤로는 다시 잘 만나주지도 않았다.
다시 영실을 찾았을때 그녀는

『나 이제 몇 달 있다가 멀리 떠나.』

그녀는 그 후 미국 뉴저지州로 이민을 갔다고 했다.

봄이 가까울 때 쯤 나는 집에 올라왔다. 집에 오랜만에 오니 어머니와 같이 있는 형은 이제 제법 큰 셋집을 얻었다.

형은 나에게 말했다.

『이제 집도 좋으니, 주말에는 집에 자주 와라.』

『그래, 이제 그만 내 생활의 방향을 찾아야 겠다.』

나는 새로이 다짐했다.

(1996. 2)

인생의 벽

三十中의 남자 仁浩는 날이 환히 밝을 때까지 일어나지 않았다. 가벼운 가위눌림이라고 할까. 어렴풋한 의식은 있으면서 자리를 딛고 일어나는 어떤 몸놀림도 없이 그대로 누워있었다.

눈을 떠 일어나기 직전 그는 한 순간의 꿈을 꾸었다.

꿈이라기보다는 잠결의 환상이라고 할 너무나 선명한 영상이었다. 그것은 시야를 가득 채우고는 마치 사진과 같이 움직이지 않는 한 장면으로 있었다.

광화문에서 서대문사이의 큰길로부터 貞洞 안길로 들어서는 입구에는 신문사 건물이 있었다. 이미 날은 어두웠고 가로등과 자동차전조등만이 거리를 비추고 있었다. 길게 늘어선 신문진열대에서는 환한 형광등빛이 뿜어나오며 주변을 밝히고 있었다.

그날 거기서 인호는 만날 약속을 했다. 만날 사람은 친구나 애인이 아니라 여동생 貞姬였다.

간간이 부는 서늘한 여름 밤바람을 맞으며、 전시된 신문을 돌아보고 서성이던 인호는 문득 고개를 돌렸다.

그 때 밤길의 어둠을 배경으로 신문 진열장의 환한 형광등 빛을 받으며 나타나는 정희의 모습이 있었다.

283 인생의 벽

『많이 기다렸어? 오빠?』

단발머리아래 미소 짓는 정희의 얼굴은 거리의 어둠을 배경으로 받아 살짝 주근깨에 불구하고 눈부시게 희었다. 그 순간은 정지된 한 장면으로 오는 아침 선명히 되살아났다.

『아니. 방금 왔어. 우리 저녁 먹자.』

인호가 그렇게 대답하려는 순간 선명한 영상은 사라지고 눈은 떠졌다.

그러나 인호는 움직이지 않고 한동안 그대로 누워 그 기억을 되살렸다.

인호는 정희와 함께 정희가 나왔던 길 안쪽으로 다시 들어갔다. 정동 길 중앙의 하얀 이층건물에 담쟁이덩굴이 벽에 붙은 양식집에서 걸음을 멈추었다.

『여기 들어갈까?』

『그래, 오빠 맘대로.』

인호는 고교생인 정희가 좋아할 스테이크를 시켰다.

이층 높이의 천장 아래 샹들리에가 내리비치는 곳에서 인호와 정희는 모처럼의 저녁식사를 함께 했다.

까맣고 천진한 눈을 동그랗게 뜨고는 식사를 하는 정희와 그날 나누었던 대화의 기억은 나지 않았다. 간간이 안부의 말이 오갔을 뿐 어떤 내용 있는 이야기는 없었다. 식사를 마친 후 인호가 자신의 차로 정희가 사는 집에 바래다주면서도 마찬가지였다. 집에서의 생활이 主될 뿐 밖에서는 오히려 어색함을 주는 것가족관계는 같았다. 정희와의 만남을 끝내고 인호는 자신의 자취방으로 돌아왔다. 직장은 부족하지 않은 봉급을 주고 있고 하는 일도 그다지 고달프지는 않다. 하지만 인간관계의 문제를 생각하면 자존심이 상해 그만두고 싶다. 사람들이 자존심을 버리고 직장생활을 계속하는 이유는 가족을 부양하기 위함이다. 그러나 인호는 지금 절박하게 부양할 가족은 없다.

그렇다면 무의미한 직장을 벗어나 다른 창조적인 일을 해보는 것은 어떨까.

하지만 직장이라는 온상을 뛰쳐나갈 용기가 없다. 그보다는 오히려 직장생활의 명분을 얻고 싶다. 혼자만의 삶을 위한 직장이 아니라 함께 행복을 나누기 위한 직장생활이어야 옳다.

이제 출근준비를 해야 한다. 인호는 자리에서 일어났다. 와이셔츠를 입으려는데 구김이 너무 많아 보인다. 하지만 시간이 촉박하니 다려 입을 수가 없다. 어젯밤 시간이 있었지만 굳이 귀찮은 家事를 할 의욕이 나지 않았다.

「옷차림 조금 어색한 것이 과연 나의 출세에 어떤 영향을 줄까?」

인호는 생각했다. 나의 일을 독려하는 상사와의 자리에서 나의 차림새가 불쾌감을 주었다면 그것이 상사로 하여금, 책임 맡은 일을 손해 보면서까지 나를 멀리하게 할까.

그렇지는 않을 것이다. 나도 다른 동료나 후배와의 만남에서 그가 혹 머리카락이 헝클어졌거나 신발이 불결해 불쾌감을 느꼈다고 해서 그와 업무협의를 꺼리는 것은 아니지 않은가. 애써 위안해봤지만 은연중에 하나하나 자신의 인상이 누적되어 언젠가 어떤 결과를 나타낼지 불안했다. 하지만 깊이 생각하고 싶지는 않았다. 지금 이 생활은 어차피 그의 인생에서 임시의 삶일 뿐이다. 매일 부과되는 출근 의무에 떠밀려 그날그날 살아가고 있을 뿐이다.

인호가 몇 년간 객지의 직장생활 끝에 어머니와 정희와의 생활이 그리워 집으로 돌아온 지 한 해도 못되어 인호는 다시 집을 나와야 했다. 그것은 가정을 이뤄 부모형제의 축복 속에 분가하는 것이 아니었다. 그가 설계했고 또 그렇게 되리라고 기대했던 일들은 자꾸 비틀린다. 그런 중에 시간은 흐르고 사람은 나이를 먹으며 인생의 기회를 잃어간다. 인생의 시기가 응당 가져야 할 몫을 밖으로 내돌리고 소모의 세월로 메꿔지게 하는 보이지 않는 힘이 있었다.

인호의 부모는 인호가 나기 전 어린 형을 데리고 상경했다. 아버지는 리어카행상을 하고 어머니는 광주리행상을 하면서 무엇이든 해서 잘살아보겠다는 일념으로 살아 한 때, 지금 그대로 있다면 퍽 비싼 재산이 되었을 만한, 마당을 끼고 있는 집을 장만했다. 그 때는 서울이란 곳도 열심히만 일하면 마당이 있는 집을 살 수 있었다. 세상기억의 맨 처음은 비오는 날 마당에 나와 대문 처마 밑에 서서 앞의 흙길에 도랑이 되어 흐르는 빗물을 무심코 지켜보던 장면이었다. 그것이 이 세상에 내가 있다는 것 즉 자아의식을 갖게 된 처음이었다.

네 살 되던 해 겨울마당엔 눈이 수북이 쌓였었다. 울타리 안에 쌓인 눈은 우리의 것이었다. 마당에 나온 형은 손에 든 눈송이를 단단히 다졌다. 몇 번 굴리니 어느 새 형의 무릎까지 닿을 만큼 커졌다.

『가까이 가면 때리니까 가지마.』

인호는 형의 말을 믿고 눈사람에 가까이 가기를 무서워했다.

며칠이 지나 눈사람이 녹고 부서져 하얀 눈덩이만 남은 것이 이상히 생각되었다.

국민학교 입학을 앞두고 저 아래 기찻길이 보이는 집으로 이사 왔다. 멀리 기차가 검은 연기를 내뿜으며 나타나면 골목길을 돌아 달려 내려가 무서운 소리를 내며 굴로 들어가는 기차를 가까이 보았다.

집에 있는 여러 개의 방은 세를 주었다. 세든 사람들 중에 아버지보다 나이 많은 사람과 그 가족이 있었다. 인호는 아버지가 그 사람과 자주 말다툼하는 것을 보았다.

어느 날 밖에서 싸움이 붙어 아버지는 그 사람을 주먹으로 치고 그 사람이 쓰러진 것을 목격했다. 시골에 있을 때 몸의 힘이 퍽 세었다고 소문이 났었다던 아버지는 서울의 세파에서 살아갈 마음의 힘은 약했다. 거액의 치료비를 내주고 가족은 살던 집을 처분하여 산언덕의 작은집으로 이사 왔다.

그 동네에 살면서부터 인호의 의식에 항상 붙어 따라다녔다. 가난과 함께 자라나는 그에게 각인되는 것이 있었으니, 이사 온 지 두어 해 지난 뒤부터 알 지 못할 병으로 몸져누운 아버지의 모습이었다. 작은 집의 두 방 중에 하나를 남에게 세를 주고 난 방의 아랫목에는 늘 아버지가 누워 있었다.

밤낮없이 누워만 있었던 아버지는 부근의 교회를 나가기 시작했다. 인호는 아버지를 부축하고 함께 교회를 갔다 오곤 했다. 오갈 때 길에서 자주 걸음을 멈추어야 했던 아버지에 어린 인호는 짜증스러웠지만 예배를 볼 때의 찬송가 소리는 곡조가 너무 좋다는 아버지의 말은 그대로 인호에게도 다가왔다.

아버지는 몇 달이 지나 병 고치는 은사를 베푼다는 어느 집회장을 찾아 떠났다. 며칠 뒤 동행했던 사람들에 의해 집으로 돌아와 자리에 눕혀졌다. 그리고는 일어나지 못했다.

아버지는 바라던 하늘나라로 갔다고 했다.

아버지는 천당 가서 잘 지내니 안심하라는 교인들의 위로 속에 어머니와 형제는 아버지의 장례를 치렀다.

아버지가 돌아가신 뒤로 한 아저씨가 집에 자주 드나들기 시작했다. 그 아저씨는 집에서 자주 어머니와 식사를 같이 했다. 올 때마다 용돈을 주곤 해서 인호는 그 아저씨가 오는 것이 기다려지곤 했다.

인호에게는 다른 집의 아이들처럼 아버지가 하루 일을 끝내고 집에 오기를 기다렸던 것은 벌써 오래 전의 일이었다. 아버지는 요 몇 해 동안 줄곧 집에 누워만 있었지 인호에게 아빠를 기다리는 정서를 안겨주지 못했다.

「얘 인호야. 너 그분 오시면 아저씨라고만 부르지 말고 아버지라고 좀 불러라.」

어머니는 말했다.

인호는 왜 그래야 하는지 몰랐다.

집에 자주 오며 집안일을 돕는 친척 아주머니도 말했다.

「얘. 좀 아버지라고 불러 드려라. 그렇게 아버지소리 듣고 싶어 하시는데.」

형은 어머니와 주위의 그런 요구에 대해서 단호하게 답했다.

「그러려면 아예 성(姓)도 갈아버리지.」

그러나 인호에게는 어머니와 아주머니는 계속 부탁했다.

「다 커버린 놈이야 어쩔 수 없다만 너라도 한 번 좀 아버지라고 불러서 기분 좋게 해 줘라.」

그런 요구에 대해 인호는 어떤 생각도 없었다. 그저 자연스레 나오지 않으니 그렇게 부르지 않았을 뿐이었다.

집 위편의 아카시아 나무그늘에는 동네의 젊은 엄마들 몇이 돗자리에 모여앉아 있다. 아기들이 돗자리 가운데서 낮잠을 자거나 엄마무릎에 안겨있고 혹은 흙바닥에 나와 쪼그려 앉아서 신발을 만지작거리고 있다.

인생의 벽

 어린 인호는 그리로 눈길을 돌렸다. 아기들은 그 생김새와 움직임이 절로 가서 안아보고 싶은 마음이 우러나게 한다.
 만물이 처음 만들어질 때는 모두가 둥근 모양을 한다. 아기는 얼굴과 몸의 생김이 둥글다. 생명의 첫 모양은 자연 그대로의 법칙을 따른다.
 돗자리에 앉은 인호는 아기를 끌어안았다. 아기의 손은 둥그스름하고 보드랍고 손가락 마디마디가 볼록하다.
 아기는 한 손을 들었다가 털썩 인호의 어깨에 올려놓는다. 다시 다른 한 손도 올려놓았다. 그 움직임은 한 번 오가는 것이 대단한 마음의 작정이나 한 듯 크게 내리긋는다.
 아기와 같이 있는 시간은 즐겁다. 다른 또래 아이들과 놀면 때로는 싸우고 때로는 맞으며 미움과 다툼이 생기게 마련이지만 아기는 그저 놀아주기만 하면 된다.
 아기가 있는 가정은 어떤 가정일까. 아기의 재롱으로 매일 행복과 사랑이 넘치는 가정일 것 같았다.
 「우리 집은 그렇게 될 수는 없을까.」
 인호는 바랐지만 그것은 과거의 일이었다.
 「나도 예전에는 아기였지.」
 천장아래 달려있는 액자의 오래된 사진에는 형이 자기를 안고 있었다.
 중학교에 들어갈 때 공부는 잘하는데 형편이 어려워 진학을 못할까 걱정해주는 친구와 어른들이 있었지만 입학은 해결되었다. 그 즈음 아저씨는 집에 더 자주 드나들었다. 딸만을 넷을 두었는데 전직공무원이었다가 사업을 한다고 한다.
동네 쌀가게에 콩 한 봉지를 사러 심부름 갔다. 한 동네 아줌마가 물었다.

『너의 엄마 애기 낳았니?』

인호는 어리둥절했다. 어머니의 나이는 이미 아기를 낳는 나이가 아니다. 아기를 안고 업고 다니는 동네 젊은 엄마들과 이미 자랄 만큼 자란 자기를 아들로 둔 어머니와는 많이 다르게 여겨졌다.

『예? 뭘요?』

인호는 무슨 말인지도 알지 못했다. 집에 돌아와서 엄마에게 물었다.

『쌀집에서 어떤 아줌마가 엄마 애기 낳았느냐고 묻던데?』

엄마는 대답 않고 가벼운 웃음만 흘렸다.

인호는 아기는 그냥 여자가 낳고 남자는 관계가 없는 것으로 생각했다. 지금 아버지가 없는데 어머니가 아기를 낳는 것에 대한 의문은 들지 않았다. 단지 어머니가 동네 젊은 엄마들에 비해 많은 나이인데 아직도 아기를 낳는다는 말이 의외일 따름이었다.

어머니가 동네 산파에서 새 동생을 낳는 날이 되어서야 인호는 어머니가 아기를 낳는다는 것을 확실히 알게 되었다.

『딸이라고 그래서 거짓말인줄 알았네.』

집에 가끔 찾아오던 아저씨는 어머니를 찾아온 자리에서 허탈한 듯 말했다.

새 아기를 집에 들여온 다음에도 유난히도 아들이냐 딸이냐 두고 여러 사람들의 말이 많았다.

「너네 엄마 계시냐?」
「지금 안 계세요.」
「애기는?」
「여기 있어요.」
「아들이냐 딸이냐?」
「딸이에요.」
「거짓말이지?」

어머니의 친구 아주머니는 혼자 집을 보고 있는 인호에게 묻고는 얼른 믿지를 않았다.

「자, 보세요.」

인호가 자고 있는 아기의 기저귀를 들춰 보였다.

「알았다. 그래.」

아주머니는 그제야 끄덕이고는 돌아갔다.

「어머니 그 사람 더 오지 말라고 해요. 내가 벌면 우리끼리도 살 수 있어요.」

형은 말했다. 그러나 어머니는 대답이 없었다. 휴일 날 그 아저씨가 오면 형은 노골적으로 불쾌한 표정을 짓다가 일어나곤 했다. 이윽고 그 아저씨의 방문은 끊기고 지난날의 아버지 대신에 자리한 새 동생 정희와 함께 가족의 새로운 삶의 형태가 이어졌다.

인호는 성실하게 고등학교를 거쳐 대학에 입학했다.
일학년 때 군대 단체훈련을 갔다가 집에 돌아왔을 때는 정희가 태어난 이후 가장 오랫동안 헤어져 있다 만난 때였다. 훈련을 가 있을 동안 오랫동안 살던 산동네의 집은 재개발 대상이 되어 헐리고 없어졌다. 집은 철거 보상금을 받아 셋집으로 이사 했다.
새로 이사 갈 집은 이모네 근처로 이사 갈 것이라고 들었다. 인호는 이모네로 가서 마침 거기 있었던 이모부에게 물어 새 집을 찾아갔다. 어떤 집일까 기대가 되었다. 어릴 적 이사 갔던 기억 말고는 자라서 처음 맞이하는 우리 집의 바뀜이었다.
새 집은 가운데의 마당을 둘러서 여러 가구가 함께 모여 사는 집이었다. 어머니는 잠시 정희를 데리고 시장에 갔었나 보다. 빈방에 앉아 잠시 쉬어 있었다. 조금 있다 문밖에 정희가 나타났다.
『음, 오빠!』
정희는 팔짝뛰어 달려들었다. 그리고 사정없는 입맞춤이 이어졌다. 정희의 몸통은 인호의 얼굴에 착 들어맞는 작은 인형과도 같았다. 그

입맞춤은 달고 찰기가 있었다. 정희는 귀염둥이를 넘어 집안의 중심이었다.

「대학 이 년만 마치고 사회에 나가서 돈을 벌 수 있다면 얼마나 좋을까?」

한 학기 한 학기를 힘겹게 넘기며 대학생활을 버텨온 그에게도 졸업의 시간이 왔다. 병역 대신에 근무가 가능한 지방회사로 취직했다.

이제는 학교 때 부러워했던 자취하는 친구들처럼 혼자만의 생활을 해보는 것이었다.

대부분 미혼인 젊은 직원들은 주말마다 자기의 집이 있는 서울 등지로 갔다. 인호도 이윽고 주말마다 집에 갔다 오는 생활을 했다.

서울로 가서 가족을 만나고 오거나, 주말의 시간을 혼자 가져보고자 남기도 하는 생활이 되풀이되었다.

만나고 헤어지기를 반복하기가 너무 애틋하게 마음을 아리게 한다. 어떤 피치 못할 큰 사정도 아닌데 왜 이렇게 살아야만 하나. 어서 집에 와서 정희와 어머니와 함께 생활해야 하겠다는 생각이 마음속을 차지했다.

이승의 생에 한정된 서로의 세월을 함께 살지 않으면 그 세월은 영원히 다시 찾을 수 없다.

인호는 회사에 사표를 썼다.

『김대리, 지방 근무가 고되나? 요즘 젊은 사람들은 왜들 그러는지 모르겠네. 지난주엔 생산과의 정대리가 그만두고... 한 이 년만 더 참고 일하면 얼마든지 서울로 갈 기회가 있는데. 다들 회사의 일로 자기생활을 손해 보기가 그렇게도 싫은 모양이야.」

사표를 받은 부장은 물었다.

『아니오, 꼭 그렇지는 않습니다. 저는 일과 처우에 대한 불만은 없습니다.』

『그럼 왜 군이 서울로 돌아가려고만 하나? 인생의 투자는 다 그만한 대가가 주어지기 마련일세. 조금만 더 참고 지내보게.」

『저의 가족 일 때문에 그렇습니다.」

『결혼하나? 총각이 이곳에 살면서 새로 결혼하기도 불리하겠지. 나 같은 사람은 이미 결혼한 입장에서 그걸 뭐라 할 권리는 없겠지. 허허.」

인호는 더 자세한 자기의 이야기를 꺼낼 수는 없었다.

그토록 바라던 어머니와의 생활이 다시 왔다.

떠돌며 흘러가듯 했던 오년간의 생활을 마치고 가족과의 생활을 다시 한다는 설레임에 인호는 짐을 쌌다. 그토록 바라던 가족과의 생활이 이제 시작되는 것이었다.

이삿짐 책 무더기 속에서는 오래 전 정희가 주었던 크리스마스카드가 있었다. 누런 카드용지에 크레용과 볼펜으로 그린 것이었다.

「오빠 난 매일같이 오빠를 생각해. 오빠하고 매일 같이 있었으면 좋겠어. 그날이 언제일까? 「

인호는 카드를 하드카바로 된 문학전집 한 권에 가만히 끼워두었다. 그렇게 그리던 그날이 이제 실현되는 것이다. 짐을 싸고 내일의 이사를 위해 자리에 누운 인호는 삼십년 생을 뒤돌아보았다. 중학교 입학금을 놓고 가족들이 그렇게 걱정했던 일. 중학교를 다니면서 밀린 등록금 때문에 퇴학 직전에 서둘러 마련한 등록금을 가지고 어머니와 함께 학교에 가서 울며 빌었던 일. 고등학교 때 친구와의 불화로 학교 가기가 고통스러웠던 일…. 대학교 때 아르바이트 자리를 얻고 또 유지하기 위해 겪었던 여러 가지 일들…. 또 취직해서 첫 지방 근무하러 떠나갈 때 어머니의 통곡….

그 모든 일들은 그저 오늘을 위해 있었던 것일까.

『회사가 어려워서 곧 넘어갈 지경이다. 돈 좀 빌려줘라.』

이제껏 어머니를 모시고 살았던 형은 말했다.

인호는 직장생활 동안 모아둔 돈과 퇴직금이 입금되어있는 통장을 형에게 보여주었다.

『형, 이 돈으로 전세금에 보태지. 방 세 칸 정도는 있어야 할 것 같은데.』

『뭣하러 방이 셋이나 필요하단 말이냐?』

『정희가 공부방도 있어야 하고…….』

『공부방이 무슨 필요하냐? 넌 공부방 없이도 잘도 하지 않았냐?』

『지금은 그래도 다르잖아.』

『허튼 소리 말아, 신문 보니 단칸방 청소부 아들딸도 공부 잘만 하더라.』

『그리고 나도 조금은 여유가 있는 방을 갖고 싶은데.』

『무슨 소리 하는 거냐? 이 집도 감지덕지하지. 나는 한창 나이 때를 너를 키우느라고 다 바쳤다. 그런데 이 돈이 그렇게 아까우냐?』

지하실 방은 물이 새서 벽면에 곰팡이 슬고 있었다.

『집을 늘리는 건 나중에 해도 돼. 지금 재료비가 모자라 맡은 일을 못하고 있는데.』

『형, 사업 일은 덜해도 돼. 이제 내가 집안 실림을 맡을 테니까.』

집안일은 걱정 말고 좀 쉬어도 돼.』

『뭐가 어째? 그럼 날더러 뭐하고 살란 말이냐?』

『사업이 어려우면 정리하고, 당분간 쉬어도 내가 집안 살림은 보태줄 수 있어.』

『너야 이제 좋은 학벌 가지고 든든한 대기업에 취직했으니까 그런 생각이 나겠지만 내가 무슨 학벌이 있냐 빽이 있냐. 돈이 없으면 아무 것도 할 수가 없어. 이 나이에 어디 가서 취직을 할 수도 없고.』

『당분간 집에서 쉬면서 생각해보면 되잖아. 한 일이년이라도 지나면 가게를 낼 수 있게 해주든지 할게.』

『나보고 그냥 집안에서 방안퉁수되라고?』

『…』

다음 날 형은 인호의 통장과 도장을 가지고 나갔다. 지방은행의 적금통장이지만 형은 그 곳까지 가야 하는 수고를 아끼지 않았다.

『집은 이보다 더 작은 곳으로 옮겨야겠다.』

한 달 후 형은 이사를 가면서 일부러 인호가 출퇴근하는 회사로부터 먼 곳으로 집을 옮겼다. 결국 인호는 출퇴근도 불편하고 형과의 동거가 불편하여 집을 나오기로 했다.

인호는 다시 혼자 살게 되었다. 서울의 회사에서는 삶의 환경을 마련해주는 기숙사가 없으니 이제는 자취방을 얻어야 했다. 이제껏 번 돈으로는 아파트 한 채쯤은 가질 수 있었지만 이미 거반(居半)을 집안에 떼어주고 남은 것으로는 모자랐다.

몸은 떨어져 나와 있지만 집안의 형편이 걱정되어 견딜 수 없었다. 특히 정희가 제대로 공부하며 살아갈 수 있을까는 너무 불안스럽게 생각되었다. 이제는 어머니의 결심만이 남아 있는 것이었다.

인호는 평일 낮에 시간을 내어 정희를 찾아 골목을 올라갔다. 녹슨 철문을 열고 정희와 어머니가 있는 방의 문을 두드렸다.

『어머니, 형은 형대로 살게 하고 나하고 정희랑 같이 살아요. 이제부터라도 다시 돈을 벌면 어머니를 편하게 모실 수 있어요. 정희 공부도 잘 시켜주고요.』

때때로 청하는 인호의 말에 어머니는 한숨 뿐 아무 말이 없었다.

"왜 이렇게 살아야만 하나……."

장마철이 지난 후의 지하셋방은 검은 곰팡이가 벽에 매화가지의 수묵화(水墨畵)를 그리고 있었다. 얼굴에 버짐이 있는 정희는 낮은 밥상 위에 책을 펴놓기만 하고 텔레비를 보며 있었다.

"대학은 어느 쪽으로 갈거니?" 인호는 정희의 교과서를 들쳐보며 물었다.

"몰라." 정희는 고개도 돌리지 않고 답했다.

"무슨 소리를 하는 거야. 앞으로 사회에서 인정을 받으려면 공부를 해야지."

"공부 잘한다고 해서 잘사는 것도 아닌데 뭐. 돈만 있으면 되지."

인호는 더 할 말을 잃었다. 혼자 힘으로 정희를 올바르게 인도하는 데에는 한계를 느꼈다. 오빠로서는 한계가 있다. 정희에게 더 가까워질 수 있는 언니가 있어야 하겠다고 생각되었다.

일전에 출장지에서 보고는 말을 걸고 명함을 교환한 梁秀眞이라는 여자가 있었다. 그녀에게 전화하여 만나고 교제를 시작하였다.

"저의 집에서는 아들보다 딸인 저에게 더 기대를 하세요."

"그렇죠. 아들은 집에서 기른 그대로 살게 되겠지만 딸은 사위에 의해서 크게 변할 잠재력을 가지고 있으니까요. 수진씨 부모님한테도 딸이 데려온 사위 덕에 아들 기른 것보다 더 보람있다고 느끼게 하고 싶어요."

인호는 그녀를 위해 다소 역설적인 이야기도 했다.

『저는 수진씨가 여자였기에 이렇게 좋은 남자와 연애할 수도 있다고 생각하며 자기가 여자로 태어나기를 천만다행으로 여기게끔 하고 싶어요.』

시간이 지나 다방 안에서의 시간이 지루한 듯 했다.

『오늘 유치원에 간 사나이 영화 보는 거 어때요?』

수진은 핸드백을 들고 다방을 나갈 준비를 했다.

『그 영화... 어제 여동생하고 보러가기로 약속했는데..』

인호는 무심코 말했으나 수진은

『당신은 동생을 더 생각하고 있는 거 아녜요?』

『아니... 그러면 그냥...』

인호는 그녀를 달래려 했으나 그녀는 그대로 자리에서 일어섰다.

『오늘은 이만 가 볼께요.』

그녀를 탓할 수는 없었다. 인호의 마음 한구석에는 미완된 정희의 일이 남아 있다. 그것이 인호로 하여금 그녀에게 모든 정성을 쏟아 바치지 못하게 했는지 모른다.

수진에게 청혼을 서둘러야겠다 생각되었다.

『수진씨, 우리 올해 안으로 결혼하도록 해요.』

다음에 만날 때 인호는 혼자생활의 외로움도 벗어나고 정희에게 더 좋은 성장환경을 만들어 주는 계기를 만들기 위해 그녀에게 정식으로 청혼했다.

그러나 수진은 태도가 달라지는 것이었다.

『당신은 나를 상황의 탈출구로 이용하려는 것만 같아요. 나를 진정

"좋아하는 것 같지 않아요."

인호는 변명하지 못했다.

그녀 말대로 인호는 여느 남자의 경우보다 더하게 결혼을 절실히 원하는 처지에 있다.

그러나 결혼은 둘의 필요에 의해 하는 것이다. 둘에게 공통되는 사정만이 효력을 갖는다.

시급한 것은 인호 혼자뿐이니 그녀에게의 간절한 부탁은 아무런 소용이 없다.

결혼에 對한 여자의 조심성이 야속했다.

수진, 그녀 하나가 마음먹기만 하면 얼마나 많은 사람이 행복해 질 수 있는가. 인호는 바라던 가정을 갖고 정희는 자기를 돌봐주는 똑똑한 언니가 있어 앞길에 보탬이 될 것이며 어머니는 생각 깊은 며느리를 얻게 되고 고생하여 자식 키운 보람을 얻게 되고 또한 인호의 결혼은 형에게도 새로이 각성하는 계기가 될 것이다.

수진에게 행복을 줄 크나큰 마음의 준비도 하고 있었다. 한 여자에게 행복을 주는 것이야말로 한 남자가 세상에 태어나서 할 가장 중요한 일이라고 생각되었다.

그러면서도 수진과의 결혼을 머뭇거리게 하는 것이 있었다.

그녀와 인호가 결혼하고 나면 정희와 어머니는 형에게 전적으로 의존하게 될 지도 모른다.

301 인생의 벽

아무리 결혼 후에도 집안 식구와는 멀어지지 않겠다고 다짐하고는 있지만 만약에 아내가 양자택일 식으로 요구하면 어쩔 것인가. 그러면 결국 나는 내 살림을 하느라고 정희에게는 손을 놓아 버리게 되는 것은 아닐까.

물론 그런 생각 때문에 일부러 결혼을 안 하려하는 건 아니다. 그러나 잠재심리에 의한 영향력은 무서운 것이었다. 마음으로는 결혼을 간절히 바라면서도 뜻대로 안 되게 하는 그 내면의 방해자는 어찌할 도리가 없다.

자본주의 사회는 어느 것이든 그것을 절실히 필요로 하는 사람에게는 좀처럼 그것이 주어지지 않는다. 반대로 그것이 있어도 그만 없어도 그만인 사람에게는 쉽게 찾아온다. 돈이 절실히 필요한 사람은 자기의 재산을 헐값에 처분해야 하나 돈이 있어도 그만 없어도 그만인 사람은 자기의 물건을 때를 기다렸다가 제 값으로 팔 수가 있다.

결혼, 아니 인간의 情도 예외가 되지 못하는 것 같다.

방송극에는 왜들 그리 생전 모르던 외간 여인과의 관계만이 인생의 전부인 양 나오고 있는 것일까. 왜 인간은, 채 그 정을 충분히 음미하지도 않았을 때에, 기왕의 정을 끊고 새로운 정을 찾아 나서야만 하는 것일까. 그리고 그 남과의 관계가 기존의 가족의 관계보다 중요한 자리를 차지해야 하는 것일까.

그 겨울. 새로 얻은 독채 집안의 썰렁한 거실은 그의 청춘과 함께 낭비되고 있었다. 어느 하나의 기회라도 왜 오지 않는 것일까. 내 능력으로 이룩되는 조그만…. 한 울타리 안의 사회…. 그것은 작은 천국이었다.

결혼해 한 가정을 이루는 것이 안 된다면 우선 어머니와 정희를 한 가정에서 행복하게 해주는 것이 좋을 텐데, 가장의 자리를 놓지 않으려는 형에 의해 그럴 기회마저 찾아오지 않는다. 회사에서 하나의 부서를 맡아서 아래 사람들을 좋은 환경에서 생활하도록 하고 싶은데 응당 때가 왔는데도 좀처럼 관리자의 자리는 오지 않았다. 가정과 사회에서 자기의 영향력을 펼칠 기회가 막혀 있는 것이었다.

인간 사이에 흘러야 하는 情의 흐름이 폐색(閉塞)된 것이었다. 받아들일 길도 막혀 있었고 누군가에게 줄 길도 막혀 있었다.

이십세가 되었을 때는 이제 세상일을 알고 현명히 행동하는 성인이 되었다고 생각했다. 그 전까지의 생은 몽롱한 의식의 흐름에 불과한 것이었고 이제야 확실한 자각 위에 살아가는 삶이 시작되는 것이라고….

그러나 돌이켜보면 그 때도 완전한 자아를 갖추었다고는 볼 수 없었다. 특히 자신의 뜻과 달리 진행되는 세상사에 對한 한없는 배신감은 미성숙한 자아에게 심한 고통이었다.

사업에 실패를 거듭할 것 같았던 형은 마침내 큰 공사를 맡아 밑천을 잡고 집을 샀다. 그리고 자신보다 학벌 높은 애인을 만나 사귀었다. 비로소 형이 결혼을 해서 나가게 되어 어머니와 정희는 인호가 마련한

303 인생의 벽

집에 살게 되었다.

그토록 그리던 가족과의 생활을 다시 시작하니 매우 기뻤다.

저녁 식사 후 우풍이 들어오는 건넌방에서 정희와 이불을 덮고 앉았다.

『이 책이 요만큼까지만 거무스레하네. 여기까지 읽었니?』

인호는 오래전에 정희에게 주었던, 붉은 표지의 세계문학전집 중 한권이 정희의 책상위에 놓인 것을 보고 물었다.

『그래.』

『근데 손을 덜 씻었어? 왜 이렇게 표가 잘 나 있지?』

인호는 웃으며 다시 물었다.

『응, 손을 덜 씻어서이기도 하지만 난 책을 읽을 때 손을 책장에 문지르고…』

『그래? 나도 그런데.』

『나하고 오빠하고는 책 읽는 습성이 비슷하네.』

인호는 오랜만에 발견한 정희와 자기와의 공통점에 반가웠다.

이제 정희와 그 동안 못 다한 정을 나누며 지내야 할 것이다. 그러나 이후 정희와의 마음사이가 더 가까워지지는 것 같지는 않았다.

이미 사춘기를 보내고 다 자란 정희는 서먹서먹했다. 예전처럼 가끔 농 섞인 시늉으로 악수를 하기도 멋쩍었다.

그러나 정희의 앞길을 늦게나마 다시 잘 이끌어주려고 마음먹었다.

이번에는 한 집안을 책임지는 가장의 역할을 한다고 생각하니 먼저보다 더 충실히 회사 일을 하게 되었다. 비록 회사에서 마음에 안 드는 일들이 있다 하더라도 딸린 식구가 있음은 그로 하여금 처세의 명분을 주는 것이었다.

졸업 후 정희는 바라는 수준의 대학은 아니었지만 진학하여 학업을 더하게 되었다.

정희는 대학을 졸업한 뒤 직장을 몇 군데 옮겨 다녔다. 집에 전화 오는 남자의 목소리는 회사가 바뀌면서 변하곤 했다. 그러기를 몇 번 후 정희는 애인이라는 남자를 집으로 데리고 왔다.

인호는 그와 자리를 같이했다. 식사하고 대화를 나누었지만 그리 통하지는 않았다.

그가 간 뒤 정희는 인호에게 물었다.

「오빠 起洙씨 어때?」

「잘 모르겠어. 그냥 말이 잘 통하지는 않던데. 학교는 어디 나왔는데?」

「학교가 무슨 상관이야?」

「아니 그래도 알건 알아야지.」

「그냥 고등학교 나왔어.」

「그래?」

인호는 의외였다. 정희에게는 어려운 형편에서나마 대학을 졸업할 수 있도록 하지 않았는가. 정희가 부모관계 등 결혼을 위한 교제 등에서 불리한 것이 있을 것임을 감안하여 공부를 그리 잘하지 않았더라도 인호는 어찌해서라도 정희를 대학교육을 시킨 것이다.

『그렇다면 너를 좋아하는 건 당연하겠구나。』

『왜 그 사람이 어때서?』

『이 어려움을 이겨내며 공부시킨 것은 조금이라도 더 나은 곳에 시집가서 잘 살기를 바라는 마음에서였는데。....』

허탈함으로 한숨이 나왔다。 그렇다고 절대적 가치도 아닌 學歷을 가지고 계속 문제 삼을 수는 없었다。 본인이 미리 교제 전에 알아보고 판단했어야 할 문제일 뿐이지 지금 와서 시비를 걸 거리는 아니었다。

『지금의 우리 생활이 어렵다고 해서 그렇게 서둘러 결혼할 필요가 있겠니? 한 번의 결정이 인생을 좌우하는데。 어떻게 네 인생의 수준을 끌어올릴 생각을 안 하니?』

『결혼하는데 학력이 무슨 상관이라고 그래。 오빠。 인간성이 문제지。』

『학력이 높으면 인간성이 나쁘니。 사람인 이상 서로를 위해주는 마음은 시간이 흐르면 변할 수밖에 없지만、 그 사람의 능력은 시간이 지나도 변하는 것이 아냐。 우선 너의 인생을 책임질 수 있는 능력을 가진 사람이어야 해。』

『공부해봐야 잘 사는 것도 아닌데 뭘。』

정희는 당당했다。 인호는 더 막을 수 없었다。 여기에 이르려고 이제껏 그다지도 조바심내면서 정희의 장래를 염려해 왔단 말인가。

그래 이제 나도 나의 생활을 시작하자.

인호는 지난일의 모든 득실을 떨쳐내고 새로운 삶을 시작하기로 마음먹었다.

공원에서 노는 아이들을 보았다. 인근 幼兒園이 퇴근 시간이 되어 아이들을 데리고 머무르고 있는 것이었다. 요즘 따라 아이들에 유난히 관심이 가고 솟아 나온다.

인호는 그들에게 가까운 벤치에 앉았다.

가까이 있는 아이에게 수첩의 종이를 뜯어 비행기를 만들어 주었다.

인호를 보고는 놀던 아이들이 몰려왔다.

『비행기….』 아이들은 앞 다퉈 비행기를 만들어 달라 했다. 먼저 번에도 비행기를 접어 준 적이 있는데 아이들은 인호를 기억하고 있었다.

인호는 종이비행기를 접어서 아이들 손에 하나하나 쥐어주었다. 아이들을 데려온 保姆들도 인호와 함께 노는 아이들을 그대로 두고 구경하고 있었다. 아이들은 비행기를 날릴 줄은 몰랐다. 인호가 던져 날리는 것을 신기하게 바라보고 있었다. 인호는 땅에 떨어진 종이비행기를 다시 주워 한 아이 손에 쥐어줬다.

햇빛이 엷어지고 서늘한 바람이 불며 저녁이 가까워 왔다.

승용차들이 하나 둘 유아원 주위에 나타났다. 더러는 엄마 혼자이기도 하고 더러는 엄마아빠가 같이 온다. 그들은 그들의 사랑스런 아이를 가정으로 데려가려고 찾아온다. 하나 둘 나타나는 부모들은 아이들을 데려간다.

「보라야. 이리 와라.」

인호가 비행기를 접어주고 있는 아이의 엄마가 저쪽에서 부르고 있었다.

「예, 엄마.」

아이는 그대로 돌아 엄마에게로 뛰어갔다. 인호도 자리를 일어나려 했다.

「나도 해줘요.」

아직 남은 한 아이가 있었다. 인호는 남은 종이로 비행기를 서둘러 접어주고는 손을 흔들고 자리를 떠났다. 날은 이미 어두워지기 시작했다. 아이들은 모두 떠났다. 인호는 서늘한 저녁바람을 맞으며 집으로 돌아왔다.

(1998)

朴京範 作品集

虛時의 사랑 (허시의 사랑)

初版發行	二〇二二年 七月 三十日
再版發行	二〇二五年 一月 二十日
著者	朴京範
發行者	崔禎恩
發行所	도서출판 恩範商會(은범상회)
	京畿道始興市鳥南洞一七二一二一
申告番號	二〇二四―〇〇〇二九號
電話	(〇三一) 四〇五―二九六二
값	一七〇〇〇圓